Shao Xin

"你的酒窝呢？我怎么看不到色！"

"在这儿呢，教授你看到小吗？你能看到吗？它就在这儿呢！"

"……红了，你的这里被我揉红了，但还是，很漂亮。"

——比他梦里的还要漂亮百倍。

似川 ♡

大鱼

有爱的青春陪伴者

怪心

似川 —— 著

中原农民出版社
·郑州·

图书在版编目（CIP）数据

烧心 / 似川著. -- 郑州：中原农民出版社，2025.
2. -- ISBN 978-7-5542-3069-5

Ⅰ．I247.5

中国国家版本馆CIP数据核字第2024VD6913号

烧心
SHAOXIN

出 版 人：刘宏伟	美术编辑：杨 柳
策划编辑：连幸福	责任印制：孙 瑞
责任校对：张晓冰	特约设计：Insect 唐卉婷
特约编辑：年 年	图片绘制：carrrrrie 加里

出版发行：中原农民出版社
　　　　　地　址：河南自贸试验区郑州片区（郑东）祥盛街27号7层
　　　　　邮　编：450016　电　话：0371-65788662
经　　销：全国新华书店
印　　刷：天津睿和印艺科技有限公司
开　　本：880mm×1230mm　1/32
印　　张：8.5
字　　数：229千字
版　　次：2025年2月第1版
印　　次：2025年2月第1次印刷
定　　价：45.80元

如发现印装质量问题，影响阅读，请与出版社联系调换。

目 / 录
contents

第一章 / 多和小朋友接触接触　　001

第二章 / 对不息生命的偏爱　　024

第三章 / 义诊，在路上　　043

第四章 / 受人欢迎的孩子　　067

第五章 / 再深的伤痕都会愈合　　094

第六章 / 你该有自己的选择　　117

目 / 录 contents

第七章 / 看不见是一件很遗憾的事　　147

第八章 / 想要像影视剧一样帅气　　173

第九章 / 他想治好傅教授的眼睛　　198

第十章 / 他看到了最美的风景　　226

番外一 / 成长　　251

番外二 / 耐心　　257

番外三 / 冬天不再　　262

第一章
多和小朋友接触接触

1.

"我不要吃药!我要池照哥!"

早上七点,池照换上白大褂走进病房的时候,正赶上七床的知知在哭。

"怎么了这是?"池照单手夹好胸牌,走过去摸摸知知的脑袋,指尖触碰到毛茸茸的发茬儿,知知直接拽住了他的手。

"池照哥,我还以为你不来了呢!"撒娇似的话语带着鼻音,小朋友哭得鼻尖都泛了红。

"这不就来了吗?"池照笑着抬了下知知的脸颊,帮他把眼泪擦掉,"行了,别哭了。"

医用口罩遮住了池照大半张脸,只露出一双眼睛。他的眼睛很漂亮,温温柔柔的,目光也很柔和。

知知下意识地抓紧了他的白大褂,没再继续哭。

旁边的护士松了口气,赶忙把手里的药递给池照:"小池,你可总算来了。"

护士有些匆忙地说:"正好,这个药让知知吃了吧,我刚怎么说他都不听,一会儿该查房了,我先去看看别的病人。"

一大把药连带着盒子一起被塞进池照的手里,他点了点头,说:"行,你去忙吧,这里我来就好。"

知知大名裴知诚,六岁的小男孩,是市五院眼科病房的一个小病人,在这里住了挺久的院。

这么点大的皮小子最难缠了,有时候连护士都拿他没辙,倒是池照这个实习医生总能哄住他,池照一来,他就安分了。

护士说完就匆匆离开了,池照则熟练地拆开药盒取出药片。

五颜六色的药片满满一大把,知知的脸又垮了下来。池照去旁边的饮水机那里接了点温水:"来,张嘴。"

他弯着腰站在知知面前,很熟练地把药递给小孩:"知知乖,咱们先把药吃了。"

来眼科实习一周了,从最初的手忙脚乱到现在的轻车熟路,池照逐渐适应了这里的生活。

实习的生活很辛苦,写病历、值夜班,每到一个科室都是从头开始,而眼科则是实习生们最喜欢的科室之一。一是因为眼科的科室氛围好,老师们都热情;二是因为除了带教老师,眼科还有一个鼎鼎大名的病人名叫傅南岸,他是副主任的朋友,也是本院心理科的教授。

池照是从室友钟阳秋那里知道这个名字的,在来眼科之前,钟阳秋就已经在寝室里吹过傅南岸好几遍了,说他性格多好、学术水平多高,把他吹得天上有地上无的,以至于池照虽然还没见过他,就听过他的诸多传奇故事了。

而除此之外,钟阳秋还重点描述了傅教授有多帅多好看,这倒是勾起了池照的一点兴趣。

"有多帅?"池照问。

钟阳秋想了想,蓦地蹦出了一句话:"五院医生之光。"

这评价实在是有点好笑,池照一下子就记住了。

"有这么帅？"他挑了下眉，不太相信钟阳秋的措辞，"那我倒是想见见了。"

"你想吧，"钟阳秋说，"见了，你就信我说的话了。"

"我不想！"

知知的哭闹声瞬间把池照的思绪拉了回来："我不喜欢吃药！"

池照回过神来，揉了揉他的脑袋："不喜欢吃？"

"不吃药，病怎么能好呢？"池照弯了点儿腰，温温柔柔地看着知知的眼睛，"吃了吧！嗯？"

"但是我吃了难受。"知知梗着脖子，片刻，眼睛垂了下去。

知知是原发性开角型青光眼病人，查不到发病原因，只能对症治疗，也就是控制眼内压，而这类药物大多副作用大，小孩身体敏感，一点副作用都难受得不行。

池照在心底叹了口气，伸手揉了揉知知的脑袋。他当然知道小朋友不舒服，但自己既然是医生，就得对病人负责。

"吃糖吗？"池照从白大褂的口袋里摸出颗糖，笑着说，"橘子味儿的。"

小小的糖果躺在池照的手心，糖纸是半透明的，在灯光下微微发光。这种糖在刚刚过去的上海世博会上颇受欢迎。

正是喜欢吃糖的年纪，知知一下子就被吸引住了，伸手就想把糖接过来："吃！"

"那我们先把药吃了好不好？"池照又揉了揉他的脑袋，凑近了，悄悄地说，"哥哥这里还有好多糖呢，吃了药多给你几颗。"

池照哄小孩子确实有一套，他似乎天生就特别招小孩子喜欢。

有糖作诱惑，知知乖乖地吃了药。

但既然是病房里的小魔王，知知必定不会如此听话，小嘴咔吧咔吧地把糖咬碎后，他脑袋瓜子一转，马上就有新主意了。

知知的脑袋仰得老高："不行，吃了这么多药就一颗糖，太不划算了。"

"那怎么办？"快到查房时间了，池照低头看了眼表，又掏出两颗糖给他，"就这么多了，再多我也没有了。"

"才不要呢，我不想吃糖了！"知知撇撇嘴，趁池照不注意跳下床来，"池照哥来追我吧，看我俩谁跑得快！"

就这么一恍神的工夫，他直接开门跑出了病房。

池照的眉心一下子就拧起来了："哎，知知你慢点跑！"

知知的眼病已经发展到中后期了，有视野缺损，视物也比正常人模糊，这么跑很危险，稍有不慎就可能磕碰到。

"知知！慢点！"池照赶忙去追他，生怕他磕碰到。

小孩子长本事了！池照想，等抓到他，非得把他按在腿上打屁股不可！

"来追我呀，池照哥！"知知嘻嘻地笑，笑声在走廊里回荡着。

"你们这里挺热闹的。"听到远处传来小孩子的笑声，走廊尽头的傅南岸眉眼温和。

"估计又是那个七床的知知。"邹安和是眼科的副主任，一下就听出来这是病房里那个混世小魔王的声音，"吵吵闹闹像什么样子，一会儿查房的时候我去说说他。"

邹安和脾气暴，马上火气就来了。傅南岸无声地笑了一下，半倚靠在窗台上，语气淡淡道："小孩子而已，别和他置气。"

"你儿子小时候不也调皮捣蛋？"傅南岸说，"再过两年就好了。"

"这倒是。"提起儿子，邹安和的表情明显缓和下来，紧绷的脸上也有了点笑意，"小时候我和媳妇儿追着他满屋子跑，现在上小学倒是好多了，起码该做的作业都能按时完成，不用我俩催。"

"这样就挺好的。"傅南岸点头，语气温温和和的。

邹安和偏头看傅南岸，见他孑然地站在窗边，脊背挺拔，眉眼淡然，忍不住叹了一口气。

"叹什么气？"傅南岸笑笑，知道邹安和要说什么，"又要问我什么时候找对象？"

邹安和瞥他一眼，语气甚是无奈："你知道就好。"

两人是大学同学，关系一直不错，邹安和跟女朋友大学毕业便结婚生子，现如今儿子都上小学了，傅南岸却一直单身到现在，甚至连个暧昧对象都没有过。

一晃三十岁大关过去，都三十二了，确实到了该成家的岁数，邹安和自然要为傅南岸操一份心。

邹安和问："再给你介绍一个？"

"不用，"傅南岸微笑着拒绝道，"忙，没什么兴趣。"

"心理科再忙能有多忙？你来我们眼科看看——"邹安和突然想起什么，蓦然噤了声。

傅南岸倒是很淡地笑了下，接过他的话说："嗯，本来我也是有机会去眼科的。"

邹安和下意识地偏头去看傅南岸的眼睛，那是一双很漂亮的眼睛，瞳仁却是黯淡的，没有焦点。

——傅南岸看不见。

有时候世事就是这么无常，听起来挺讽刺的。傅南岸原本和邹安和一样要去眼科，结果大四那年却查出了眼底病变。疾病来势汹汹，傅南岸原本是年级第一，是学校里公认的优等生，等到大五要毕业的时候，他的双眼只剩下微弱的光感，根本无法继续完成原本的学业。

"对不起啊南岸，我不是故意的……"

邹安和满心后悔，在心底骂了自己一万遍：哪壶不开提哪壶。

身为当事人的傅南岸倒是不甚介意的模样，表情依然淡淡的，还反过来安慰起邹安和来。

"没关系，早过去了。"他的右手抚摸着盲杖，就像是抚摸身体的一部分那样自然。

天之骄子一朝陨落，放在谁身上都不好受，而傅南岸却没有放弃梦想，从头开始学习盲文和心理学，又一步步走到现在，成了心理科的学术领头人。

"心理科挺好的，"傅南岸笑着说，"不用值夜班，也不用上手术，比你们临床要舒服很多。"

温和的嗓音像是没有脾气一样，也或许是早被生活磨平了棱角。邹安和偏头看了他一会儿，静默地叹了口气，还是觉得心酸。

"你是咱们几个同学里最有出息的，我们几个上临床的都没你职称晋升得快。"邹安和说，"其实也不是催着你找对象，我就是……就是怕你……"

傅南岸微笑着把他的后半句话接上："你就是怕我孤单，我知道。"

邹安和长长地舒一口气，承认道："是，确实。"

邹安和确实担心。

对于傅南岸的眼睛问题，邹安和不可能不担心，有时候他觉得傅南岸早走出阴影了，有时候又觉得傅南岸其实还陷在泥潭之中。

傅南岸不似其他病人那样怨天尤人，他不偏激不极端，对待生活总是积极向上的，甚至取得了比他们这些健全人更耀眼的成就。可他一直封闭自己的内心，即使总是温和地笑着，心依然是凉的。

"不找对象也行，至少多和人接触接触。"

最好的朋友变成这样，不惋惜是不可能的。邹安和没什么办法，只能换着花样劝他："正好我们眼科也有好多实习生，你也多跟他们聊聊，小朋友们都挺喜欢你的。"

学生们总是比他们这个年纪的人多一分对生活的热情，人也纯粹。傅南岸并不排斥与学生们接触，于是很自然地勾了勾嘴唇："行，有机会多聊聊。"

其实对他来说和谁接触都是一样的，本来就是心理医生，他自己也带了好多实习生。

远处还在吵闹着，急促的脚步声越来越近，傅南岸微微抬了下眼帘，盯着声源处看。

后天失明的人和先天失明的人是不一样的,他们曾经看见过东西,大脑有过视觉记忆,是以常常会产生幻视。傅南岸这会儿就忽然看到了一个光团,在昏暗的视野中格外扎眼。

明明眼前早该是黑的了,但傅南岸还是半展开双臂,打算去碰一碰那团小小的光亮。

"你们这边现在有几个实习生?"他忽而想起了刚才的话题,"我好像还没见——"

"裴知诚,你给我站——嘶,好疼!"

突如其来的声响打断了傅南岸的话,伴随着猛烈的冲击感,一个人撞进了傅南岸的怀里。

"这周是三个,"邹安和愣了一下,"包括现在撞到你的这个。"

2.

剧烈的冲撞感让池照鼻头一酸。

清冽的气息涌入鼻腔,带着淡淡的沉檀气息,池照的腿稍一软,一只有力的手臂撑住了他,温和的声音在耳边响起:"小心。"

"抱歉抱歉!"

池照踉跄着,下意识地往后退了半步。

一边站着的邹安和还蒙着,"这这"了两声没说出来话。不知道跑到哪里的知知倒是终于折返回来,瞪大了眼睛,一副看热闹不嫌事大的样子:"池照哥,你干吗抱着一个陌生的叔叔啊?"

池照刚要站直的腿又是一软,差点再次栽下去。

这小孩还好意思说他?

"你说这是为什么?"池照整了整自己的白大褂,先是低低说了声"抱歉",又大步走到知知身边拽住知知的帽子,拎小鸡似的把知知揪了回来,"还跑什么,过来给人道——"

池照顿了一下,目光黏在面前的男人身上,半响才把"道歉"这个词说出口。

"大明星!"与男人对视的瞬间,池照脑子里只剩下这一个词。

说不清到底是哪里好看，薄薄的嘴唇，抑或是淡然的眉眼，池照只觉得眼前的一切都鲜活起来，分明还在冷色调的医院中，周身却是如沐春风的暖意。池照有些恍惚，怀疑自己是不是误闯到了医生题材的青春偶像剧里。

"没事吧？"

男人温和的声音在耳边响起，池照这才回过了神："没事没事，我就是想让小朋友也和您道个歉。"

男人温和地看着池照，池照下意识地揪了揪耳垂。

或许是他的动作太随和了，池照都有点儿自惭形秽。

"池照哥你的脸怎么突然红了？"知知在旁边惊呼道，发现了新大陆似的。

池照还没来得及说话，邹安和倒是终于缓过神来，佯装生气训斥道："裴知诚又是你！病房里是能乱跑的地方吗？你看现在撞到人了吧？还不快向南岸叔叔道歉！"

他的语气冷冷的，池照猛地一愣。

原来这就是钟阳秋常说的傅南岸！

惊讶之余，池照又有些了然，怪不得钟阳秋把这人夸得天上有地上无的。哪怕见过那么多教授老师，池照依然觉得傅南岸当得起"五院医生之光"这个响当当的名头。

"我没乱跑……"知知在一边气呼呼地反驳，"再说也是池照哥撞的人，又不是我！"

邹安和眉头紧皱，语气更凶了点："还犟嘴？要不是为了追你，池照会跑这么快吗？"

知知的脖子又梗了起来："那也不是我撞的人！"

一个脾气暴一个性子倔，两人谁也不服谁，正大眼瞪着小眼僵持之时，一旁的傅南岸低低地叫了声邹安和的名字。

"安和，"他的语气温和，"别和小孩子生气。"

傅南岸顺着知知声音的方向看去，半蹲下来："确实不是你撞的人,但在医院里乱跑很危险,知道吗?"

"……"

知知嘴巴闭得紧紧的,不说话。傅南岸没听到声音,又笑了下,说:"邹医生也是担心你,万一在这里摔倒了,那疼的不还是你吗?"

知知的嘴巴还闭着,头却慢慢垂了下来。

傅南岸天生有种温和的气质,看到他时便会觉得心神都安定了下来。他好像比池照还会哄小孩子,三两句就让咋咋呼呼的知知乖了下来。

过了好久,知知别别扭扭地说了句"对不起"。傅南岸微微掀起嘴角,说:"乖。"

他想去摸知知的头,却没找好位置,只碰到了知知的前额。毕竟他看不见,哪怕听觉再灵敏,位置判断也比不上正常人。感受到微凉的指尖擦过皮肤,知知下意识地抬起脑袋,又蓦然瞪大了双眼:"叔叔,你的眼睛……"

"嗯?看到我的眼睛了?"傅南岸微微挑眉,很坦诚地回答他,"我也是这里的病人,我看不见东西很多年了。"

知知睁大眼睛看着傅南岸的双眼,池照也不自觉地朝他的眼睛看去。

那是一双格外好看的眼睛,只可惜眼珠是灰色的,上面并没有焦点。

或许是优秀的人总会让人下意识地忽视他的缺点吧,一直到这一刻,池照才猛地意识到傅南岸是盲人。

知知又继续追问:"看不见的话,世界会变成黑色的吗?你会觉得害怕吗?"

知知问得很急迫,傅南岸答得淡然:"不黑,不怕。"

他的笑容太温柔了,像是温和的风拂过眼帘。

知知怔怔地看着他,池照也恍惚了一下。

直到早上查房结束,池照才终于缓过神来。

"所以你就回来给我夸了快一个钟头的傅教授？"查完房回办公室的路上，钟阳秋揶揄道，"不是之前还说我形容得夸张？"

"这不是之前没见到真人嘛。"池照很坦诚，"听说和亲眼见肯定不一样。"

钟阳秋"啧"了声："你现在可真是他的小迷弟了，这变化也太大了点儿。"

池照笑了下："也没有吧，其实我就是想认识他一下。"

然后他又问："你觉得行吗？"

"不错不错，可以可以。"钟阳秋笑得眯起了眼睛，帮池照出起主意来。

这么优秀的老师谁不喜欢？再说，多认识个人多条路嘛。

钟阳秋思索着："按照电视剧里的套路，男女主角初见之后，一般会恰巧发生点什么意外，比如有什么东西正好掉在了对方那里，这样他们就能——"

"停停停，"池照无奈地打断他，"我是纯爷们儿好不好！"

钟阳秋这人哪里都好，待人热情，为人仗义，和谁都能打成一片，非要说有什么缺点，那大概就是他有一颗与外表极其不符的少女心——一米八的北方汉子，却格外热爱狗血言情剧，不管什么事情都往那上面扯。池照被他荼毒得久了，深知其德行，马上转移话题："邹老师可是说了，下次查房的时候要重点提问我们，那些知识点你都掌握牢固了？"

钟阳秋的表情变了变："干吗非得要提醒我这种伤心事？"

"我这不是让你早做准备嘛，我记得你上次被提问就没答上来。眼科的老师们都挺厉害的，跟着走一趟能学到不少东西。"

"我知道，就是之前基础没打牢，现在跟得吃力。唉，要是我能像你学习那么好就好了，也不用担心被老师提问了。"

接着，钟阳秋问道："有什么学习经验传授一下？"

"多看书，"池照无奈，"你那些书都是当摆设的？"

"我尽量，哈哈。"钟阳秋干笑了下，本来就是随口一问，所以他很快又把话题绕了回来，"还是你跟傅教授的故事有意思，来，兄弟给你分析一下……"

池照："……"

眼看着话题又要顺着傅南岸进行下去，池照无奈，脑子转了转："还有一个学习方法。"

钟阳秋问："什么？"

池照真诚地说："少看那些无聊的电视剧。"

这都是什么狗血烂剧情啊？认识个老师而已，就不能大大方方地介绍自己吗？

下午六点，下班前的查房。

外头天已经黑了，走廊里一个人影都没有，冷白的灯光照在地上，是医院里特有的那种安静。池照挨个查房，一个个确认病人的状况，一排病房区走完，最后来到了知知的病房。

知知家里很有钱，父母给他安排了单间。

池照摸了下白大褂侧边的口袋，捏到里面还有一颗糖，一手插进兜里拿糖，一手打开了病房的门。

"知知，看看是谁来——"

池照的话说到一半突然噤了声，只见知知正站在窗台边缘，踮着脚往外看。

"知知危险！"池照赶忙走过去拽住他的手腕，带着他往后退了两步，语气严肃，"不要离窗台这么近，很危险的，知道吗？"

眼科的病房都在二楼，窗户没加围栏，这么个小孩站在窗边太危险了。

"怎么不说话？"池照问。

知知没有应声，池照以为他是不服气，想要再说他两句，却发现原本爱闹腾的小孩抿着嘴唇，眼睛是通红的。

池照马上意识到了问题："怎么了这是，谁欺负我们知知了？"

"哥……"知知哑声叫了句，眼泪啪嗒啪嗒地落。

往常每周这个时候病房里应该还有知知父母在的，池照很快明白了是怎么回事。他伸手把知知揽在怀里，手掌抚摸着知知的脑袋："爸爸妈妈有事没来？"

知知垂下眼眸，过了好久，才低低地"嗯"了一声。

小孩这是想父母了。池照知道，这么大的孩子天天一个人住在医院里，哪可能不想父母不想家呢？

其实知知是个很懂事的小孩，他每周最期待的就是父母过来。在父母离开的时候从来不会哭闹，他知道父母工作很忙，他不闹人。

但会哭的孩子才有奶吃，知知太懂事了，有时父母反而注意不到他的情绪。

"池照哥，他们是不是不想要我了啊？"知知的眼睛盯着地板上的拖鞋，视线没有聚焦。

池照连忙揉了揉他的脸蛋："怎么会。"

"那他们怎么都不愿意来看我？"知知嘴巴一撇，眼泪再次盈满眼眶。

池照伸手帮他把眼泪擦掉，又剥了糖塞进他嘴里："爸爸妈妈要努力工作呀，不然怎么让他们的宝贝过上更好的生活？"

水果糖碰到牙齿，知知伸出舌头舔了一下："以后眼睛看不见了，我也是他们的宝贝吗？"

"当然是。"池照顿了一下，认真地说，"知知永远是爸爸妈妈的宝贝。"

糖在口腔里逐渐化开，知知终于不哭了，但他的眼睛还是红通通的，于是池照让他躺在床上，单手盖住了他的眼睛："好了好了，闭上眼睛休息一会儿，要好好保护眼睛，不然爸爸妈妈也会心疼的。"

"嗯……"

这会儿的知知格外听话，乖乖地将眼睛闭上，睫毛在池照的掌心蹭着。小孩子觉多，知知的呼吸很快就平稳了下来，手还不自觉地拽着池照的白大褂，像是抓着什么宝贝似的。

还真是个让人心疼的小孩。

池照的目光柔软下来，小心翼翼地把白大褂从知知手里揪出来。手指无意识地扫过胸前，他突然意识到有些不对。

好像少了什么东西？

池照怔了一下，等等，胸牌怎么不见了？

池照帮知知掖好被子，赶忙出门去找。

胸牌上印有照片和身份，是每天进出科室和打卡的凭证，白大褂每个人都有好几件，可胸牌每人只有一个，补办很麻烦。

池照出门找了一大圈，连胸牌的影子都没有发现。

最后他找到钟阳秋那儿："你看见我的胸牌了吗？"

"没见到啊，这东西能掉哪儿，别针别得结实着呢，你是不是忘哪里了？"

"没有。我早上进病房的时候才别在衣服上的，这一天什么都没干，怎么会——等等！"

正说着话，池照的眼皮突然跳了一下。

他今天跟着老师查房、写病历，和往常的每一天无异，唯一不寻常的大概就是……早上撞到了傅南岸？

回想起白天钟阳秋的话，池照尴尬地揪了揪耳垂，不会真的这么凑巧，掉到傅南岸那儿了吧？

3.

撞掉个胸牌本来不是什么大事，偏偏池照刚义正词严地说过这种事不会在自己身上发生，下午就被打脸，再怎么说都有点尴尬。

钟阳秋很快反应过来，一脸调侃地看着池照。池照不自然地咳了两下，说："我去找找。"

尴尬是有那么点尴尬，但直到这会儿，池照都没想过胸牌会真的被傅南岸捡到，那胸牌总共就两指宽，掉地上都不一定会发出声音。

池照想了想，打算再去病房那边找找，还没走到地方呢，就收到了钟阳秋给他发来的消息。

【看大群。】

池照回复:【?】

五院的实习生有个大群,各个科室轮转的都在里面,平时会发布一些公告,偶尔也有失物招领的信息。池照给钟阳秋发了个问号过去,随手打开置顶的大群,一眼就看到了一个熟悉的东西。

是他的胸牌!

有好心人捡到了他的胸牌,还拍照发在了群里。

池照松了口气,正要私聊那位同学,又看到那位同学在照片底下发了一行字。

【请失主下班之后来心理科一病区找傅南岸教授领。】

池照:"……"

不是吧,还真被钟阳秋说中了。

回想起钟阳秋说的那些乱七八糟的东西,池照脸上一热,钟阳秋的消息也旋即发了过来。

【啧啧啧,我说什么来着?】

【我就是大预言家啊!】

【还不快去找傅教授拿你的胸牌?】

池照的手悬在键盘上,却迟迟打不出字来。

钟阳秋的嘴跟开过光似的。

池照最终回复了个省略号过去,预言家钟阳秋无情地嘲笑了他一番。

晚上下班之后,池照到心理科找傅南岸拿自己的胸牌,可惜很不凑巧,傅南岸并不在办公室。

池照去护士站问:"请问傅教授去哪里了?"

一个年轻的小护士回答他:"好像是开会去了。"

"开会?"池照的心底有点遗憾,"那他什么时候能回来?"

"这可没数。"小护士摇摇头说,"傅教授很忙,没有这事有那事,我们也不知道他什么时候能回来。"

傅南岸的名声响,来找他的人也多,很多病人专程从外地过来找他,忙起来的时候确实找不到人。

优秀的人总是忙碌而充实的,池照理解,只能无奈离去。他叹口气,说:"那我明天再来找他吧。"

小护士却突然抬起头看了他一眼:"等等,你是不是叫那什么——池照?"

池照一怔:"你知道我的名字?"

"啊!"小护士在面前的盒子里翻找了一阵,拿出个胸牌递给他,"喏,这是你的胸牌吧?我说怎么看你有点眼熟呢。"

小小的胸牌被递到池照手上,小护士随口说:"傅教授很细心的。他不是让你过来找他拿胸牌嘛,怕你来的时候他不在,走之前嘱咐护士站这边看着点儿呢,怕你白跑一趟。"

池照低头看了眼自己的胸牌,手指抚摸着胸牌的棱角,他的心里不自觉软下去一块儿。

傅南岸一直是这么温和而细心的人,即使有非常重要的会议在身,约定好的事他也一直记得,哪怕只是一个小小的胸牌。

池照拿过胸牌说了声"谢谢",临出门的时候,他又把刚别上的胸牌拆了下来,握在手里回到了寝室。

胸牌找到了,回寝室之后他又免不了被钟阳秋调侃了一番。钟阳秋问池照有没有见到傅南岸本人,池照说没有,钟阳秋一脸遗憾地摇摇头:"这可太可惜了。"

池照问:"为什么可惜?"

"错失了大好的机会啊!"钟阳秋还在用平板电脑追剧,闻言暂时抬起了脑袋,一本正经地说,"傅教授这么大的专家,你错失了抱大腿的机会啊!"

"不用不用……"池照一点都不想听,头也不回地去了阳台的洗漱间,"我没兴趣!"

钟阳秋看着他的背影,无声地笑了下:"还没兴趣,骗谁呢你。"

.015.

嘴上说得言之凿凿的，洗漱完躺在床上，池照却没忍住又掏出那个胸牌来看。

小小的胸牌放在手心里，重量轻到可以忽略。池照反复把玩着这块胸牌，眼前闪过的却是傅南岸那温和的眉眼，心想人家帮了自己的忙，又这么和蔼，自己不表示一下感谢实在说不过去。他脑袋一热，直接从大群里找到傅南岸的微信，发了个好友申请过去。

【傅教授，我是池照，胸牌我拿到了，谢谢您。】

池照是认识了傅南岸之后才明白原来视障人士也是可以用手机的，特别是智能手机普及以后，很多厂商都开发了读屏软件，经过学习，视障人士能够很大程度上和正常人一样用手机娱乐或者交流。

【不客气。】

晚上十点四十分，傅南岸通过了池照的好友申请，并发来了这条消息。

短短的一句话只有三个字，池照已经迷迷糊糊地快要睡着了，看到消息的瞬间又"唰"地从床上坐了起来。

他斟酌着打字道：【真的很感谢，我下次见到您一定会当面向您道谢的……我请您喝饮料行吗？】

消息发出去后，池照用被子蒙住了脸，觉得自己是不是太孩子气了。

傅南岸的消息回复过来：【不用客气，举手之劳而已。】

池照连忙打字：【那茶行吗？或者其他的什么？我就是想谢谢您，真的非常感谢。】

傅南岸：【小朋友有心了。】

片刻，傅南岸又回：【东西不用带，想找我聊天可以随时来。】

毕竟年龄和身份在那里摆着，池照以为傅南岸私底下会很难相处，实际接触起来才发现不是这样。被钟阳秋调侃了一通，池照其实是有点尴尬的，但和傅南岸聊天的过程却比想象中的还要愉快。

傅教授博学却温和，不摆架子，池照一颗提着的心很快放下了。池照绞尽脑汁从东扯到西，傅南岸也很好脾气地和他聊着。大概是眼睛不太方便的缘故，傅南岸的前几条消息发的是文字，后来就直接变成了语音。

深秋的深夜，安静的寝室里只有室友们熟睡的呼吸声，傅南岸的语音消息透过耳机的听筒传来，都是很简短的对话，但池照就是忍不住听一遍，再听一遍，这种被大佬温和对待的感觉真好。

傅南岸似乎还在加班，背景音有些嘈杂，温柔低沉的声音划过耳膜，因为说话过多而显得有些沙哑，却又富有生活的烟火气。

池照整个晚上都晕晕乎乎的，直到傅南岸那边的背景音安静下来，他才意识到自己不知不觉间打扰对方很久了，傅教授没有出言提醒，以至于他忘记了时间的流逝。

这太不应该了，池照连忙打字道：

【教授，您那边的工作结束了吗？】

【时间不早了，我就不打扰您了。】

傅南岸确实刚刚结束工作，池照的消息发来，他随手点开。

读屏软件识别之后，机械的男声回荡在耳边，傅南岸勾起了嘴角："好，你早点休息。"

池照：【晚安。】

傅南岸按下语音输入键，回："晚安。"

他的声音略显低沉，在宁静的办公室里回荡着，在空气中漾起一片小小的涟漪。邹安和推门进来，正好听到傅南岸对着手机屏幕念出这两个字。

"和谁聊天呢？"邹安和走到傅南岸身边，揶揄着拍了拍他的肩膀，"你找我？"

"对，我是想找你聊聊。"傅南岸并未回答邹安和的第一个问题，退出微信界面，单刀直入开始了话题，"我想和你聊聊那个叫知知的小朋友。"

"嗯？知知怎么了？"听到有正事要谈，邹安和收敛起原本嬉皮笑脸的表情，进入工作状态，"有什么问题吗？"

傅南岸说:"我觉得他的心理状态不太对。"

傅南岸一直对情绪很敏感,他的眼睛看不见,却比正常人更能洞察人心。上午见到知知时,他便隐约察觉到了不对,又在晚上与池照聊天时灵光一闪明白了原因。

"他太依赖池照了,不像是普通病人对医生的那种依赖。"傅南岸轻叹口气,问邹安和,"那小孩的家长是不是很少过来?"

邹安和想了一下,点点头:"对,他父母工作很忙,有时候一星期才来看他一次。"

"看出来了,上午第一次见面他就问了我很多关于眼睛的问题,我想他一定纠结这些问题很久了。"傅南岸说,"毕竟眼睛太重要了,小朋友如果没有家长开导的话,很容易想不开。"

"我知道了,等下次他父母过来的时候,我和他们谈谈吧,让他们多开导开导小孩。"邹安和满脸疲惫地揾着自己的太阳穴,又突然想起什么,"对了,知知好像是挺依赖池照的,要不我和池照也说下这件事,让他注意一点?"

说到这里,他又有些犹豫了:"可池照自己也是个大孩子呢,不知道能不能担起这件事……"

"我其实有这个打算,"傅南岸及时肯定了邹安和的想法,"我刚和池照聊了几句,感觉这孩子还不错,有责任心,也挺真诚的。"

"那最好不过了。"邹安和点头,又恍然大悟似的笑了起来,"原来刚才和你聊天的是池照啊……不是,你们什么时候这么好了?"

"早上的事你又不是不知道,意外罢了。"傅南岸轻笑了下,神情有些无奈,"至于刚才……就是我捡到了池照的胸牌,然后他加我微信聊了两句。"

邹安和挑眉:"真的?"

"不是你让我多和实习生接触接触的?"傅南岸笑着说,"我这也是遂你的愿嘛。"

邹安和摇头笑笑,不再继续说下去了。

有知知的事儿在眼前，之后的几天，傅南岸都和池照保持着联系，时时关注着知知的情况。

池照也很热情地跟傅南岸聊着，除了知知也会聊些别的，与成熟的教授相处起来太舒服了，不论是生活上还是学习上都能学到很多。

两人就这么有一搭没一搭地聊着，隔三岔五地，池照总会给傅南岸发个消息，提醒他增减衣物。就这么一晃一周过去了，这天早上池照查完房后坐在空的诊疗室里看书，突然收到一条傅南岸的消息。

【现在忙吗？】

看到消息的时候，池照的眼睛亮了一下，赶忙回复：【不忙的，教授。】

两人有时会聊一聊，但多数是池照主动的，傅南岸主动的情况少有。池照的消息发过去，傅南岸的消息很快回复了过来。

【帮我送份报告过来可以吗？就在你们邹主任那儿。】

傅教授不是喜欢麻烦别人的性格，能主动开口那就是真没空了。池照未推辞，左右他也闲着，帮忙跑个腿儿不算什么。

【好的，教授。】

池照爽快地回复了过去，起身去邹安和的办公室，一边走着还一边想，这还是傅南岸第一次主动找他呢，可得把事儿办好了。

邹安和不在办公室，池照犹豫了一下，只好在他办公桌上找。层层叠叠的各种文件铺满了整个桌子，池照整理了好久才找到傅南岸要的那个。他拿起文件就往外走，根本没注意到身边什么时候来了个人。

"干什么呢这是，这么着急？"擦肩而过的人伸手在池照的眼前晃了晃。

池照回神，这才发现迎面而来的竟然是钟阳秋。

"我去给傅教授送个报告。"池照挥了挥手里的文件，转身就要走。

一听到傅教授这个名字，钟阳秋就乐了，又把他拉了回来："你什么时候和傅教授的关系这么好了？"

"也没有吧。"池照"扑哧"一下笑了，"我就是帮邹主任送个文件跑个腿儿，这算什么关系好？"

"这你就不知道了吧。"钟阳秋故作玄虚地摇了摇头，竖起食指在眼前轻晃着，"别看傅教授表面温和，骨子里冷着呢，你看他什么时候叫别人帮忙送过东西？"

池照"哧"地笑了下，说："你可太会说了。"

学生们总喜欢开这种玩笑，其实就是互相调侃。

池照倒不觉得自己对傅南岸来说有多特别，顶多就是最近在他面前出现的频率高了点，让他有了那么点些微的印象罢了。

钟阳秋微微扬起下巴："咱小池太有出息了！都跟这么厉害的教授搞好关系了！"

"行了行了，再吹真过了啊。"池照一笑，撞了下钟阳秋的肩膀。

两人就这么嘻嘻哈哈的，钟阳秋的脸色却突然变了变，目光看向池照身后的某个方向。

"怎么了？"池照脸上带着笑，一时还没反应过来怎么回事，"怎么这个表情？"

"池照，"钟阳秋小心翼翼地拽了下池照的白大褂，"看那边。"

钟阳秋的声音突然低了下来，用眼神示意着池照，池照的右眼皮没来由地跳了一下。

他倏然抬眼，突然发现傅南岸正拄着盲杖站在不远处，与他们不过两米的距离。

池照拽了下领口，有些尴尬地走到傅南岸面前："傅教授，您什么时候来的？不是说让我给您送过去吗？"

"刚到。"傅南岸笑了下，表情中看不出喜怒，"正好我这会儿没什么事，就到这边来看看……报告现在在你那儿吗？"

"在我这里，"池照干咳了一下，赶忙把报告递了过去，"就是这份。"

"谢谢。"傅南岸点头接过。

"刚才你们在聊什么呢？"傅南岸随口问了句，"笑得挺开心。"

池照一下就愣住了，傅南岸显然是听到他们在说什么了。

一股尴尬从脚底升起，池照犹豫着要不要和傅南岸道个歉，还没开口，傅南岸白大褂口袋里的手机突然响了起来。

"喂，您好……好的，我知道了……给我三分钟。"傅南岸挂断了电话，表情一下子严肃起来，转头对池照道，"我这边有点事，那我就先走了。"

平日里的傅教授是温和而沉稳的，遇事时则多了几分凌厉果断。他将报告握在手里，单手拄着盲杖快速离去，沉稳的脚步丝毫不像是一个盲人。

"傅教授再见！"

池照都来不及说其他话，只能目送着他的背影远去。

从邹安和的办公室出来之后，池照怎么着都觉得不得劲，还惦记着刚才和钟阳秋说话被傅南岸撞见的事。

其实他和钟阳秋没聊什么过火的东西，都是夸傅南岸的，但就这么被傅南岸撞见了，他还是觉得不好意思。

池照待的地方是个空诊室，只有几个实习生在，大家都在埋头写病历或者看书。诊室里很安静，池照的心里却乱糟糟的。他打开病历写了两页，一句话里竟然有两个错别字。池照无奈地叹一口气，把这页病历撕掉，索性先不写了。

病历书写是很严肃的事情，每处错误改掉之后都要签上自己的名字和修改时间，一张纸上出现三处以上的错误就必须重写。他不能在这种状态下敷衍了事。

不行，池照想，他必须得跟傅教授道个歉。

不管傅教授听没听到，在背后议论别人总归不是好事。

下定决心之后，池照的心思才逐渐稳了下来，出去洗了把脸冷静了下，慢慢地把剩下的病历写完了。

时间一晃来到晚上七点，估摸傅南岸那边的事解决得差不多了，池照把写完的病历交给邹安和审阅。

猜测傅教授肯定来不及吃饭，池照去医院门口买了两份粥回来。

傅南岸办公室的门是虚掩着的，池照在门前踌躇了一会儿才推开门。傅南岸就坐在里面，池照只能硬着头皮进去。

"傅教授。"池照低低地叫了声。

傅南岸应声抬头，听出了池照的声音："池照？你怎么来了？"

"对不起老师，"池照低下头走到傅南岸的面前，把粥搁在了桌上，"我是来跟您道歉的。"

傅南岸把书放下，微微皱眉："道歉？"

"嗯，就上午碰见您那会儿，"池照的声音低低的，规规矩矩地站在傅南岸面前，"我和朋友说话没什么分寸……"

他跳过那几句话，继续说道："我们就是开玩笑的，希望您别介意。"

又想起上午说的那些话，池照很紧张地盯着傅南岸看。

他不确定傅南岸是不是真的生气了，傅南岸的表情很淡，看不出什么情绪。

"这没什么。"傅南岸淡淡地摇了下头，池照却仍然不放心。

就……这样吗？

池照悬着的一颗心根本没有落下，反而更加惴惴不安起来。

原本池照是最钦佩傅南岸的淡然的，此时却因他的不露声色而显得格外紧张。傅教授的回应太淡了，让人看不出也根本猜不透他的真实意图，是真的没有生气，还是已经不想再和他说话了。

池照嘴唇微颤着，小声问："真的吗？"

他脑袋是乱的，但干想并不能解决问题。他蜷缩着手指，指尖碰到依旧温热的粥。他把粥塞进傅南岸的手里，语气稍有些仓促："那您喝点粥吧,这是我特意买的,给您赔罪。"

傅南岸的指尖动了一下,池照生怕他会拒绝,手忙脚乱地继续往前推。

傅南岸低低地笑了下:"真没生气,不用这么紧张。"

早上池照和钟阳秋的对话,他听了七七八八,是真的不怎么在意。

朋友之间的打趣太正常了,傅南岸也在医学院代课,常听到学生这么互相揶揄,根本没往心里去。

拿过文件之后,他很快忘记了这事,根本没想到池照还会专门来道歉,这么小心翼翼,一副生怕他不开心的样子。

像是……笨拙地想要讨取人类欢心的毛茸茸的小狗似的。

不知怎的,傅南岸的脑海里闪过了这个奇妙的比喻。

他不由自主地勾起了嘴角,池照有些惊讶地瞪大了眼睛。

"教授您笑了!"他不好意思地挠挠头,"那就是真不生我气了?"

"嗯,没生气。"傅南岸说,"小事而已。"

傅南岸的语气太温和了,池照一颗惴惴不安的心终于安稳下来。

池照又想起什么,急急忙忙地说:"那您喝粥,我刚买的,还热乎着呢!"

粥确实是温热的,暖得手心都热乎乎的,傅南岸的嘴角不自觉翘起一点,说:"好。"

第二章
对不息生命的偏爱

1.

从傅南岸那边回来，池照又去了趟知知的病房，这才乐颠颠地回到寝室。

一路上他的脸上都是挂着笑的，傅教授实在是太好了。晚上他洗漱完毕躺在床上，却莫名觉得有点不对劲。

不是傅南岸不对劲，而是知知有点不对劲。

往常的知知都很黏人，池照一进病房，知知就不让他走，不是陪玩游戏就是让他讲故事，非得耗到寝室快要锁门的时候，知知才恋恋不舍地放他离开。

而今天的知知却乖到不像话，池照进门时，他就环抱着双腿坐在床上，池照刚和他聊了两句，他就催池照走。

"今天怎么这么沉默？"池照笑着问知知，"谁欺负我们知知了？来告诉哥哥。"

"没有呀。"知知眨巴着眼睛，抿着嘴唇笑了一下，"我就是有点困了，池照哥哥你早点回去休息吧。"

当时池照只觉得这小孩怎么这么安静了，现在才察觉到不对劲，知知当时的眼睛是红通通的，像是刚刚哭过。

不行。

池照猛地坐起了身。

"干吗呢,池照?"几个室友也都刚躺下,钟阳秋还坐在下面玩手机,见池照突然坐了起来,有些奇怪地问他。

池照给他描述了今晚知知的状态,越想越觉得不对劲:"不行,我得去看看他。"

"这都几点了,外面早锁门了。"钟阳秋看了眼手机上的时间,劝道,"一晚上不要紧的,你明早早点起来去哄哄他就行了。"

"是啊,是啊。"另一个室友接话,"小孩子的心情变化快得跟什么一样,你现在过去,说不定他早就睡了,来来回回折腾一趟多麻烦。"

"你要是现在出门肯定会被宿管阿姨骂的,你又不是不知道那阿姨有多凶,晚回来一分钟都要揪着你耳朵骂。"

……

室友们你一言我一语地劝着,池照的心里却还是不太舒服。傅南岸和他提过知知的心理状态之后,他的脑子里就一直绷着根弦。

眼科病房里常有因为无法忍受身体缺陷而产生心理问题的人,甚至之前就有知知这么大的孩子因为父母不想要自己而做出偏激行为。池照是真的挺喜欢知知,不想让他再受到什么伤害。

"算了,骂就骂吧。"池照最终叹了口气,重新穿好衣服,"我还是去看看吧,不然真的放心不下。"

室友们劝不住池照,宿管阿姨这关却不是那么容易过的。阿姨刚睡下,被叫起来之后没好气地说:"不行,学校有规定,晚上实习生不能出门。"

池照好声好气地和她说:"主要是病房里有个小病人,我放心不下想去看看,保证很快就回来。"

"找理由也不知道找个靠谱点的,"阿姨压根不信他的这套说辞,"病房里每天都有值班的人,你一个什么都不会的实习生凑什么热闹?就算真出了什么事,顶上那么多医生、护士都可以处理好,你到那里也是添乱。"

话是这么说,但池照就是放心不下,右眼皮一下一下跳得很快。

他心里总有些不祥的预感,知知那瘦弱的身影就像是印在他的脑子里似的,怎么都挥之不去。

"阿姨,"池照恳求道,"您就让我出去吧。要是不放心的话,我可以把学生证留在这里,回头学校有什么处罚我自己担着。"

"不行。"

"求您了,就这一次,真的。"

就这么来来回回好几个回合后,阿姨终于被他缠得没办法了:"算了算了,我还是第一次见到你这么固执的学生,真是输给你了。"

"谢谢阿姨!"池照笑了起来,赶忙道,"谢谢您了。"

"看一眼就赶紧回来。别说是我放你出去的啊。"阿姨帮池照开了门,小心翼翼地叮嘱,"学校规定不许你们出去的,出事了那就是我们的责任。"

池照连忙点头:"阿姨您放心,我很快就会回来的。"

在阿姨面前磨了半个小时,池照总算出了寝室大门。天色已经很晚了,路上的行人明显比白天少了很多。周边的小店多数关了门,隔老远才能看见一个还在营业的店铺。

明亮的路灯照在柏油马路上,时不时有汽车飞驰而过,深秋的冷风灌进衣服里嗖嗖作响,池照觉得自己逆风而行的模样还挺酷的,点开手机里的音乐顺便插上耳机。

"知知啊,哥哥对你也算是真爱了。"

池照兀自笑了下,拉上外套的拉链。

好在大部分的担忧到最后都只是虚惊一场。

池照更多的是图个安心,也没想过真会发生什么事。一个那么点大的孩子能掀起多大的浪花啊,池照自己也是这么想的,医院里的防护挺全面的，就连窗户都特意做了封口。

池照踏进医院的大门，来到了二楼的病房区，还在盘算着一会儿会不会把知知吵醒，知知看到自己会不会吓一跳呢。

看到那扇紧闭着的病房门时，他右眼皮却没来由地跳了两下。

为了防止病人发生意外，医院晚上都是不许关灯的，走廊里的灯必须保持常亮，病房里也要求保留地灯。

眼科病人视力不好，灯光会开得比其他科室更亮一些，而知知的病房里却是全黑的。

"知知？"

池照心脏一紧，把耳机线揉成一团塞进衣服口袋，试探着推开了病房的门。

"啪"的一声，池照打开了灯。

眼前的一幕让他蓦然惊呼出声："知知！"

猛然亮起的灯光格外刺眼，亮白的灯光下，知知呆呆地站在窗前的椅子上，手里似乎拿了一把不知从哪儿来的小剪刀……

知知似乎没有料到池照会回来，扭过头，一下子愣住了，怔怔地歪着头打量池照。

池照二话不说便冲上去，准备把他抱下来。

"知知，你这是要干什么？！"池照低吼道。

知知很快反应过来，一边大喊着，一边挥动手里的小剪刀："池照哥你离我远点！"

医院的窗户只能打开一条缝，但眼科病房的窗户毕竟没加围栏，万一……池照不敢再想下去了，伸开双臂就要去抱知知。知知躲闪着，一脚踩空，在他快要摔倒的一瞬间，池照及时接住了他。但不幸的是，小剪刀却恰巧扎伤了知知，鲜血顺着他的手腕慢慢淌了下来。

"知知！"池照一把抓住知知的手腕。

知知反手要躲，挣扎的过程中小剪刀却划破了池照的皮肤。

尖锐的痛意传来，池照倒吸一口凉气。

"对不起池照哥,我不是,我没想……我、我……你离我远一点!"看池照的手背见了血,知知明显慌了神,慌乱地想挣脱池照的胳膊。

池照知道这样下去不行,伸手握住了知知的手腕。知知再次挣扎,顺着露出来的耳机线把池照的手机扔了出去。

"哐当"一声响,知知愣了一下,趁着这半秒钟的时间,池照将他手里的小剪刀夺走,又把他整个揽进了怀里。

"不要!不要!不要碰我!"知知的情绪瞬间激动起来,拳打脚踢着。

知知太紧张了,浑身的肌肉都在颤抖。池照努力控制着他的四肢,一遍遍地说:"知知,你冷静一点,知知!"

可这时候的知知哪能听得进话呢?

情绪的作用之下,就连力量都被放大了,知知瘦小的身板里好像突然有了使不完的力气,竟不比池照这个成年人小了。

池照抓住知知的手臂,努力想要控制住他,但知知又踢又咬的,池照渐渐有些控制不住了。

池照用尽全力按住知知,艰难地呼救着。

"快来人!快来人!"池照的声音是嘶哑的,他同样耗尽了自己全部的力量,"七床的病人受伤了,快来人!快过来!"

外面有病人听到动静,也跟着一起喊:"七床急救!七床急救!"

知知的哭喊声与池照的喊声混在一起。

闻讯而来的医生和护士赶紧上前帮忙。

像是过了一秒又像是过了一辈子,池照的怀中蓦然一空,已经哭得没有力气的知知被人接了过去。

"快快快!心电图机!"

"手腕上还有伤!赶紧来止血!"

"镇静剂!推点镇静剂!先缓和情绪!"

从病房到急诊科,担架床的轮子在地板上发出骨碌碌的声响。

池照的怀中彻底空了下来，其他的人都在忙着急救，池照便坐在急诊科外的长廊上等候着，呼吸慢慢平复，心也沉了下去。

为什么没有再快点呢？

为什么没有早点发现知知的异常呢？

为什么……

池照坐在长椅上，缓缓握紧了拳头。

事态紧急时，他想不了那么多，现如今等待的过程中，所有的情绪都一股脑地冒了出来。

其实池照对知知已经够重视了，家长为知知请的护工隔三岔五会回去休息，池照却一直惦记着知知。

自从得知了知知心理状态不太好之后，池照每天都会来看知知好几次，和他交流、陪他玩，只要发现一点异常情况都会及时向傅南岸报告。这次知知自杀也是池照先发现的，但在意外发生之后，这种自责是无法避免的，哪怕知知的伤并不严重。

如果再早一点。

如果再认真一点。

如果……

有太多"如果"可以幻想了，眼前闪过的是鲜红的血，是知知抑制不住的哭声，是光怪陆离的片段，池照大口地喘着气，手背的痛感依旧明显。

他发泄似的狠狠捶打自己的大腿，在懊恼、愤怒、内疚的情绪要把他吞没时，一只温暖的手搭在了他的肩膀上。

"池照？"

是傅南岸的声音。

或许是因为一直在自责，池照竟没发现傅南岸是什么时候来的，抬眼时才发现傅南岸已经站在自己面前了。

池照蓦地停止了抽泣，不想让傅南岸发现自己如此狼狈的一面。

而戛然而止的声音也让傅南岸确认了自己的猜测，他听到的哭声确实是池照的。

"还好吗？"傅南岸问他，"怎么一个人躲在这里？"

2.

医院里发生的事儿瞒不住，知知受伤的事儿很快就传开了。

了解事件详情之后，傅南岸第一反应是担心知知，第二反应就是担心池照。

此时傅南岸还不知道池照就是为了知知回来的，但他知道刚上临床的实习医生碰到这种事儿会觉得不舒服。从这么多天的相处中，傅南岸知道池照是个心思很细的人。知道知知没事儿之后，傅南岸就来找池照了，他的眼睛看不见，路过此处好几次都没发现，最后是隐约听到了池照的抽泣声。

"不舒服？"傅南岸拄着盲杖在池照身边坐下，缓缓问道。

傅南岸的语气很温柔，淡淡的沉檀气息若有似无，一下子就把池照从不断扭曲拧巴的思绪中抽离了出来。池照露出一个不太自然的微笑，往旁边挪了挪："教授您怎么来了？"

"我听说知知出事了。"傅南岸解释着，之前他就在关注着知知，这会儿听到知知的消息，无奈又心疼地感叹了句，"没想到还是没防住。"

傅南岸低沉的嗓音带着遗憾的意味，池照更难受了，自责再次涌上心头。池照握紧了拳头，声音紧绷道："都怪我，如果我能早点儿发现，如果我……"

"没什么如果，"傅南岸眉头微蹙，很温和地打断他，"你已经做得很好了，如果没有你，知知的情况只会比现在更糟。"

"可是……"池照急促地想要说点什么。

傅南岸问他："你刚才怎么在知知的病房？"

池照老老实实地回答："我就是觉得知知的情绪好像不对，想再回来看看。"

傅南岸又问："什么时候发现不对的？"

"就我回寝室之后……"过往的画面依旧清晰，池照痛苦地摇摇头，"那时候寝室大门锁了，但我越想越觉得不对，怎么也放心不下……现在想想我今晚就不应该走的，我就应该……"

"没什么'就应该的'，"傅南岸再次打断他的话，"这不是你的责任。"

一开始傅南岸没想着池照是专门回来看知知的，这会儿听到他说起原因，语气更柔和了："每个人的情绪和感受都是独一无二的，你不是他，不知道他经历了些什么，不可能预估他所有的情绪，能做到这步已经很好了。我甚至没想过你会为了知知专程跑回来……你不用苛责自己。"

和傅教授交流是一件很舒服的事，他不讲大道理，温和的词句却能说到人的心坎里，池照原本焦躁的情绪逐渐缓和下来。

"你已经做得很好了。"傅南岸一次又一次地告诉池照。

傅南岸告诉池照：哪怕再优秀的医生都不可能面面俱到。他的反应已经很迅速了，连家长重金聘请的护工都没有发现的细节他却发现了……傅南岸很温和地夸奖着池照，把他心底那点尖尖刺刺全都抚平。

说到底，池照不过是刚上大四的学生，二十出头的年轻人，没经历过生离死别，这次猛地遇到这么大的事，会感到懊恼和无能为力再正常不过。

淡淡的沉檀香气似有若无，池照坐在长椅上，听着傅南岸的声音，那些积攒在胸口的情绪就这么消散了，眼前重新亮了起来，像冷寂的雪山顶吹进了一缕春风，从此峰回路转，柳暗花明。

是啊，他已经尽力做到最好了。

悲剧没有发生，知知会好起来的。

眼前是黑的还是白的，有时候其实就是种心境而已。

傅教授的眼前是黑的，但他能为人带来明亮的世界。

池照说："我知道了，教授。"

语气是坚定的。

知知的伤势不重，没有生命危险，主要是心理上的刺激，但仍需要在急诊科留观二十四小时。

事情发生之后没多久，邹安和就赶到了医院，知知的父母也随之赶来，等包扎完之后，夫妻二人哭着扑向还躺在病床上的知知，旁边的护士赶忙上前把他们拦住。

"先生女士，麻烦你们克制一点。"护士用手臂挡住他们，"病人现在需要休息，请你们不要打扰他。"

知知一直醒着，躺在病床上一声不吭。妈妈在旁边哭得稀里哗啦，爸爸也红了眼眶，知知只是垂下眼帘躺在病床上，安静得根本不像这个年纪的孩子。

"先让孩子休息吧。"邹安和上前拍了拍两人的肩膀，"我们出去聊。"

邹安和把两人带到眼科办公室，池照跟在后面，给他们倒了温水。

"喝点水吧。"池照说。

"谢谢。"

"谢谢你。"

送过水后，池照便没再说话。

邹安和问两人："你们这两天跟知知说过什么吗？前两天我看他情绪还挺好的，怎么今天就……"

"什么都没说！"知知爸爸忙不迭地否定道。

知知妈妈则在一边支支吾吾："是不是……那个……"

邹安和问："什么？"

知知爸爸再次摇头否认道："没什么。"

"叔叔阿姨，有什么话你们最好和邹老师说。"池照在一边看不下去，插嘴道，"不然知知的根源问题没法解决，以后还可能遇到更多问题。"

邹安和点头说："确实。"

知知妈妈犹豫了一会儿，最终还是说了实话："是这样的邹医生，我们想……把知知留在这里一段时间。"

邹安和皱眉道："什么意思？"

"就是在医院里常住下来，"她讪讪一笑，下意识地抚了下肚子，"我……我怀孕了，我们打算再要一个孩子。"

邹安和的眉头紧皱："所以知知你们打算不管了？"

"不是不是，医药费我们会付的，"她赶忙摇头，解释道，"我们不差这个钱，只是我们打算去国外生这个孩子，可能会留知知一个人待在这里一段时间……"

"一段时间？"邹安和问，"具体是多久？"

知知妈妈笑得有些尴尬，说："还不太确定。"

他们在办公室里沟通着知知的情况，池照在旁边听着，心里不是滋味。

平心而论，这对父母给知知的不少，光是住院费就是一大笔钱，可现在知知才六岁，他们就要把他留在这里去国外生儿育女……这意味着他们已经决定定居国外，把知知当作"残次品"放弃了。

邹安和当然知道其中的意义，有些为难地劝道："可是知知还这么小，你们就让他一个人待在这里……"

"没办法的，医生。"知知爸爸打断了邹安和的话，眉心紧紧地拧在一起，"孩子眼睛的情况您也知道，把他带出国只会更麻烦，我们别无选择。"

邹安和盯着他们看了一会儿，沉默着叹了口气。

这个话题太沉重了，池照有些听不下去，默默地推开办公室的门回到急诊留观室。知知依旧躺在床上一声不吭，睫毛耷拉着。

"池……池照哥……"

此时看到池照，知知似乎有些不好意思，抿着苍白干涩的嘴唇，勉强露出一个笑容："对不起池照哥，我是不是弄伤你了？"

争夺小剪刀的过程中，知知确实划伤了池照，好在只是一个小小的伤口，池照很快就处理好了。

看着满脸内疚的知知，池照只觉得心疼。

"对不起池照哥，我没想伤害你的。"知知小心翼翼地道歉，"你不要讨厌我，求你了。"

"我不会讨厌你的。"池照强忍住酸涩的眼眶，抚过他的发梢，"乖，哥哥没有讨厌你。"

"嗯。"知知应了一声，像是安心了，又像是还陷在自己的思绪里。他的眼睛盯着手腕处那被包扎得严严实实的伤口，又突然想起了什么，怔怔地问池照，"那爸爸妈妈呢？"

池照一时没反应过来："嗯？"

"爸爸妈妈会讨厌我吗？"知知咬着嘴唇，这个问题也是困扰了他太久的心魔，"我看到他们过来了……他们不要我了吗？"

细软的声线带着鼻音，一下就戳到了池照的心里。池照抬手，揉了揉知知的脑袋。

知知在害怕，池照知道。他也知道知知为什么会情绪失控，昨天上午，父母告诉了知知他们要走的消息，知知一时无法接受。

是啊，才这么大的孩子，谁能接受被父母抛弃呢？

池照知道这时候应该安慰知知"不会的，那是你的爸爸妈妈"，安慰他"他们不会不要你的"，但此时看着知知苍白无神的脸颊，池照突然想告诉他一些别的东西。

"知知。"池照认真地叫了知知的名字。

知知眨了眨眼睛："嗯？"

"爸爸妈妈生你、养你，但生命是你自己的。"池照扶起他的脑袋让他看向自己，语气认真，"我知道这种滋味很难受，但是就算是他们不要你了，你也应该尊重自己的生命，不能因为别人的不喜欢就选择结束。"

知知怔了一下，好像不明白池照在说什么。

池照知道自己吓到小孩了，微微放松手腕，轻轻笑了起来："我没和你说过吧，哥哥的爸爸妈妈就不想要哥哥。"

池照当然会照顾小孩，因为他是在福利院里长大的，身边总有很多弟弟妹妹。不是他没有父母，只是父母不愿把爱施与他。

他的父母经常吵架，唯独在一件事上尤其默契——把气撒在他的身上。

小时候的池照经常被打得遍体鳞伤，却连哭都不被允许。

那是偏远又暗无天日的小山村，周围没有一个人愿意帮他，他打记事起就想逃离那个地方，于是在半夜偷偷爬进邻居家的敞篷卡车里进了城，辗转了很多地方，终于被好心的社区工作人员发现。

那个年代的互联网还不发达，池照坚称自己没有父母，最终被福利院收养。

知知睁大了眼睛听着池照讲述以前的事。

那是很久远的事情，池照再回忆起来却依旧清晰。

讲完之后，池照抬了下头。

窗外阳光正好，一个老爷爷正推着棉花糖车从住院楼外的小街道走过。

池照低头问知知："想吃棉花糖吗？"

不等知知回答，他便自顾自站起了身："哥哥小时候没人喜欢，没人在意，那我就自己喜欢自己。我那时候最想的就是能吃块棉花糖，但从来没有人愿意给我，现在我长大了，想吃多少块都能吃了——哥哥现在也买给你。"

说不恨是不可能的，那太假了，那些伤痕全都烙在了记忆深处，直到现在池照还会时不时从噩梦中惊醒。

刚到福利院的时候，他身上全是伤，福利院的工作人员问他疼不疼，他疼得直吸气，但还是果断地摇头说："不疼了。"

哪怕命运不公，池照也从没放弃过自己，他是想往前看的。

池照笑着往外走："等着，哥哥这就给你买一个最大的棉——"

话说到一半，池照突然噤了声。

门是开着的，傅南岸不知何时站在了那里。

他单手挂着盲杖，就这么静静地看着池照所站的方向，浅灰色

.035.

的眼眸像是浓郁得拨不开的雾气。

3.
傅南岸听到了吗？

还是没有听到？

池照呆怔在原地，一时不知要说些什么。

他一定是听到了。

看样子他已经站在那里很久了。

傅南岸神色如常地问池照："要下去买东西吗？"

"……嗯。"

池照讷讷地点了点头，听傅南岸说："走吧，我和你一起。"

两人就这么下了楼，池照努力平稳着呼吸，心底是一片惊涛骇浪。

池照不知道该作何反应，因为除了知知，他从未主动向别人袒露过自己的过往。

小时候档案里记录过，于是学校里的师生都把他当作重点关注对象，甚至初中时的班主任还为他在班里进行过募捐。

他们是好心的，池照知道，可有时过度的关心本身就是一种伤害，他不喜欢那种不一样的眼光。

刚到福利院那会儿，常有志愿者来看望他，有些人温柔地抚摸着他的头，看向他的目光中充满了怜悯，像是在对待可怜的小动物。

但他想要的从来都不是怜悯，他不需要别人的同情，他只是想做一个不会被异样对待的普通人。

"那个，傅教授，"池照努力扯了扯嘴角，"您刚刚……听到了吗？"

不等傅南岸吭声，池照便自己接话道："其实那都是好早之前的事了，早过去了，我现在活得特别好，每年都拿奖学金，我、我……"

池照顿了一下，脑子有些空白。

傅南岸轻轻地"嗯"了声，示意他继续说下去。

于是池照重重地深吸一口气，又缓缓吐出："……我想说，您不用可怜我。"

他偏头看了眼傅南岸的身影，眼里满是诚恳。

他已经在很努力地活着了。

他不需要怜悯，也不需要同情。

他只想像个普通人那样平凡地活着。

"嗯。"傅南岸温和地笑了一下，说，"我知道。"

他的语气是那么温和，把池照一颗皱巴巴的心都抚平了。

"我知道。"

傅南岸说，他知道这种心情。

傅教授当然懂得这些，不只是因为他是心理学教授，更是因为他就是这样一步步走过来的。

当年的天之骄子一朝陨落时所有人都在惋惜："可惜他成了个瞎子""可惜他不得不放弃热爱的医学事业"……某种程度上来说，他和池照遭遇过的情况一样。

"别想太多。"傅南岸淡淡地笑了一下，"往前看吧。"

当过去的经历已经成为过往，既定的事实已无法改变之时，他们还是可以向前看的。

池照抬眼看傅南岸，他的眼睛仍然是灰蒙蒙的，给人的感觉却很温和。

那天他们聊了很多话题，过去、现在、未来，还有很多稀奇古怪的问题。

两人回到病房时，知知都快睡着了。见他们回来，知知才又挣扎着坐起来，抱怨着："你们怎么才回来啊？"

"哥哥和傅叔叔说了几句话，"

池照不好意思地笑笑，赶忙把手里的棉花糖塞进知知的手里："给你买的棉花糖，尝尝看？"

"肯定不是几句，得有几百句了！"知知轻哼了一声，但还是乖乖地接过来。他撕下一块，塞进嘴里问池照，"这糖甜吗？"

"甜！"池照重复了一遍，"特别甜。"

"池照哥哥，"知知放下棉花糖，认真地看着池照说，"那天晚上，我并没有想干什么。我就是太想回家了，太想出去和我的朋友们玩了。我拿着小剪刀，幻想着能剪开窗户，剪开小朋友们家的墙，这样我就……"

池照听后，觉得又好气又好笑又心疼。原来自己真的想多了，小朋友心思单纯，只是想去过一个孩子的正常生活。可这个简简单单的愿望，知知竟也不能实现。

知知的父母还是走了，没有带走知知。

知知"自杀"之后，傅南岸对知知进行了心理疏导，知知父母又请了个高级保姆，但知知没要，知知只说他想上学。

这个愿望说简单也复杂，知知的身体条件放在那里。但由于知知强烈要求，他父母最终还是同意为知知联系了一所寄宿制的特殊学校，校方同意他在病情稳定之后过去。

父母走的那天，知知没有去送，只是仰头看着窗外，看鸟儿叽叽喳喳，看一架飞机从云层中穿过，留下两道长长的白烟。

池照坐在病床边陪他，抚摸着他的脑袋问他："怎么不去送送他们？"

"反正都要走的，"知知的眼帘垂着，长长的睫毛遮掩着他眼里的表情，"看着他们走更难受。"

知知已经恢复得差不多了，眼睛、情绪以及各个方面，但亲情到底是很难割舍的东西。

池照低低地叹了口气，真是个让人心疼的孩子。

"别叹气，"知知忽然仰起脑袋，一脸认真地说，"太丑了。"

池照："……"

好了，不心疼了。

话虽这么说，但池照还是挺担心知知的。

小孩子恢复很快，知知手腕上的伤口很快就愈合了，只剩下一道浅浅的疤，但心上的伤痕是看不到的，视力缺陷带来的伤痛可能会陪伴他走过很远很远。

于是池照再次叹了口气，手指撩过知知柔软的头发。

知知不满地撇了撇嘴："都说了让你别叹气了。"

池照笑他："怎么，马上要走了，对哥哥这么凶？"

"才不是呢，"知知气鼓鼓地说，"我就是看你不开心。"

池照勾唇一笑，凑近了想要安慰知知两句，却没想到知知突然站了起来，学着他的动作，小小的手掌也放在了他的脑袋上。

"好了好了，哥哥乖，别叹气了。"

知知有些笨拙地抚摸着池照的头发，一脸嫌弃道："我刚决定要成为像你一样的人呢，你别给我留下坏印象行不行？"

不伤心是不可能的，换谁都一样，知知从小和父母生活在一起，不可能习惯他们的忽然远去。

但走了就是走了，人总要往前看的。知知用自己的方式告诉池照，他已经想开了，他会努力地活下去。

看着小孩儿气鼓鼓的表情，池照"扑哧"一下笑了出来："原来哥哥在你心目中的地位这么高，还是你的偶像？"

"……勉强吧。"知知歪着脑袋上下打量他一番，威胁似的，"再叹气就不是了！"

"好，"池照笑了笑，从白大褂里摸出一颗糖给他，"那我们以后都不叹气。"

奶糖小小一颗，轻易就能握在手里，包装纸软软的边缘又像是伸出的小翅膀一样。

不叹气，池照告诉知知，吃过了糖，就要继续向上飞呀。

知知出院那天，池照也从眼科顺利出科，轮转到了心理科。

与某些医院将心理科室归为神经内科不同，五院有单独分出来的心理科，临床学生轮转心理科是今年刚加上去的，以前的实习计划中并没有。

有人欢喜有人忧，池照对心理科很有兴趣，特别是经历了知知的事之后更想去多了解多接触。而开完大会回去的路上，钟阳秋的脸就一直耷拉着，抱怨道："怎么还要去心理科啊……"

"怎么，"池照问他，"你不想去？"

"那肯定，我以后肯定不会选心理科啊，我准备干临床的，干吗轮转心理科？"钟阳秋有些不满，"有这时间还不如多背几道考研真题。"

池照倒是挺想去："也能多学点东西嘛，就比如知知那事儿，如果不是傅教授提醒的话那就真的坏了。"

"唉，只能这么安慰自己了。"钟阳秋无奈地点头，"现在我唯一的希望就是到心理科之后别分到傅教授的手下。"

"为什么？"池照很不理解，他巴不得分到傅南岸的手下，甚至不得不承认对心理感兴趣就有傅南岸的功劳，"之前你不是总和我夸傅教授多牛多厉害吗？怎么这会儿倒不愿意跟着他了？"

"远远看着和在他手下做事当然不一样啦！"钟阳秋无奈地白池照一眼，"傅教授厉害是真的厉害，但严厉也是真的严厉啊。那些心理学院的同学都怕死傅教授了，还有人被他训哭过呢！"

傅南岸就是这样的人，他是温和的、和善的，但也是绝对认真负责的。平时怎么玩闹他都不会生气，但涉及工作的事必须严谨，做错了就必须严肃处理，不能姑息。

"千万不要分到傅教授那里，千万不要，不要不要。"

钟阳秋合掌小声念叨着，两人的微信提示音同时响起，是实习大群里的消息。

"分组表出来了。"

池照看了眼手机，点开表时突然紧张了一下："其实我还挺想跟着傅教授的，真——"

他突然噤了声。

钟阳秋问："怎么了？"

"太巧了。"池照反反复复看着分组表上的名单，抑制不住地扬起嘴角。

钟阳秋狐疑地点开分组表一看，也忍不住惊呼出声："你居然分到了傅教授负责的一病区？"

池照一哂，舒一口气："得偿所愿。"

"你认真的啊？"钟阳秋难以置信地看着他，"你真想跟着傅教授？"

"真的啊！"池照笑着撞了下他的肩膀，"走，今晚请你吃饭。"

五院是省内最大的医院了，每个科室都细分成了好几个病区，能分到傅南岸的手下绝对是值得高兴的事，钟阳秋分到的三病区甚至和池照他们不在一层。

池照说到做到，晚上真请钟阳秋吃了顿饭，回寝室的路上遇到卖棉花糖的，又买了两个棉花糖吃。

"你怎么还喜欢吃这种东西？"钟阳秋撕下一块棉花糖塞进嘴里，觉得有些好笑，"这不都是小朋友才吃的东西嘛。"

"反正就是喜欢呗，"池照没多解释，只是说，"好吃，甜。"

棉花糖太甜了，甜到了池照的心坎里，回到寝室之后，他把短短的竹签洗干净放进抽屉。

小小的抽屉里已经积攒了好几根竹签，被整齐地放在最深处，池照把它们一根根拿出来擦了一遍，又重新摆好，认真得像是在对待什么珍宝。

他没告诉钟阳秋，也没有告诉过任何人，其实给知知买棉花糖的那天，傅南岸也请他吃了棉花糖。

"不用了教授，真不用。"傅南岸递来棉花糖的时候，池照下意识地推拒，"我已经长大了，早就不在意那些东西了。"

.041.

那个在寒风中瑟瑟发抖，苦苦奢望着有一块糖吃的孩子已经长大了，他或许走得很慢，走得很坎坷，但他不需要别人的施舍。

　　"我知道，"傅南岸笑着说，"所以这个棉花糖才更要给你。"

　　这不是施舍，而是尊重，是所有的理解与包容，是对于不息生命的偏爱。

　　傅南岸那双浅灰色的眸子静静地看着池照的方向，对他说："辛苦了。"

　　辛苦你这么努力地长大。

第三章
义诊,在路上

1.

一个人摸爬滚打这么多年,从未有人对池照说过这样的话。

孤独又无助的小朋友终于得到了那迟来的棉花糖,蓬松又柔软,甜到了心坎里。

池照一直都知道傅教授是一个很好的人,但直到接过棉花糖的这一刻,他才真真切切地体会到了傅教授到底有多温暖。

无关身份,无关地位,哪怕大家都说傅南岸很严厉,池照也真的想要成为傅南岸的学生,这是他的荣幸,是他的心之所向。

第二天去心理科报到的时候,池照特地梳了个帅气的发型,虽然他知道傅南岸看不见,但该有的仪式感还是要有的。

池照原本长得就帅,很阳光的那种青年,一身造型意气风发,刚进心理科办公室的门就被喊住了。

一个坐在门口的医生问他:"你是新来的实习生吗?"

池照大大方方地一笑,嘴角有一个小小的酒窝:"老师们好,我是新来的实习生,我叫池照,是临床专业的。"

认真又礼貌的后辈没人会不喜欢,办公室里的人不多,傅南岸还没来，池照很快就和其他几个医生混熟了。有两个轮转的研究生师姐特别喜欢他，热情地把他拉过来问东问西。

"你是大临床的吗？"一个圆脸的师姐问池照，"你们也来心理科实习？"

"嗯，刚加上的。"池照想了想，还是没直说知知的事儿，"原本计划上没有，后来学校觉得挺有必要，就给我们加上了。"

"挺好的。"另一个扎马尾辫的师姐一脸羡慕地和他说，"我当时就特别想学大临床，可惜分数差了一点，没有考上。"

"每个科室都各有特点嘛，"池照连忙安慰她道，"心理科不用值夜班，我们都羡慕死了。"

"那倒是。"马尾辫师姐哈哈一笑，原本也就是随口一说，"之前不太喜欢，现在学多了也觉得心理科挺有意思的。"

几人在这边聊得开心，另一边突然传来一声闷响，池照抬头去看，发现一个和他差不多年纪的男生把桌子上的资料弄掉了，白花花的纸散了一地。

池照走过去帮他一起捡："没事吧？"

男生低头整理着资料，没有说话。

池照把捡好的资料递给他："你也是来实习的吗？"

"陈开济，"男生盯着池照看了一会儿，这才冷冷地说道，"临床心理学大四的。"

挺傲气的大男孩，白大褂下面穿的是嘻哈裤，紫色的高帮球鞋更是亮得扎眼，一看就是被宠着长大的小少爷。

这小少爷冷淡的嗓音里带着刺，池照看出了他对自己的敌意。

"开济来啦！走，咱们正好去查个房。"马尾辫师姐热情地和他打了个招呼。

陈开济的身体僵硬了一下，傲气的小少爷马上变得结巴起来："师、师姐早上好。"

原来源头在这儿呢，池照无奈地一笑。

这种事越解释越乱，不如不解释。池照不是那种热脸贴冷屁股的人，不卑不亢地和陈开济介绍了一下自己，便又回到了自己原本的位置。

马尾辫师姐和陈开济一起离开，池照想起另一件重要的事来："对了，傅教授还没来吗？"

"傅南岸教授吗？"圆脸的师姐和他解释道，"傅教授有自己的办公室，一般到早上正式查房的时候才会过来。"

"那平时呢？"池照问，"平时他主要是待在自己的办公室，还是这个大办公室？"

"其实他去看诊的时候比较多。"师姐笑得有些无奈，"没办法，傅教授太忙了，很多病人专程从外地过来，非要找他看呢。"

池照点头："也是。"

就这么有一搭没一搭地聊着，池照打探到了不少傅南岸的信息，比如他不吃甜食，比如他喜欢喝乌龙茶，比如他家就住在医院后面的小区，再比如……他还没有对象。

"真的吗？"听圆脸师姐这么说的时候，池照愣了一下，"不是说有很多人喜欢傅教授吗？"

圆脸师姐："傅教授眼光高呗。追教授的人可不少呢，天天送花送礼物的，但能加上他私人微信的没几个。"

这在科室里都是公开的事儿，又有一个师兄过来插嘴："教授是有够冷的，别说那些追他的人了，就是我们平时跟他聊天，他都不怎么回复。"

池照眨眨眼睛，忽而笑了一下。

其实他经常和傅教授聊天的，倒没觉得傅教授不回复他。

最开始是因为知知，后来两人就有一搭没一搭地聊起来了，傅南岸很少在微信上主动找池照，但只要池照找他，他都会尽量及时回复。

池照提醒傅南岸添衣服时，他会很礼貌地说"谢谢"；汇报知知情况的时候，他会温和地说"辛苦了"；偶尔问他一些与专业相关的问题,他还会发语音来解释。聊天的内容或许不算长,但池照能感觉到他没有敷衍和不耐烦。

"在聊什么?"熟悉的盲杖声打断了池照的思绪,傅南岸推门走了进来。

池照赶忙站起身:"傅教授早上好。"

其他几名医护人员也纷纷和傅南岸打招呼:"教授早。"

"早上好。"

傅南岸不摆架子,一一和医生、护士们问候过了,知道池照是第一天来,专程走到他身边问他:"来心理科感觉怎么样?"

池照昨晚在微信上和傅南岸打过招呼,所以傅南岸并不奇怪他的到来。池照微微一笑,说了句"挺好的"。

傅南岸打趣似的笑了起来:"我看你挺厉害的,这么快就和我们科室里的小姑娘混熟了。"

"就、就是随便聊聊。"

池照脸上一热,有点不自在。傅南岸不在的时候,他可以问得毫无忌惮;现在傅南岸在跟前,他就不知道怎么说话了。

傅南岸温和地笑笑,没有继续问下去,倒是一旁的师姐笑嘻嘻地开了口:"聊了不少呢,还聊了傅教授您。"

"哦?"傅南岸微微挑眉,"聊我什么?"

"情史呀。"师姐毫不避讳,显然科室里不是第一次聊到这个话题了,"傅教授,您讲讲您的恋爱故事呗,我们都可想听了。"

池照忍不住竖起了耳朵。

傅南岸勾起嘴角,不生气却也不直接回答,只是问她:"昨天提的问题你都弄懂了?"

"教授,您每次都这样转移话题,"师姐撇撇嘴,"又不是只有我好奇……池照也想知道的,对吧,池照?"

池照突然被点了名字,见师姐对他挤眉弄眼的,也只得承认道:"是有那么一点……想知道。"

"……没有。"傅南岸按了按眉头，似乎没想到他们会这么感兴趣，有些无奈。

"哇！"师姐也是第一次听到答案，眼睛都瞪大了，一连串的问题脱口而出，"从来都没有过吗？为什么啊？不是很多人喜欢您吗？"

傅南岸显然不想继续说下去，不动声色地敲了敲盲杖："差不多了吧，嗯？"

师姐马上止住："对不起教授，我不问了，我这就去干活！"

"嗯，去吧。"傅南岸淡淡地吩咐，"再把书好好看看，一会儿查房的时候我会提问。"

教授板起脸的时候还是挺凶的，学生最怕的就是提问了，师姐不敢再说什么，赶忙低头看书去了。

查房的时间很快就到了，其他实习生也陆陆续续来了，池照不再多想，跟在大部队后面拿笔不停记录着。

或许因为池照是新来的，接下来的几天傅南岸并未提问他，也没有提问其他临床的学生，但每天都会提问心理专业的实习生和下级医生，答不上来的还被要求把书上的对应内容抄写三遍。

生活中的傅南岸是温和的，到了工作上却是严谨而苛刻的。

接连被罚抄了几天之后，一个实习生忍不住抱怨："您提问的这些都不是重点！"

傅南岸淡淡地看着他，说出了那句每位老师都会说的金句："你可以按照重点背书，病人可不会按照书上的重点生病。"

虽说严厉，但确实学到了很多东西。

池照是临床学生，原本对心理科的了解还停留在一个很片面的阶段，跟着查了几天房，池照对心理科有了一个很立体的认识：这是一个新兴学科，也是一门科学，心理上的疾病和感冒、发烧没有本质上的区别，有迹可循，不能歧视和妖魔化心理疾病。

傅南岸对病人是尊重的，因此病人也给予了他绝对的尊重。

病房里的病人都很喜欢他，哪怕有时因为情绪上来控制不住自己会尖叫会痛哭，在安静下来的时候，也会认真地拉着他的手对他说谢谢。

傅南岸的办公室里挂满了锦旗，每一面锦旗背后都是一份新生的希望，这是医生这个职业的魅力，也是傅南岸的魅力所在。

五院是综合医院，但心理科的病人并不少，在一众老师的带领下，每天的查房进行得井井有条。查完房后，大家各自去忙各自的工作，池照这个新来的实习生倒是空了出来。

"你去旁边的诊疗室看书吧，"这天查完房之后，傅南岸吩咐道，"有需要的话别的老师会喊你。"

池照问："那您呢？"

傅南岸说："我有个会议要开。"

这会议一直从上午开到晚上，期间池照帮一个师兄跑了两次腿，余下的时间全在诊疗室看书。

毕竟是临床的学生，没学过心理学，科室对他们不太放心。

但这样也是有好处的，池照借了本心理专业的课本，仔细地琢磨了几章，还是学到了不少东西。

晚上八点，傅南岸终于开会回来。

听到熟悉的盲杖声，池照满心欢喜地迎了过去，小孩子炫耀似的，打算告诉傅南岸自己今天的学习成果。跑到傅南岸面前，池照却突然发现他的额角青了一块，青青紫紫的瘀青蔓延在鬓边一侧，有些地方还破了皮。

池照一惊："傅教授您这是怎么了？脑袋上怎么突然青了这么大一块？"

"青了吗？"傅南岸微微拧眉，手指在额侧轻轻按压，轻轻"嘶"了一声，"怪不得这么疼。"

池照有些着急："您这是磕到哪儿了吗？"

"嗯，撞到门了。"傅南岸点头，不甚介意道，"经常的事，过两天就好了。"

说着他便朝办公室走去，脚步依然是沉稳的。

自打眼盲之后，磕磕碰碰都是家常便饭了，毕竟不是健全人，就算是有盲杖的帮助也不可能完全和正常人一样反应灵敏。

傅南岸早习惯了，温和地笑笑说没事，摸索着坐在自己的椅子上。

池照却见不得，火急火燎地从旁边的护士站借来了碘伏和棉签，着急道："我帮您擦擦吧，都破皮了。"

"不——"

傅南岸下意识地拒绝，但池照已然凑了过来，年轻人独有的干净气息涌入鼻息，手腕上的动作又是那么小心翼翼。

"马上就好了。"池照很紧张，动作小心翼翼的，生怕擦疼了傅南岸，嗓音里带着点颤，"这里疼吗？"

那动作太轻柔了，小狗伸爪子似的，傅南岸的喉结微动，把到嘴边的拒绝又咽了回去，说："还好。"

池照的动作更慢了："我轻一点，您别担心。"

傅南岸温和一笑："嗯，辛苦你了。"

"可能稍微有点疼，您忍一下。"

……

"好了好了，马上就好了。"

……

一墙之隔的门外，正欲推门的邹安一脸奇怪的表情，放在门把手上的手指蜷了又蜷。"洁癖大王"傅南岸竟然允许别人靠近了？！

2.

"好了，可以了。"池照小心翼翼地把最后一点碘伏擦完，"这两天您先不要碰水，明天我再继续给您擦。"

"哪有那么娇气。"傅南岸有些好笑，三十多岁的人了，已经

.049.

很久没有被这么对待过了,不习惯,"不用麻烦你,就这么晾着吧,不管它了。"

"还是擦一下吧,这样好得快。"池照难得坚持,把棉签和碘伏都收进药箱里,"疼着多难受啊,也不好看。"

"一个瞎子要什么好看,"傅南岸低笑,不甚介意地翻开桌上的书,指尖一行行地在上面划过,"反正都看不见。"

"那不一样的,"池照有些执拗,"您本来就应该好看。"

在池照眼里,傅南岸就应该是最好的,池照不想让他有一点难受。

你不在意的事有人却替你在意着,这种感觉挺奇妙的,傅南岸很久没有感受过。

到他这个年纪早就过了要帅要面子的时候,不再把那点缺陷当作不可言说的耻辱了,但被这么对待的时候还是有种从心底而生的妥帖。

狭小的办公室里难得温情,一阵敲门声突然响了起来。

"你们结束了?"邹安和的声音从外面传来,隔着门显得有些飘,"现在方便进来了吗?"

"进来吧,门没锁,"傅南岸听到"吱呀"的推门声,抬眼看向声音传来的方向,"我说刚才怎么感觉门外有人。"

眼睛看不见了之后,其他感官的能力就被无限放大了,傅南岸的听力一直很敏锐。

邹安和一路走到傅南岸面前,看到他额头上淡棕色的碘伏和池照手里的药箱就明白刚才的对话是怎么回事了。

邹安和收起了笑:"有点事儿和你说。"

两人要谈正事,池照自然不再留,抱着药箱匆匆离开,临走还不忘说一句:"教授,我明天来给您上药。"

门关了,办公室里又安静了。

傅南岸偏头问邹安和有什么事,邹安和的手臂随意地搭在傅南岸的座椅靠背上,嬉笑的表情收敛起来:"还能有什么事儿,这不是到年末了嘛，下乡走基层，要你们科室跟着一起。"

专家下基层是五院每年的固有项目，但心理科也去还是头一遭，傅南岸笑着问："怎么想起来带上我们了？"

"新政策嘛。"邹安和耸耸肩，"现代人生活水平高了，眼界宽了，心理科越来越被重视是迟早的事儿。"

傅南岸点头赞同："确实，这是好事。"

"时间定在什么时候？"傅南岸问。

"下周吧。"邹安和说，"咱要去的地方比较偏远，你们科室自己协调好人员。"

下基层的人员配置很有讲究，既要有能顶事的，也要有新人跟着干活学习，还得保证本院本职工作的正常进行。

傅南岸的笔尖敲击着桌面，在拟定表后面加上了池照的名字。

邹安和一看，笑了。

他又想起了刚才那事儿，揶揄着："之前说你俩关系好你还不承认，这下可是没跑了吧？"

"小朋友挺有心的，"傅南岸淡淡笑着，没接他的话，"肯吃苦也心细，跟着多学些东西总是好的。"

"你知道我说的不是这个。"邹安和"啧"了声，"池照性子稳，你想让他跟着下乡我不意外，我说的是刚才。之前可从没见过谁离你这么近给你上药，怎么，我们傅教授的洁癖治好了？"

傅南岸原本就有些洁癖，不喜欢别人的触碰，眼盲之后更是如此，基本上非必要的身体接触他都会避免。

"这不是没来得及嘛。"傅南岸微笑着说，"年轻人就是热心。"

"热心是好事儿。"邹安和点点头说，"但他现在到底是跟着你的，你得心里有数。"

带教老师也算是半个老师，和学生之间的尺度必须把握好。

有些学生总是看不惯学生和老师关系好，会觉得老师偏袒谁。

傅南岸当然知道这个，笑了笑说："下次就不让他来了，有这时间不如多学点别的。"

邹安和点头，说："那就好。"

第二天早会上，傅南岸提起下基层的事，池照毫不意外地报了名。这事儿是自愿为主、协调为辅的，一番协商之后，心理科最终确定下来十来个人选。

而从上交名单到最终确定下来还有段时间，他们接到具体通知是一周之后的事了。

一周的时间说长不长，说短不短，池照慢慢和心理科的人混熟了。

心理科和眼科的情况还不太一样，这个科室新，整个团队以年轻医护为主，除了最顶上的一位老教授时不时来看看，其余几个教授都是像傅南岸这么年轻的。

年轻的团队必然是有活力的，池照同样喜欢心理科的氛围，唯一关系没处好的大概就是那个叫陈开济的实习生，哪怕后来认识挺久了，他还是对池照有种莫名的敌意。

收到通知时池照刚下班回去，写了一整天病程，手都酸了，他走到寝室楼门口正要上楼，微信弹出来个消息。

【@所有人 这是这次咱们科下基层的名单和地点，大家都看一看，准备一下。】

名单早就确定了，该谁去谁心里有数，再发一遍只是方便统计。

池照随手打开看了两眼，确认有自己的名字就关掉了，转而看起负责人发来的注意事项。

他们这次要去的地方条件不是很好，跟池照出生的地方差不多，他知道里面是什么样的环境，他觉得无所谓，但城里人第一次去真不一定受得了。

池照犹豫片刻，原本踏进寝室楼的腿又收了回来，转头去往旁边的药店——虽说下乡是整个医院的活动，但到时各个科室却是分开行动的，自己备一些药总能以防万一。

防蚊虫的药是必须的，乡下各种小虫子多，咬人也毒，就算现在快冬天了也不能轻视它们。

抗过敏的药也得备点，那边空气潮湿，很容易水土不服，到时候一个队的人肯定有能用得上的。

其余常见药就不必多说了，再怎么说也是医护出身，该带的药品绝对齐全，池照在药店里转了一圈，最后拿了瓶活络油。

那天看到傅南岸鬓角的磕伤之后，池照留了个心眼，很快发现傅教授身上常有磕碰伤。这种伤说轻不轻说重不重，但有伤总是比没有难受，池照几次想帮傅南岸上药，傅南岸却总是拒绝得干脆。

"这点小伤就不麻烦你了，"他总是表情淡淡的，一副不甚在意的模样，池照继续坚持，他便说，"你做好自己的事情就好。"

可池照还是担心他。

那里的路都是土路，坑坑洼洼的，一下雨更是泥泞。他们去的那周刚巧有雨，傅南岸的眼睛又不方便，于是池照还是拿上了活络油，算是有备无患。

又买了些生活必需品，池照回到寝室已经是一个小时之后了。

【教授您的伤好些了吗？我新买了瓶活络油，可以帮您涂。】

傅南岸看到消息又是几个小时之后了，他微微弯眸，按住语音条说了句："有心了，不过我现在用不着。"

【用得着的，我看您胳膊上和手背上都有磕伤，所以才特地买的。】

【咱们这次下乡路也不好走，您要是磕到了一定要和我说。这是我选了好久才选到的活络油，都说很好用的。】

读屏软件的朗读没什么感情，一字一句的机械声敲击着耳膜，傅南岸脑海里响起了池照原本的声音。

哪怕眼睛看不到，傅南岸也能感受到他的真诚。

傅南岸的手指有片刻的停顿，原本要说出口的拒绝有点说不出口了。

就算是邹安和不提，他也没想过要让池照继续帮忙上药。

就是点小伤，太麻烦了，没什么必要，可池照就像是摇着尾巴的小狗似的，非要吭哧吭哧地跑来他身边。

太热情了，又诚挚，让人想拒绝都不太容易。

又弹出来两条池照的消息，生怕他会拒绝似的，傅南岸的指尖按住语音键，回了句："那就麻烦你了。"

3.

能收到傅南岸这一句话，池照十分开心，又怎么会觉得麻烦！收拾东西的时候，他特意把活络油放在书包侧面最容易摸到的位置，以便用的时候随时能找到。

下乡各个科室都要派人，集合起来就是一大队人马，第二天一早，一整支队伍的医护人员整整齐齐地在院门口集合，还有领导来给他们送行。

这自然少不了要拍合照了。

"那个高个子的学生你往中间站点儿，对对对，挨着傅教授。"摄影师指着池照让他往自己手指的方向挪动。

池照个子高，就这么移动又移动，刚巧和傅南岸站在了一起，站在了一行人的中间。他还肩负起了举牌子的任务，牌子上面印着五院的院徽以及走基层的口号。

拍照不是个容易的活儿，更何况是一大队的人一起，谁有个小动作都得重来。

摄影师来来回回折腾了半天，众人的脸都要笑僵了。

"最后一张，再来一张……好了！"

摄影师朝着他们比了个"OK"的手势，池照这才发现自己举着牌子的手都酸了。他活动着手腕把牌子还给负责人，旁边的摄影师朝他眨了眨眼睛："不错啊小伙子，挺上镜的。"

池照笑着应了句："主要是您拍得好。"

摄影师把相机里的照片调出来给池照看，一张张翻过去，池照在傅南岸旁边站得规规矩矩。只有一张，池照侧头去看傅南岸，傅南岸也刚巧抬头看向他的方向，相机捕捉到的瞬间，有种两人是在对视的错觉。

池照的心软下去一块，真心实意地夸赞起来："您拍得真好。"

当然，这是池照才能注意到的细节，摄影师根本没想到这层，按着按键很快就把照片翻了过去。

池照连忙道："您能把底片拷出来发我一份吗？"

"那必须的，"摄影师点头，"到时候照片我都会发到咱们群里。"

池照又问："所有的都有吗？"他还惦记着刚才那张侧头的。

摄影师略有些奇怪地看了他一眼，才道："放心吧，都有。"

看照片浪费了好长一会儿时间，池照上车的时候，车上的位置已经所剩无几了。

前排剩下的几个位置是给领导和教授们的，池照在后排找了个空位置坐下，结果过了一会儿，陈开济走到他的旁边。

池照问他："你要坐这儿吗？"

陈开济看了池照一眼："这就是我的位置，我刚才去上了个厕所。"

池照看到旁边的位置上有个书包，没想到正好是陈开济的。两人关系不那么舒坦，池照刚想说那换个位置吧，话还没出口，几个老教授就陆续上车了。

"后排的几个赶紧坐好啊，"领队在前面招呼，"咱们的车马上就开了，大家都把安全带系好。"

如此一来，池照也就只能和陈开济坐在了一起。

倒也没有想象中的那么尴尬，陈开济一直低头拿着手机聊天，池照则偏头看着窗外，两人互不打扰。

窗外的风景从高楼大厦变成了低矮楼房，大巴在一个服务站前停了下来。

领队说："大家都下来休息一下，咱们一会儿下高速，中间就

.055.

没什么可以停车的地方了。"

"这么远吗?"

"出来一趟真不容易!"

众人一阵感叹,纷纷下车透气去了。

他们要去的这个县确实偏远,连高速路都没通。

池照跟着下车透了口气,再上车的时候,正碰到摄影师跟他挥手。

"照片我都发群里了啊,"摄影师笑着跟他说,"有几张姿势不好看的我没放,你想要的话我单独发你。"

池照自然点头说好:"谢谢,我加您微信吧。"

两人捣鼓了一会儿终于把照片传好了,中间又是嘻嘻哈哈打趣一阵。池照回到座位上的时候,陈开济也在,表情奇怪地瞥了他一眼:"你和赵哥的关系很好?"

赵哥就是那个摄影师,池照还沉浸在拿到那张照片的喜悦之中,翻来覆去地看着:"也没有,就是刚才麻烦他把刚拍的照片传我一份。"

"你倒是挺会来事儿的,"陈开济眉心拧起,显然不满意他遮掩的态度,"有这时间交际不如多学习。"

陈开济属于那种比较傲气的人,学习好,家世也好,有点少爷脾气,心理专业的年级第一,自然不太能看得上池照这种"外行人",尤其见不得他在心理科混得如鱼得水。

池照不想跟他抬杠,没意思,随便找了句话敷衍过去。

接下来陈开济的嘴倒是一直没有停,一会儿说说这个,一会儿说说那个。

车很快重新上路,眼前又是看不到尽头的路,在大巴上坐着很无聊。

前排的同学不知道从哪里摸出来崂山白花蛇草水,据说特别难喝,于是几人提议玩起了真心话大冒险。

"先说好啊,"提议玩游戏的那个女生笑眯眯地说,"谁输了谁就喝这个,要喝一大口。"

这种游戏就是要人多玩才热闹,闲着也是闲着,池照和陈开济也半推半就地加入了这个游戏。

池照原本是想做个陪跑的,哪知今天手气不好,第一次就输给了陈开济。

池照愿赌服输:"真心话吧。"

陈开济明显是有意为难他,直接问了个与心理学有关的专业知识:"请你回答一下,罗森塔尔效应是什么?"

好好的游戏刚开局就换了画风,前排坐着的一个男生看不下去:"这是干吗呢,怎么突然提问起来了?"

旁边的女生也说:"就是就是,不要搞得这么严肃嘛。"

众人劝阻着,陈开济那点脾气更倔了起来:"玩不起?我要问的就是这个问题。"

"没关系,"池照并不生气,"我知道这个,指的是教师对学生的殷切希望能戏剧性地收到预期效果的现象。"

这是心理学的专业名词,池照前两天看课本的时候翻到过,还算顺利地答了出来。游戏进行了两轮,池照再一次输给陈开济时,陈开济故技重施。

"场依存性是什么意思?"

"爬梯实验呢?"

这是偏向于理论的知识,池照没学过,一下就被他问住了,犹豫了一会儿说:"我不知道。"

陈开济的目的达到了,单手撩了把头发,笑得挺得意的,傲气地说道:"你们临床学生也不过如此,就这水平,来心理科凑什么热闹?"

这话就有点不好听了,前排的女生赶紧打圆场:"咱们换个问题嘛,这些东西池照他们又没学,你这不是为难他吗?"

"就是就是。"另一人也说,"去哪个科实习是学校安排的嘛,不要太为难池照了。"

"算了。"池照不愿意让气氛僵着，拿过崂山白花蛇草水的瓶子灌了一口，爽快道，"这局算我输了，咱们继续吧。"

白花蛇草水确实有股奇怪的味道，说咸不甜，还带着点微微的气泡，之前网上有人说像是席子上的汗滴进了嘴里，池照深表认同。

之后的几局池照都没再输，这奇怪的味道却长久地停留在他的舌尖上，怎么喝水都觉得不太得劲。

他没再玩了，半倚靠在座椅靠背上闭目养神，车一晃一晃的，颠得慌。临睡着时，他听到陈开济嘟囔了一句："临床学生到咱们心理科就应该安分点，没看傅教授从来都不提问他们。"

之后，池照的状态一直不太对劲，倒也不是什么性格突变，就是话少了点儿，一没事儿就喜欢往屋子里钻，还跟随行的师兄师姐们借了几本心理学的教材。

到达县城的第二天，他们的任务是去县城医院给医护们培训。出发之前他帮傅南岸上药，手上的动作依旧小心翼翼的，却不怎么说话了。

"怎么了这是？"傅南岸问他，"在这里住得不习惯？"

"挺习惯的。"池照倒是真没勉强，他就是在这种地方长大的，早习惯了，"您睡得好吗？"

"我也在乡下住过一段时间，"傅南岸笑笑，"就是觉得你好像心情不好。"

池照顿了一下，却说："没有的事。"

之后两人有一句没一句地聊着，往常池照很喜欢和傅南岸聊生活中遇到的各种有意思的小事，而这次却多是傅南岸在引导话题。傅南岸问一句他答一句，不问他就不说了。

之后池照问了傅南岸几个心理学上的专业名词，傅南岸解释之后跟他说："这些名词偏理论，我建议你多看看跟临床结合紧密的东西。"

池照点头"嗯"了一声，擦好了药，便跟他说："教授，我先回去了。"

脚步声很快消失在门后的拐角，带着点说不出的急促，傅南岸低笑着摇摇头——这小孩，明显是心里头藏着事儿呢。

池照确实是这样的性格，看着开朗外向，却喜欢把事都藏在心里。之后两天他们都在县城培训当地的医生，傅南岸旁敲侧击了几次，池照依旧什么都不说。直到第三天他们从县城下到村子里，傅南岸才发现是怎么回事。

——除了在县医院培训，他们这次还有个艰巨的任务，就是要在基层推广医疗服务，这就必须深入到各个村庄里去。

县里的村很多，于是一大队的人按照科室分成不同的小组，用轮转的方式到各个村庄坐诊。

心理科的众人要去的第一站名叫小寨村。

村里条件相当不好，路是黄土路，房子则是低矮平房。沿途有些村子在修路，可能是对口帮扶的单位在支援村民脱贫攻坚。但小寨村实在太偏，医疗车又往前走了一段，路窄得车都开不进去，于是众人只能下车徒步向前。

他们是下午出发的，到这会儿天色慢慢暗了下去，泥巴路坑坑洼洼的，还有凸起的砖头块，池照想去扶着傅南岸："傅教授，我跟您一起走吧。"

傅南岸却不是愿意接受别人帮助的性格，他跟着盲杖的嘀嘀声走，每一步都走得很稳："不用，我自己来。"

"行吧，那您小心一点。"

池照知道他的脾气，并不强求，背着书包走在队伍的最后。

与其他科室分开之后，这一队就只有心理科的人了，于是陈开济自然而然地走到了池照身边。

"书看完了吗？"陈开济问他。

那天之后陈开济又呛了池照几次，池照脑子一热和他打了个赌，

.059.

就赌池照从心理科出科的时候能不能把心理专业的课本看完。陈开济问他："你每天黏傅教授那么紧，不怕傅教授发现你其实什么都不会吗？"

池照垂着眼眸没有说话，用脚去踢地上的小石子，石子骨碌碌滚了很远。

其他话池照没放在心上，陈开济提傅南岸确实是戳到了他的痛处。

一晃在心理科待了一周多了，傅南岸却没有提问过池照，不只是他，临床来的几个实习生傅南岸都很少提问。

之前池照偶尔会觉得庆幸，但庆幸之后又觉得别扭，他不愿意被人这么区别对待。

觉得他们临床的不专业，所以对他们降低要求了吗？真的没这个必要，池照不喜欢。

天已经彻底黑了，医疗队借住在村卫生所。大院子是刚盖起来的，空间还挺宽敞，驻村"第一书记"专门过来接待，由衷感谢他们的医疗扶贫。他们生了盆火，又送来了村民们自家种的红薯、花生。

火生得很旺，红薯很快就烤好了，焦香味弥漫开来。一人喊道："刚烤好的红薯，快来吃！"

大家争抢着去吃烤好的红薯，池照却没什么胃口，他找了个偏僻的地方蹲着，用手机打着灯，抱着借来的社会心理学课本一字一句地读。

"角色冲突是指角色扮演者在角色扮演情境中心理上……角色冲突是指……"

隔行如隔山，对于分类很细的医学专业来说更是如此，心理学的名词晦涩难懂，但池照就是和自己较上了劲。

他一遍遍地去读、去理解，越背越觉得难受的时候，身后突然响起了一阵窸窣的脚步声。

"怎么躲在这里？找了你好久。"

脚步声越来越近，傅南岸自然地走到池照身边。他单手拄着盲杖，另一只手里还拿着一个热气腾腾的烤红薯，跟池照说："来聊聊？"

4.

那是必须要聊的，傅教授都找到这里了，再怎么样池照都不会拒绝。

乡下的夜晚很黑，几乎没有光亮，两人在路边的土丘上坐下，面前是一大片农田，几个村民正摸黑忙活着。

傅南岸只能听到窸窣的声响，他用盲杖敲了敲土地："前面有人？"

"嗯，咱们前面都是田地，他们好像是在盖地膜。"

池照从小在乡下长大，对这些东西自然很了解。他眯着眼睛看了看远处，跟傅南岸解释道："地膜就是一种塑料膜，盖在地上的。咱们这边天冷，一般春秋天种的农作物都会盖上一层地膜，不然植物就会被冻得发不出芽了，水汽也不够。"

"我记得之前上学的时候好像讲过这个，可惜没有亲眼见过。"傅南岸笑笑，很自然地顺着池照的话说，掰开手里的红薯递给他，一副虚心求教的模样，"那其他时间种的植物就不用盖膜？"

"是这样的。"池照点头，好不容易碰到傅南岸问问题，他自然愿意解释。

池照低头咬了口热腾腾的红薯，含混不清道："像是六七月份种的晚稻，你要是盖上地膜就把它闷死了，种地也要讲究合适不合适嘛。"

"这不是挺懂的？"傅南岸的笑意更深了一点，他偏头看着池照的方向，"那你一个临床的学生背心理学的课本，你觉得是合适还是不合适？"

话题说到这里，池照就明白了，他不自觉低下了头，盯着手上那半块红薯看："您都知道了吗？"

"知道什么？"傅南岸收敛起脸上的笑意，问他，"是你和陈开济打的赌,还是他说你们临床的学生不该来心理科轮转?"

这就是都知道了,两人之间就这么点过节。

池照一时不知该说点什么,又听傅南岸说:"你是不是还觉得我不提问你们临床学生是区别对待?"

傅教授对情绪的感知太敏锐了,什么都瞒不住他。池照张了张口想说没有,傅南岸却直接开了口:"没错,我是区别对待了。"

红薯还是热腾腾的,池照的手微微一僵。

"但不是你想的那个样子。"傅南岸继续说,"就像你说的,春秋天种的农作物要盖地膜,夏季种的就不用,要是我硬把你们当成一样的,那才是我的不对。"

池照的眼睛眨了又眨,说不出反驳的话来。

傅南岸的手指抚摸着盲杖,语气慢慢沉了下来:"其实让你们临床学生来心理科轮转是我建议的,知道为什么要让你们交叉轮转吗?"

池照摇头没有吭声,傅南岸的语气很稳:"我是临床出身,知道这两个学科之间的差异和联系,也信任你们的能力。让你们过来更多的是学习一种思维方式,让你们能从心理学的角度看问题,这样我们的目的就达到了。如果你们来心理科轮转几个月出来就能当心理医生,那还要那些心理学专业的学生干吗?他们可是学了四五年的。"

池照抿了下嘴唇,说:"我知道,教授。"

道理池照是懂的,之前他就是和自己较上劲了,这会儿听到傅南岸细细跟他分析,他很快就绕过来了这个弯。

想是想明白了,但他心里又有点别扭和不好意思起来。

虽然之前没有明说,但他确实暗暗埋怨过傅南岸为什么要把他们和心理专业的实习生区别对待。

池照纠结着想要道个歉:"傅教授,我……"

他还没有"我"完,却听到傅南岸先开口说了"抱歉"。

池照一怔:"您为什么要和我道歉?"

"和你说这些不是想责备你的意思，"傅南岸笑了下，"我只是想和你解释一下，其实早该跟你们几个解释的，没想到你会有这样的误会……很不好受吧？"

难受是肯定的，但如果傅南岸不说，池照自己都没有发现。一直到傅南岸问他是不是不好受的时候，他才意识到自己确实在难过，怕自己不行，也怕别人不认可自己。他早习惯了把话都憋在心里，没想过自己也会被人这么用心关照。傅南岸的语气太温柔了，甚至没有半点责怪的意思。

乡间的空气清冽干净，就像傅教授给人的感觉那样，沁人心脾，又让人沉醉。手里的红薯是烫的，心也是烫的，就连黑夜都明亮了起来。

"还难受着？"傅南岸看不到池照的表情，见他一直不吭声，语气更轻了一点，哄小朋友似的，"那怎么办，不然给你揍两拳让你解解气？"说着还真伸出了手臂。

池照没忍住笑了出来，摆着手说："不用不用，我没这个意思。"

傅南岸这才收回了手，恢复到平时放松的状态，说："你有能力，别怀疑自己。"

两人又在田边坐了一会儿，等池照把红薯吃完了才又回到卫生所的大院。

院子里的火还在噼里啪啦地烧着，香甜的味道长久地萦绕在舌侧，池照的目光一直追随着傅南岸的身影，只觉得他比旁边的火焰要更明亮，更耀眼。

自经历过童年时期的毒打以来，傅南岸是第一个会温柔地和他解释、讲道理，也会细心地照顾他那点连自己都没有发现的小情绪的人。

池照想："谢谢您愿意给我这些温暖。"

傅教授做的远不止和池照谈话这一件事，他同样找陈开济谈了话，还和所有实习生解释了自己的想法。

傅南岸向来不惮承认自己的错误，是人都会犯错，都会有考虑不周的时候，没什么可耻的。早上开会的时候，他很郑重地和所有的临床学生道了歉，抱歉没考虑到他们的情绪。

陈开济私底下找池照道了歉，或许是出自真心，也或许是出于对傅南岸的尊重，但都无所谓了，池照认识到了自己该做什么，也就不会再在意他的想法。

这都是在第二天上午完成的事，早起时科室内的全体医护开了视频会议进行工作总结，会议结束之后，众人继续忙碌地工作。

昨天到小寨村的时候已经是晚上了，几人只在村卫生所的大院周围活动了一下，而白天一到，当他们真正开始上岗之后，才真正意识到想在乡村普及心理健康到底有多难。

知道省城里的医生要来义诊，村卫生所门前早早就挤满了人，但当听说今天是心理科的医生时，原本兴冲冲的村民们又都失望而归。

"什么嘛，心理有啥好看的，浪费我时间！"

"就是就是，不就心里面想的那点事儿嘛，还需要医生？"

"我们心理没毛病！你们才是神经病呢！"

这其实是很多普通人的想法，要么从未意识到心理也会患病，要么就直接把心理疾病和"神经病""疯子"画上等号。

心理科是新兴科室，要走的路还很长，一上午的时间不过寥寥几人来院门口咨询。好不容易有了一个进院子的，还是来问眼科医生什么时候过来，说想给他父亲做白内障的手术。

确实是有些挫败。

池照虽然是临床的，但跟着心理科的医生们一起，也感受到了那种不被理解的无力感。

科里的医生不高兴，领队和几个资历老的教授自然不会不管。白天的工作结束之后，傅南岸提议大家一起吃个火锅，算是犒劳忙碌了一整天的他们。

寒风刺骨的冬季,没什么能比热腾腾的火锅更抚慰人心了,这个提议一呼百应,众人很快行动起来。

"我去刷锅。"

"那我去生火。"

"我去抱柴火。"

几个人风风火火地散开了,只剩下池照和陈开济两人还没有事做。

"你们两个……去买菜?"一个师姐提议道。

有时候偏偏就是这样,越是不想越要撞上。池照没有办法,点点头道:"好。"

问了附近的村民哪里有卖菜的之后,池照和陈开济一起出了卫生所的大门。

他们原本关系就不好,谁都没想着搭话,于是就这么默默无言走了一路。

卖菜的地方距离卫生所不远,选菜倒是费了不少劲儿,两人等着其他人把想吃的菜发过来,不知不觉折腾了快一个小时才买齐。

返程的时候天就黑了。

农村的夜不比城市,路上没有路灯,两人就把手机的手电筒打开照着前面的路。就这么安静地走了一路,快要回到卫生所的时候,陈开济却突然大叫了一声:"啊!"

池照连忙转头:"怎么了?"

"疼疼疼!"陈开济的表情拧成了一团,右脚像是弹簧般离开地面,"好疼!"

他跳着往前走,右脚不敢着地,池照马上反应了过来:"你把鞋子脱掉!"

不等陈开济说话,池照便上前帮他把鞋子脱了下来,果然,陈开济不知道踩到了什么东西,脚掌被划破了,渗出的血已经把袜子染红了。

陈开济的表情痛苦："疼。"

实在是太疼了，钻心的疼痛牵扯着神经。

池照则当机立断地蹲下，单手扶着他的脚踝把他的袜子脱掉："稍微忍一忍，应该是踩到什么东西了，让我看一下。"

"池照……"陈开济有些不适地叫了声。

池照单手握住他的脚踝，头都没抬："没事，你这就是小伤，放轻松，我这就帮你处理，很快就没事了。"

他的话果断而坚定，充满了医生能够给病人的安全感。

陈开济垂眸看着低头帮自己检查伤口的池照，风扬起大片的灰尘和黄土，池照却丝毫没有在意，他半跪在地上，没有因为两人之间的隔阂而有任何的差别待遇。

想起自己曾经说过的话，陈开济心底突然有些不是滋味。

第四章
受人欢迎的孩子

1.

陈开济是被路上的铁钉扎到了脚,长长的钉子足有好几厘米,深深地嵌入了脚心之中。

血不断地从伤口渗出来,池照给他进行了紧急处理。这些都是临床学生的基本功了,从实习到见习,池照练习过无数次。

止血、包扎,池照一步步做得井井有条。陈开济张张口想要说些什么,池照以为他还难受,语气放缓了一点:"再坚持一下,马上就好了。"

陈开济嘴唇翕动着,看着池照一步步的动作,最后只是默默点了点头。

这里距离他们住的卫生所已经不远了,简单处理完伤口之后,池照把陈开济的手臂架在自己的肩膀上,搀扶着他回到卫生所的大院。

进了门,一个师兄迎了过来:"怎么了这是?"

"被钉子扎了一下,"池照手里还拎着买回来的菜,把菜递给前来问话的师兄,"没什么大事儿,你们先吃吧,我带他去处理一下伤口。"

现在队伍里大都是心理科的，多是咨询师，少部分转来的医生也已经很久不接触临床了，手生了。好在卫生所里还有个老大夫，有基本的医疗器械，可以帮助陈开济进行伤口处理。

池照扶着陈开济找到老大夫，又帮忙把他扶到床上。老大夫让陈开济半躺在床上，帮他把嵌在肉里的钉子拔出来再清创止血，池照则负责在旁边打下手。

老大夫到底是经验丰富，三下五除二包扎好伤口："好了。"

旁边围观的师姐还不太放心："这样就可以了吗？"

说话这个叫周若瑶的师姐就是陈开济喜欢的女生，确实挺温柔的，不怪陈开济惦记。她一直关照着陈开济的情况，热腾腾的火锅架着，还是一趟一趟地往这边跑。她问老大夫："这种情况得打破伤风针吧？"

老大夫点头，语气却有些无奈："按理说是需要的，这个伤口有点深，但咱们这里没有这种东西，隔壁大湾村才有。"

疫苗属于很难保存的医疗制品，现在他们所在的这个卫生所显然没有这个条件。

"那怎么办？"池照微微皱眉，"不然我们现在去大湾村一趟？"

"会不会太麻烦了？"陈开济有些犹豫，"咱们明天还要去别的村子，耽误了正事就不好了。"

陈开济虽说有点大少爷脾气，还爱看不起人，但陈开济其实很有大局观念，不想因为自己影响了整个队的人。众人在这边犹豫着，站在旁边一直没说话的傅南岸开了口："大湾村吗？我们的下乡计划里有这个村子，我可以和别的队伍商量一下，让我们明天先去那里。"

陈开济还在犹豫："会不会……太麻烦了？"

傅南岸却很坚持："没关系。"

如果不换的话，陈开济就要回县城打疫苗，队伍还有任务不能回去，傅南岸却不会丢下陈开济不管，他不是那样的人。

"就这么办吧。"傅南岸向来决策迅速,很快打电话协调好了调换顺序的事,"我和其他科室的人商量好了,咱们明天去大湾村。"

这显然是现下最好的方案了,池照点头同意:"那我们就先去大湾村打破伤风,然后明天和你们在那里会合。"

"我陪你们去,"傅南岸说,"你们两个实习生去我不放心。"

池照和陈开济都想推拒,但傅南岸坚持,于是三人还是一同踏上了去大湾村的路。

老大夫叫自己儿子骑三轮摩托车送他们。晚风呼呼从耳边刮过,四人很快就到了大湾村卫生站。

来之前傅南岸已经和卫生站的医生们打过电话了,很快就有个约莫四十多岁的婶婶过来,把他们接入了卫生站里。

"叫我赵婶就行。"赵婶低头看着陈开济脚上的伤口,"这是怎么伤的?"

"没注意被路上的铁钉扎到了。"陈开济低着头说,"谢谢您了。"

"下次小心一点,咱们农村地上就是有这些小东西。"赵婶用碘伏在陈开济的伤口上又擦了一圈,然后帮他打了破伤风针,"行了,你这个伤口处理得很及时,没什么大事儿了。"

伤口处理得及时其实是池照的功劳,陈开济偏头看了他一眼,欲言又止。

按照约定,打完破伤风针之后三人没再回去,直接在大湾村卫生站留宿了一晚。

时间晚了,卫生站里的房间有限,只腾出来两间可以睡的,傅南岸作为教授独住一间,于是池照被迫和陈开济住在了一间。

池照还是不太习惯和陈开济单独相处,把自己的被子叠好钻进去,想了半晌才有点别扭地说了句:"好好休息。"

陈开济"嗯"了一声,亦默默钻入了自己的被子。

房间里的灯关了,一点光亮都没有,是真正的伸手不见五指。折腾了一晚上,池照也累了,躺在被子里很快就要睡着了,却听到陈开济低低地喊了声："池照？"

池照被这声惊醒了："嗯？你叫我吗？"

陈开济沉默了好一会儿，才说："……对不起。"

池照有点丈二和尚摸不着头脑，陈开济继续说道："抱歉，我之前那么说你。"

这事儿说起来确实挺尴尬的，两人的矛盾闹了好几个星期，池照确实是已经想开了，知道自己不需要和心理专业的实习生比，但要说完全不介意陈开济说的那些话，那也是不可能的事，没人会喜欢被人看低、被嘲讽没能力，人之常情。

陈开济自然知道这些，又继续解释："我之前是真的不理解为什么你们临床学生要来心理科实习，后来傅教授让我和你道歉，我还觉得有点委屈，觉得他在偏袒你。"

他是第一次说这种话，说得磕磕绊绊的，语气有点不好意思："直到刚才我才意识到，确实是术业有专攻吧。虽然我们也有那些临床技能实验课，但感觉还是不一样，真让我上手我还是会慌。"

话说得再多都不如亲身体验一遍，一场不大不小的意外过后，陈开济算是明白了这个道理。他虽然有时候会有点傲气，却不是不讲道理的人，主动低头向池照示好："我们以后肯定还会遇到各种意外，就互相帮助、互相学习，你多担待我点，成不？"

这话说得挺真诚了，池照点了点头，说："可以。"

都是二十多岁的年轻人，其实没那么多心眼儿，说开了，道歉了，池照很快就原谅了陈开济。

实习生去不同科室轮转的目的其实就是这样，互相学习，取长补短。两人有一搭没一搭地聊了半宿，原本的那点恩怨便消失得无影无踪了。

第二天早上起床，陈开济直接和池照称兄道弟起来："池哥！起床了？"

池照大陈开济半岁，这个哥确实当得心安理得。两人叠好被子走出房间,正巧碰上傅南岸出来。

毕竟不是专门住人的地方,卫生站的自来水管在走廊尽头的一个小角落里,怕傅南岸找不到,打过招呼之后,池照主动说:"傅教授,我帮您接点水吧,这边水管不好找。"

傅南岸还没说话,旁边的陈开济便先开了口:"池哥,你歇着吧!这活儿我来干就行!"

陈开济脚上有伤,走起来却挺快,大步流星地朝着走廊尽头走去,留池照和傅南岸两人还站在原地。

"这是怎么了?"傅南岸有些好笑地问池照,"他什么时候这么热情了?"

池照也没想到熟络起来的陈开济是这个样子,只能眨眨眼睛说:"我也不知道。"

傅南岸问他:"你们俩和好了?"

"嗯。"池照摸了摸鼻尖,还惦记着傅南岸帮他俩调和矛盾的事情,"之前让您担心了。"

"没关系。"傅南岸笑笑,不再说什么。

陈开济很快就端来了水。三人简单地洗漱了一下,池照怕陈开济的脚再受伤,不让他再乱跑,自己去把脏水泼到外面的土地上。

而趁着池照离开的工夫,陈开济清了下嗓子,主动走到傅南岸身边:"傅教授,我有点话想和您说。"

傅南岸微微挑眉:"嗯?"

陈开济挺不好意思地挠了挠脑袋:"我……我就是想向您道个歉,我之前不该那么说池照的。"

他的大少爷脾气傅南岸一直都是知道的,倒没想到他会说这种话。

"怎么突然想开了?"

"就觉得池照挺厉害的,我看他给我包扎的时候特别熟练。"陈开济不好意思地笑笑,"我之前一直觉得您是在偏袒池照,现在才觉得您说得对,每个专业都有自己的特点,不能用同一个标准要求。

比如您要让我包扎我肯定就做不来,至少没他那么熟练。"

——原来是池照的功劳,这就不奇怪了,傅南岸从未怀疑过池照的能力。

"你们都是很好的学生,要好好相处,互相学习。"

傅南岸稳声说,陈开济马上点头:"那必须的,以后池照就是我池哥,我绝对跟他好好相处!"

年轻人的情绪都写在脸上、夹在说话的语气里,陈开济兴冲冲地描述起池照的好来,恨自己为什么早没发现。

男生的友谊来得很快,一晚上的聊天之后他就真把池照当兄弟了。傅南岸笑着听他讲,表情温和,眼角飞快地闪过了一抹微不可察的情绪。

池照啊,那确实是个受人欢迎的孩子,对谁都热情,招人喜欢。

傅南岸的手指不动声色地抚摸着盲杖把手的位置,说:"挺好的。"

2.

洗漱完后时间尚早,队里的其他人还没来,赵婶倒是早早地过来帮忙,还帮他们做了早饭。

早餐是简单的两菜一汤,但乡下的铁锅大灶台做出来的菜与城市里相比却是别有一番滋味。

"辛苦您了。"傅南岸在旁边帮忙把碗筷摆好,"辛苦您大早上跑来。"

"这有什么!"赵婶豪爽地挥挥手,笑呵呵的,看向三人的目光里满是尊敬与仰慕,"知道你们来,我们村的人都可高兴了,我做这点不算什么。"

之前五院下乡活动也派人来过大湾村,村民们对省城来的医生格外感激。

村里年轻些的劳动力大多出去打工了,只剩下些老人和孩子在村中留守,得了病也难以得到有效的医治,省城里的医生对于他们来说那就是大恩人般的存在。

赵婶是土生土长的大湾村人,村里重男轻女,她虽跟着父辈偷学了一些医术,但也只会些最基本的,见到省城的医生们过来自然想向他们取取经。她一脸期待地问:"对了,你们是什么科的来着?"

"我们是心理科的。"

傅南岸微笑着解释,赵婶的表情僵硬了一下。

"心理?"她显然并不懂这个,"就是那种治精神病的吗?"

"还不太一样。"傅南岸跟她解释,"咱们日常认为的精神病都很严重,是疯了或者傻了,治不了,其实大多数心理疾病没那么夸张,这就是很常见的疾病,有关感知、思维、情感的行为,这些都和我们的心理有关。"

赵婶半知半解地应了声:"哦……"

接下来,赵婶便不再追着他们问东问西了,吃完饭后借口家中有事先回去了,原本说好要带他们在附近转转的,也不再作数。

陈开济无法适应这种反差,气鼓鼓地道:"什么嘛,说我们是心理科的就不理我们了。心理科怎么了?那可是咱们院的重点科室,也不用这么瞧不起吧?真是见识短!"

"不要这么说。"傅南岸淡淡开口,"心理学是新兴学科,新事物被大众接受都有一个过程,我们现在就处在推广心理学的阶段,大家更应该耐心点儿。"

乡村对于心理学科的接受度确实有限,哪怕是大湾村这样的大村子也没有好到哪里去。

早上九点,心理科的一行人风尘仆仆地赶到大湾村卫生站。帐篷搭起来了,横幅挂起来了,看到上面"心理科"几个大字,原本听到风声早早前来的村民们却纷纷摇头。

陈开济忍不住了,拽住一个正要往回走的村民问道:"你们就没有什么想要咨询的吗?"

"我咨询什么？我又没病，"那人没好气地白了陈开济一眼，"你别瞎说啊，我没疯没傻的，看什么心理？"

这明显是把心理疾病妖魔化了，陈开济犹豫着还想说点什么，另一个村民凑了过来："喂，你们这是治神经病的吗？"

陈开济还未开口，那人朝他挤了挤眼睛："村西头有个疯小子，你们可以去看看他。"

旁边的村民直接笑了起来："那疯小子早治不好了，谁来都没用。"

另一人也说："还心理，我们村里人哪有这么讲究，有口饭吃就不错了。"

"这也太憋屈了。"到了吃午饭的时间，陈开济狠狠咬了一口馒头，"空有一身功夫没地方使劲儿啊。"

"慢慢来吧。"傅南岸安慰他说，"之前咱们科刚开的时候人们也是这样，慢慢地大家对心理科的接受程度就高了。"

陈开济还有些不信："真的会慢慢接受吗？"

"肯定的。"傅南岸说，"之前很多病人还因为我的眼睛不信任我，现在不也慢慢接受我了？"

科里的小年轻们好奇心来了，因为他们来的时候傅南岸就已经德高望重、众人敬仰了："傅教授，您刚到心理科的时候是什么样啊？"

"那时候被人怀疑是常有的事。"傅南岸笑着回忆起来，他有意转移大家的注意力，讲得十分细致，"当时就连我的老师都不信任我，更别提那些病人了，刚到心理科的一个月我都没有接到病人……"

不得不说傅南岸很会调节气氛，他语调幽默地讲述着曾经遇到过的误解与歧视，队伍里原本沮丧的气氛很快就烟消云散了，大家时不时被他逗得哈哈大笑。

池照偏头看着他，心底不觉生出丝丝缕缕的怜悯和敬重。

都说吃一堑长一智，没有人天生就能承受非议与怀疑，傅南岸的表情温和而平静，但临危不惧的背后往往有着数不清的"堑"作为支撑。池照能想象出当时的情景，必然不会令人愉快。

医学出身的傅南岸却在将要毕业时失明了，他没有放弃自己，怀揣着满身的傲气与傲骨毅然转行成为心理医生。但生理上的缺陷哪可能那么容易被人接受呢，刚入行的傅南岸曾经遭受过无数白眼。

"这怎么是个瞎子医生啊，他真的能看病吗？"

"不是说残疾人更容易患心理疾病吗？他会不会把我的孩子教坏了？"

"不行不行，我们不要那个瞎子，我们要换医生。"

……

很多话傅南岸没直说却不代表不存在，听他轻描淡写的描述，池照便觉得心里堵得慌。

可哪怕是在这样的怀疑与否定之中，傅南岸依然没有放弃自己，在无数次碰壁之后靠着自己一步步赢得了病人的信任。时至今日，他的办公室里挂满了锦旗，他的名字屡屡出现在心理学的专业期刊上。

他的眼睛的确是看不到，但他为无数人带来了心灵的光明。

心理科的医生大多很擅长安慰人，更何况傅南岸丝毫不惧把曾经的伤口揭给众人看。几个年轻的医生唏嘘着感叹傅教授的厉害，互相鼓励着要把心理科发扬光大，斗志昂扬的样子正是新一代年轻医务工作者最好的模样。

池照也感叹，又觉得有些心疼。

不是所有人都能跌倒了再爬起来的，在这一刻，他突然特别想送一个棉花糖给傅南岸。

午饭依旧是赵婶安排的。或许是意识到自己早上的行为有些失礼，赵婶特意做了一桌子菜来犒劳他们。

吃完饭后，池照主动提议帮她刷碗，两人搬着东西来到走廊尽头的水池。

毕竟有十几个人吃饭，碗盘积攒了不少，两人刷了好一会儿都没有刷完。

一直就这么沉默着也挺尴尬的，赵婶也是个爱说的，随便找了个话题和池照搭起话来："小伙子，你也是学那个什么心理的？"

池照正认真地洗着盘子，怔了一秒才发现她是在和自己说话："啊？我吗？我不是，我是学临床的，在心理科实习。"

"临床好啊，"赵婶点点头，笑呵呵地感叹，"还是临床好！你说那心理科能干什么？"

很多人确实不了解心理，但池照在心理科实习了这么久，自然见不得赵婶这么说。

他认真地和赵婶解释："其实心理科挺好的，真的，心理科是我们院的重点科室呢。"

"你说得倒是轻巧。"赵婶笑了下，显然不相信他说的话，"反正你也不是心理科的，那我就直说了，我看这心理科的大夫就是其他科室不要的人。"

池照眉头一蹙："为什么这么说？"

"就……你们不还有个瞎子教授嘛，"赵婶犹豫了一下，声音压低了一点，"瞎子都能去的地方，那显然不是什么好科室。你偷偷告诉我，他是不是凭关系进去的？"

"不是这样的。"池照马上反驳她道，"婶子您自己就是医生，您觉得医术的高低可以这样简单定义吗？"

傅南岸确实因为眼睛的问题没法上临床，但这并不代表心理科就低人一等，每个专业都有自己的特点。

更何况中午刚听过傅南岸讲的那些故事，池照知道他这一路走得有多不容易。

池照认真地说："心理学是医学上一个重要的分支，傅教授也是很优秀的人。很多病人现在专程到我们医院挂他的号呢，他虽然眼睛看不见，但是我们不能因为这个就怀疑他的能力啊。傅教授拿过很多国家项目，比如……"

现在是在乡下，池照没法给傅教授一个棉花糖，但他还是能为傅教授做点什么的，他不希望别人误会傅教授。

池照一句又一句地和赵婶争辩着，费尽心思想要说服她，全然没有发现身后的拐角处什么时候多了两个人。

陈开济拼命朝池照那边使眼色，站在旁边的傅南岸抚摸着盲杖，脸上的表情令人捉摸不透。

3.
两人是来找池照的，碗洗了半个小时还没回来确实有点太久了，结果来了这里，他们就听到了这样的对话。

其实不难猜测池照为什么会说类似的话，无非是赵婶不信任傅南岸，池照在帮他解释。

不被信任的情况傅南岸遇到太多次了，他从早上吃饭的时候就察觉到了赵婶的态度，却并没有挑明。

经历得多了就不在意了，如果连这样的偏见都受不了的话，他也不会有现在的成绩。可他不在意的东西却有个人在意着，还要认认真真地告诉别人他有多优秀，不愿意让别人对他带有一点偏见，这样的感觉也挺奇妙的。

池照还在不遗余力地向赵婶解释，语气急迫，生怕她会误会似的。

傅南岸的嘴角微扬，忽而想起曾经家里养过的一只小狗——那是只黑色的小柴犬，刚到家里的时候才两三个月大，又胆小又害羞，傅南岸喂了它几天，它便认了主。

傅南岸查出眼底病时还在上大学，正是心高气傲的年纪。刚看不见那会儿，他也有过自暴自弃、一了百了的想法。他无法接受自己的后半生都要陷在黑暗之中，无法接受为什么偏偏就是自己，直到后来，有朋友给他送了那只小黑柴犬。

两三个月的柴犬很小，也就比巴掌大不了多少，傅南岸单手就能抱起来，明明自己还是个小家伙呢，有外人来的时候却会冲到傅南岸的面前朝那些人汪汪叫，一副凶巴巴的样子。

它想要保护他，傅南岸知道。

傅教授的故事池照一个接一个讲了不少，有些是他从钟阳秋那里听到的，更多的则是他这段时间有意打听收集来的。

其实傅南岸不太在意过往的那些成就，过去的就过去了，是从前，是身后，而人是要朝前看的。

但现下池照讲得格外认真，于是傅南岸也听得认真。有些事儿傅南岸自己都不记得了，池照却一件件讲起，如数家珍。

或许是被池照认真的语气惊到了，也或许是被傅南岸的故事惊到了，赵婶刷盘子的手很久都没有动，直到上面的泡沫都快干了，她才感叹似的说了句："这个傅教授这么厉害吗？"

"那必须厉害。"池照忙不迭地点点头，与有荣焉，"傅教授办公室里挂的全都是锦旗呢，好多人从外地赶过来就是要挂他的号。"

如果人类也有尾巴的话，那么现在池照的尾巴一定像小狗似的摇成了一朵花。他满心欢喜地把傅南岸的故事分享给了别人，一转头，突然发现身后站着两个熟悉的身影。

"开济……傅、傅教授？"池照的笑容还挂在脸上，嗓音却是一顿，"你、你们什么时候来的？"

赵婶方才正嫌弃着傅南岸，这会儿见着了本人也觉得尴尬，讪讪地笑着接话道："哎呀，两位大夫怎么又跑过来了呀，太客气了，你们在外面歇着就好了！"

"我们就是来看看。"陈开济一直不太看得惯赵婶，但这会儿注意力全在池照这里，没空理会她。

其实平时池照性格挺稳的，这是陈开济第一次见他这么夸人，夸得天花乱坠。陈开济对着池照挤眉弄眼道："池哥，你猜我们刚刚听到了什么？"

池照："唔……"他不想猜。

这反应还用猜吗，他们肯定是听到自己刚刚怎么夸傅南岸的了！

池照咳嗽了两声，支吾着，低着头。

其实学生夸老师是再正常不过的事，但就这么被听到了，池照莫名有点不好意思，他的表情僵硬了一下，一时不知该说点什么。

"也没听到什么。"傅南岸则很体贴地给了池照一个台阶下，微微一笑，转移话题道，"你们这边刷好了吗？我俩也来帮个忙吧。"

"不用不用。"池照赶忙摇头，顺着这个台阶下去，"我们这边马上就好了，再过一遍清水就可以了。"

对话被撞破了，池照和赵婶都有点尴尬，两人不敢耽搁，以最快的速度刷完了剩下的碗。赵婶端着洗刷好的碗筷匆匆离开，池照则跟着傅南岸与陈开济一道回到帐篷那边。

"哎，池哥，"在大大的帐篷底下坐下，陈开济很自觉地搬了个凳子凑到池照身边，一脸八卦的表情，"傅教授的事儿你怎么知道得那么清楚啊？我这个心理科的都没你知道得清楚。"

"就……"傅南岸就坐在距离两人不远的桌边拿着本书，池照偏头瞥了他一眼，而后支吾着糊弄，"就是听朋友说的呗，我朋友挺崇拜傅教授的，偶尔会聊一聊傅教授的事儿。"

"你朋友很崇拜傅教授？"刚才池照的反应陈开济都看在眼里，他才不相信池照的说辞，"你就说吧，你这个朋友是不是你自己？"

"咳咳——"

池照剧烈地咳嗽起来。

"别激动，别激动池哥，"陈开济赶忙帮他拍了拍背，依旧笑嘻嘻的，"这又没什么大不了的，不就是夸了傅教授两句嘛！"

"没，"池照张了张口，答道，"不是，我没有。"

背地里把人夸了一通确实算不上什么事，学生对老师有崇拜之情那也是再正常不过的事。

池照不是那种扭捏的人，换作平常绝对不会觉得这有什么，但

.079.

对上陈开济好奇的眼神时,他却下意识地想要回避这个问题。

陈开济不太信,又旁敲侧击了几句,池照依旧回避,东扯西扯,总算是扯开了话题。

谈笑的空隙,池照偏头瞥了眼傅南岸,见他依旧坐在桌前,手指放在盲文书上,一副认真读书的模样。

池照稍松口气,心道:"幸好刚才尴尬的对话没有让傅南岸听到。"

冬日午后的光是柔和的,傅南岸的身上像是覆盖上了一层淡淡的光。

距离太远了,手指的活动又很细微,于是池照没有注意到,其实傅南岸的手指放在那一个凸起的盲文上,许久都没有移动。

他微微掀起嘴角。

愉快的午休时光很快过去,下午的工作正式开始了。

说是工作时间,其实也和午休没多大区别,看上午的情况就知道了,下午也必然不会来多少人。

池照翻着带来的课本消磨时间,陈开济也在旁边不知在捣鼓着什么。

或许是傅南岸的春晖遍四方,也或许是上天不愿意看他们这么无聊,临下班的时候来了个傅南岸曾经的病人家属,给他们的下乡生活带来了一点乐趣——那是个四十多岁的中年男人,一进来就直接冲到傅南岸的面前。

"傅教授!我可算是又见到您了!"男人手里拎着大包小包的东西,见到傅南岸马上激动地小跑起来,"能在这里见到您实在是太意外了,您还记得我吧?我是刘景澄他爹,我儿子之前患抑郁症,在您那边看过。"

刘叔是大湾村本地人,几年前和妻子离婚后便带着儿子到省城打工,平时对儿子疏于管教,等他发现儿子异常时儿子已经瘦得跟麻秆一样,手腕上还有自残留下的刀痕。

他带着儿子找了很多医院，可高昂的费用却让他无力承担。

万般痛苦之时，他遇到了傅南岸。傅教授不仅同意为他儿子治疗，还帮他申请到了公益资助。儿子康复之后，刘叔依旧记得傅南岸的好，听说他来了自己村里便赶紧跑了过来。

"您就是我们家的大恩人！"刘叔赶忙弯下腰，拎起放在地上的鸡鸭鱼肉就要往傅南岸手里塞，"没想到您会来我们村，听邻居一说，我就赶紧跑过来了，一点点小心意，请您一定要笑纳。"

乡下人都朴实，送这些鸡鸭鱼肉就是他们最高规格的待客礼节。

傅南岸向来是不收病人和家属东西的，也知道刘景澄家里条件不好，并没有接刘叔递来的东西："您太客气了，这都是我们分内的工作……您儿子现在情况怎么样？"

"我儿子现在已经上大学了，就是在省城上的！"

提起儿子刘叔更是高兴，确实是把儿子当成了自己的骄傲："多亏了您，他才慢慢变好了，我们心里一直都记挂着您。这些也不是什么金贵的东西，请您务必收下！"

来来回回推拒了几次，刘叔直接把带来的鸡鸭鱼肉送到了厨房，要亲自为他们下厨。盛情难却，再拒绝就显得冷漠了，傅南岸只得无奈地笑笑，说："那就麻烦您了。"

刘叔连忙说："不麻烦不麻烦，你们好不容易来一趟，我一定给你们做顿好的。"

刘叔虽然常年在外地打工，做饭却是一把好手。鸡肉切小块和辣椒一起爆炒，鸭肉先卤后炸再撒上孜然，鱼肉清蒸拌上香葱，再加上各种凉拌菜、小炒，那绝对称得上一顿盛宴。

收工之后赵婶也来了，众人把几张桌子拼在一起组成了一张大桌子，一盘盘菜品上桌，虽不敢说是多么珍贵的佳肴，却绝对是饱含着心意的。

"最后一道汤来喽！"刘叔把最后的鱼汤端上了桌，奶白色的浓汤上点缀着点点青绿色的葱花。

刘叔把汤碗放在了餐桌的正中央，鱼头朝向傅南岸的方向："老师们来尝尝，这是我老刘的拿手绝活——清炖鲫鱼汤。"

刘叔来来回回忙活好几趟了，众人不好意思总让他跑，连忙招呼他坐下，一位资历老些的教授说："小刘你别忙了，一起来吃吧。"

池照也连忙接话道："是呀，刘叔来吃吧，菜已经够多了。"

刘叔肩膀上搭了条白毛巾，闻言拿起来擦了把汗："好好好，这就是最后一道菜了，我也有幸和各位教授、老师们吃一顿饭。"

刘叔在傅南岸身边坐下，一场热热闹闹的晚宴就此开席，浓郁的食物香味弥漫在空气中，温热的菜品下肚，众人忙碌了几天的疲惫也慢慢被驱散了。

众人都感觉到了这种病人家属对医生的感激与尊敬，这种成就感给了大家继续下去的信心：你看，虽然仍有这么多不如意的地方，但心理科确实正逐渐被人们接受，自己也是治病救人的白衣天使。

热闹的餐桌上，傅南岸则是当之无愧的主角。

刘叔喝了点酒，红着脸给众人说了半天他儿子现在在哪儿上学，学习多么多么厉害，也一次又一次地感激傅南岸带给他儿子的改变。

"我之前不懂什么是心理疾病，看到小澄不吃不喝、不和人交流的时候还打骂过他，以为他的后半生就这么完蛋了。傅教授疏导小澄也开导我，这才让我们这个家重新好了起来。"刘叔有点喝醉了，拽着傅南岸的手不愿松，一个四十多岁的大男人哭红了眼睛，"说傅教授是我儿子的再生父母也一点都不夸张，您就是他的大恩人啊！"

这是积攒了很久的真心话，借着点酒劲，刘叔说得格外情真意切。众人纷纷劝他，跟他说"都过去了""以后的日子会越来越好的"，刘叔这才擦掉了眼泪，一个个向众医生道谢。

他朝每个人都深深鞠了一躬，说："谢谢你们。"

这种情绪是很有感染力的,池照心底也是唏嘘一片,治病救人是医生的天职,医生要永远揣着颗温柔的心,不管是在心理科还是在别的科。

而与此同时,坐在池照身边的赵婶却突然拍了拍他的肩膀。

"小池啊,"赵婶的表情有些为难,犹豫着开口,"婶子有件事儿想问你……"

周围的声音有些吵,池照低头凑到她的身边:"赵婶您说。"

赵婶问他:"你们傅教授真的这么厉害吗?"

池照点头,还以为她不信任傅南岸,便道:"那肯定的。您不是认识刘叔吗?这不就是活生生的例子吗?"

赵婶的嘴张了又闭,下定决心似的,双手抓住池照的手:"那能不能……能不能让他也给我们家元良看看?"

她的手指极其用力,指尖轻颤着,像是抓住了一根救命的稻草。

4.

赵婶先前一直对心理科有偏见,池照根本没料到她身边会有需要救助的病人。

饭桌上人多嘈杂,池照带着她一道出了院子,走到外面的空地上:"赵婶您先别着急,这个叫元良的人是什么情况?"

"元良是我妹妹家的孩子,大名孔元良,他、他……"赵婶的情绪还是有些激动,磕磕巴巴了半晌才组织好语言,"我妹在生他的时候就难产死了,他爹是个酒鬼,每天除了喝酒就是打骂他。这孩子从来不和我们交流,就和老刘家的儿子之前一样……他、他是不是也有什么心理问题啊?"

赵婶的这个外甥一直不爱说话,她虽然心觉奇怪,但也没太当回事。直到刚才在饭桌上刘叔描述起自己儿子生病期间的状态时,她才突然意识到了不对,一一对照起来,元良和刘家儿子生病时的状态几乎一模一样。

赵婶仔细地回忆着外甥的状态:"他就是那种很冷漠的样子,

跟傻了似的，给他送饭他也一声不吭的，有时候我也不想管他，但又心疼他从小没了妈。刚刚听了老刘说的……你们救救他吧，好不好？救救我们元良吧，他小时候不是这样的。"

赵婶的情绪再次激动起来，池照赶忙说："赵婶您放心，这种情况我们肯定不会不管的。"

"真的吗？"赵婶紧紧拽着他的手，"你们真的能救元良吗？能让傅教授给他看吗？"

"您先别着急，具体情况我们需要见到孩子本人才能确认，"池照安抚着她的情绪，"您能带他来见见我们吗？"

赵婶忙不迭地说："我明天就带他过来！请一定让傅教授给他看！"

之前不相信傅南岸的能力，这会儿倒是非傅教授不可了，池照无奈一笑，又突然想起了点新的情况：他们是在义诊，每个村子只待一天，明天就不在这里了。

池照犹豫着告诉赵婶现在的状况，还没想好解决办法，赵婶马上接了话："这个没关系！你们去哪里我就带元良去哪里！"

这是真的求医心切了，池照能理解赵婶的心情，听她的描述，那个叫元良的孩子确实有点心理问题，如果能顺利帮助他也算是做了一件好事。

池照和赵婶聊了一会儿，再回来的时候晚饭已经结束了，几个实习生正要去刷盘子。

见池照回来，陈开济问了句："池哥你还吃吗？"

"不吃了。"池照左右环视了一圈，问他，"见到傅教授了吗？"

陈开济端着一摞碗筷往水池那边走："估计是回屋了吧，找他有事？"

"谢了，我去看看。"池照点头，从旁边的保温壶里灌了瓶开水，又带着水去了傅南岸的房间。

傅南岸果真在房间里，正坐在简陋的书桌前"看"书。

他的眼睛只有微弱的光感，但他习惯了有光的感觉，所以还是打开了灯。

橘色的灯光洒在身上，傅南岸的背影是高挑的，池照的脚步一顿："傅教授……"

"是池照吗？"傅南岸把书签夹进书中，扶着桌角转过身来，语气是放松的，"又来帮我敷眼睛？"

傅南岸额侧的伤已经好得差不多了，一路上池照几乎寸步不离地跟着他，他也没再添新的伤口。但要让池照不去找傅南岸那是不可能的，凭借着之前在眼科实习的那点经验，池照自告奋勇要帮傅南岸敷眼睛。

刚开始的时候傅南岸肯定是不同意，说没必要，一个瞎子再说保护眼睛还有意义吗？

但池照不是这么想的，傅南岸的视力并没有完全消失，微弱的光感也比瞎了要好。这样的眼睛其实是最需要保护的，因为它更脆弱，更容易受伤。

热敷可以帮助放松眼周的肌肉，促进血液循环，确确实实是对眼睛有好处的，哪怕是对视障人士也一样。池照去找了傅南岸好几次，言辞恳切，句句动人，傅南岸总算是半推半就地答应了。

"给我敷眼睛我可给不了你任何好处，"傅南岸打趣似的说，"要是打这主意你趁早别想了。"

池照摇了摇头："我也没想要您给什么好处。"

有些实习生和带教老师混熟了会得到优待，比如出科考试放放水什么的，但池照确实没有抱着这个心思。他在眼科实习过，知道傅南岸这种情况其实更有保护眼睛的必要，万一以后真的医疗进步了，好的眼睛条件就是最大的保障。

进了房间，池照把瓶子里的热水倒入盆中，再加入适量凉水。他把毛巾浸在水里泡得热乎乎的，然后拧干了搭在傅南岸的眼睛上："这个水温可以吗？会不会烫？"

温热的毛巾接触到皮肤很舒服，连带着心底也是妥帖的，傅南岸双眼微闭，半躺在椅子上，说："辛苦你了。"

池照摇摇头，敷好毛巾后，在旁边找了个凳子坐下："不辛苦。"

"你刚刚是和赵婶出去了吗？"傅南岸闭着眼睛问他，"吃饭的时候没听到你们两个的声音。"

不得不说傅教授的感觉太敏锐了，竟然连这点都能注意到。

池照解释道："是出去了，她觉得自己的外甥有点心理问题，想问我们能不能帮她。"

池照复述了一下那个叫元良的孩子的状况："赵婶点名想要找您看，我让她明天带着孩子去凌河村找我们，应该可以吧？"

"这是我们的职责。"傅南岸顿了一下，又问，"她点名要找我？"

池照点头说是，又见傅南岸微微一笑："是听了你讲的故事，对我改变印象了？"

没想到傅南岸会提起这事儿，池照的脸腾地烧了起来："我、您、我就是……"

池照支吾着解释，生怕傅南岸觉得自己是个偷窥别人生活的变态。

傅南岸没想到他会这么紧张，收起逗趣的表情，语气缓和下来："别多想，我不是要责怪你的意思。"

傅南岸说："我是想跟你说声谢谢的。"

池照一怔："谢我什么？"

傅南岸笑得很温和："你看，如果不是你的话，赵婶也不会这么快就相信我，不是吗？"

傅教授一直是这样温和的人，三两句便化解了池照的尴尬。

其实池照知道赵婶能信任傅南岸更多的是因为刘叔儿子的例子让她看到了效果，但傅南岸的话还是让他心底甜丝丝的，原来他也帮到傅教授了。

和傅教授聊天很舒服，池照原本拧巴着的情绪也放开了。

他注视着傅南岸，终于把一直以来想说的话说了出来："教授，那些都是我的真心话,我真的觉得您是个特别厉害的人。"

刘叔做的晚饭温暖了心理科医护人员的心和胃,大湾村的义诊也落下了帷幕。第二天一早,众人便出发赶往下一个村子——凌河村。

凌河村靠近县城,是他们去过的几个村里面最大、最发达的,公路通畅,在县城闲置了很久的医疗车也终于有了用武之地。

心理科不需要做手术,但医疗车的环境比外面好很多。

此时正是冬天,外面寒风瑟瑟的,穿再厚的衣服都能被北风冲透,但在车里就不一样了,窗户关着,暖气开着,这就是个小小的世外桃源。

凌河村村民的整体受教育水平也比前几个村子要高,至少没有那排斥他们,心理科的几个医生终于有了用武之地,解决了不少村民的问题,也算是没有辜负这次医疗下乡之行。

医疗车上的人还挺多,外面排起了队,傅南岸身边围着一大群病人,池照则负责维持队伍的秩序,又不时眺望着远处,等待着赵婶的到来。

忙碌的间隙,陈开济过来拍了拍池照的肩膀:"池哥你找什么呢?"

"我找赵婶,"池照想起陈开济还不知道赵婶的事儿,跟他解释道,"赵婶说想带她外甥过来看看,咨询一下。"

"赵婶?"陈开济轻嗤了声,"她之前不是还看不上我们心理科吗?"

池照笑笑,说:"观念总会变的。"

"你现在说话怎么和傅教授都一个味儿了。"陈开济"啧"了声。

这似乎是陈开济的新爱好,自打那天撞破了池照夸傅南岸之后,就总开他俩的玩笑。

池照随口说道:"昨天在傅教授那里我可是学了不少。"

"学了什么?"陈开济问。

池照笑嘻嘻的,语气很坦荡:"保密。"

陈开济："……"

这怎么话说到一半儿就不说了呢？

两人又闲聊了几句，旁边突然传来了一阵训斥声，其中一位好像是与他们同行的教授。

"那边什么情况？"

池照与陈开济连忙走过去看，一个小男孩低着头站在医疗车旁边，瘦瘦小小的，与他身上厚重的衣服很不相称。他手里拿着一把长长的尖锥，身边的车胎则是瘪着的，明显是被扎破了。

有个村民大叔堵着小男孩，钱教授生气地检查着车胎。

村民大叔气愤地拽着小男孩的手臂不许他走："你这小孩儿怎么回事？我可是亲眼看到你拿锥子往我们车胎上扎的，你可别想要赖！"

小男孩低着头任由他推拽，一声不吭，一双眼睛却是漆黑发亮的，好像跟医疗队有什么深仇大恨似的。

"也不知道是谁家的孩子，坏到根儿了。"村民大叔更生气了，看到池照和陈开济朝这边走来，转头对他们说，"这小孩儿看着眼生，咱先去打听一下他的家属是谁。这事儿不能就这么算了，一定要找到他的家长让他们负责！"

村民大叔带着池照和陈开济在村子里找了一圈，没找到小男孩的监护人。钱教授无奈地摇摇头说："算了，算了。"

那个小男孩依旧一声不吭，问什么他都不说。

他们不能真把他怎么样，也只能好生教育一通，然后放走了。

钱教授说："碰到这事儿算我们晦气，自认倒霉吧。"

确实不是什么好事，人生地不熟的，补胎的地儿都不好找。

钱教授把几个实习生叫过来叮嘱他们以后多盯着点，千万别再让那个小男孩靠近了。他前脚刚说完，后脚赵婶就领着个男孩过来了。

赵婶低眉顺眼地和几位心理科的医生介绍："大夫们好，这就是我外甥孔元良。"

她拽拽元良的衣服示意他和众人问好，而被她叫元良的孩子不是别人，正是方才把他们车胎扎烂了的那个小男孩。

钱教授就在旁边坐着，看到这张熟悉的脸时，脸色马上就变了："这小孩儿也是来找我们咨询的吗？"

赵婶还不知道发生了什么事，连忙应声道："辛苦各位大夫了，我们家元良是个好孩子，请你们一定要帮帮他。"

她的语气太恳切了，带着农村妇女特有的朴实。俗话说，伸手不打笑脸人，钱教授原本积攒的火气便也没地方发了。

钱教授抬眼打量了她半晌，最终叹了口气："行吧，我们可以帮他看看，但有件事我得先跟你说下，这小孩儿刚——"

"我不看！我谁都不看！"元良突然开了口，一双漆黑的眼睛死死地盯着钱教授和几个实习生，面目凶狠到恨不得上来把他们都打一顿，"谁要你们看我？骗子！"

情绪激动的病人他们不是没遇到过，但元良似乎格外激进，他手里还拿着刚才扎车胎的锥子，伸手就要往钱教授的手臂上戳。钱教授躲避不及，手背直接被划了条口子，鲜血瞬间就渗了出来。

"你这孩子！"

赵婶心里一慌，连忙伸手去拉他。几个实习生也帮忙一起拉，元良却像头小牛犊似的有着无穷无尽的力气，很快挣脱了众人跑走了。元良边跑边骂，他的口音带着些方言调调，几乎把本地最恶毒的脏话都骂了出来。

他的话确实太难听了，哪怕有些词听不懂也知道是极其恶劣的诅咒。周围来咨询的人议论纷纷，钱教授的脸色不太好看。

赵婶更加着急，一边转头想去找元良，一边又惦记着要和钱教授道歉，急得团团转，跟热锅上的蚂蚁似的。

池照赶忙上前拉住了她："别急赵婶，咱先把元良找回来吧，省得他跑丢了。"

钱教授也摆摆手，叹一口气说："去吧去吧，其他的事一会儿再说。"

人生地不熟，元良其实也跑不远。

元良到底对赵婶有几分感情，赵婶边呼唤着边寻找，最后在一片林地里发现了他。他的身上全是泥巴，神情满是戒备。

赵婶不敢再贸然带元良去见医生，把他安顿好之后，只身一人回到了医疗车上。

此时傅南岸正帮另一位病人看病脱不开身，赵婶还是和钱教授聊的。两人沟通完之后，赵婶一脸期待地看着他："怎么样大夫，这孩子能治吗？"

钱教授沉默了一会儿才道："情况比较复杂。"

元良的情况确实复杂。

现在的他抗拒任何人的靠近，对他的心理治疗是一个漫长而持续的过程，必须制订详细的计划并进行长期的疏导。

只可惜他们现在是义诊，在这里停留的时间不过几天，这几乎是不可能完成的任务，不管谁来都是一样。

"你们有意愿跟我们回去治疗吗？"钱教授问赵婶。

"啊？你说去省城吗？"赵婶愣了一下，第一反应是钱的问题，"会不会花很多钱啊？"

这其实是很真实的反应，很多病人得不到有效救治的最大原因就是家庭条件不好。

钱教授问赵婶："你们有医保吗？"

赵婶摇头。

也是，这孩子没了妈，亲爹又那副德行，谁会费心思给他交医保呢？

这就很为难了，钱教授比画了个数字，赵婶吓得脸都白了："我们这辈子也挣不了这么多钱啊！"

钱教授摇摇头，只能说句："抱歉。"

之后钱教授又尝试和元良进行沟通，但依旧毫无进展。

时间一晃来到中午，吃饭的时候，傅南岸终于从人群中脱身，他还惦记着元良的事："赵婶带那个孩子来过了吗？"

"来过了，"池照在旁边应了声，又有些沮丧道，"但已经走了。"

没办法的事情太多了，确实是条件不允许，钱教授复述了一遍上午发生的事，傅南岸也轻叹口气，说："可惜了。"

"是有点可惜。"钱教授跟着感叹了几句，又想起来一件重要的事，"对了，差点忘了，那小子把咱们的车胎扎坏了，还得找个地儿补胎去！"

元良把他们的车胎扎了，村里面的条件简陋，想找个补胎的地方都不容易，几个实习生打听了好几处地方才找到修车师傅，等把两个胎补好的时候天都要黑了。

北风呼呼刮着，一天的义诊终于结束了，第二天还有新的行程。

晚饭还算丰盛，但池照没什么胃口，提前收拾东西回住处休息了。

来之前天气预报说这周有雨，却一直没下，走在回去的路上，姗姗来迟的大雨终于肆虐着咆哮而下。

池照撑着伞，伞面几乎要被狂风刮起。走在泥泞的田间小路上，一个熟悉的身影突然来到了他的身边。

"小池大夫！等一下！"

赵婶不知道从什么地方钻了出来，小跑着来到池照面前，抓住他的手又叫了声："小池大夫！"

池照微微一怔："赵婶您怎么来了？您上午不是已经回去了吗？"

"没，我们还在这里。"

赵婶的身上已经被雨浇透了，头发滴答滴答地往下滴水，仰头看着池照笑道："我寻思着好不容易带元良来一趟，不甘心就这么回去了。"

池照连忙把伞举到赵婶的头顶，她小心翼翼地问池照："您有没有别的办法给元良治病啊？"

更多的办法池照也不知道,政策上的东西,他一个实习生不大了解。

池照其实能理解赵婶的心情,看她那么眼巴巴的表情,他心里也挺不是滋味儿的。他犹豫着想要说点安慰的话,赵婶踉跄着向后退了两步,呢喃道:"这孩子之前不是这样的……"

或许是被治疗费用吓到了,也或许是这些事憋在心里太久了,赵婶抓住池照的手臂,一股脑地倾诉起来:"这孩子小时候特别乖,很小就会给他爹做饭洗衣服,在学校学习也特别好。我们都说他肯定会有出息的,他是后来才变成这样的。

"之前他爹喝酒没钱,就动了他的主意。他爹骗他说是去外面读书,结果找了个人家想把他卖过去。买他的人也不是个好东西,每天把他拴着让他干活,还拿鞭子抽他。我们几个亲戚知道后就赶紧去救他,但从那之后这小孩儿就彻底变了,一句话都不和我们说了。"

没有人会心甘情愿地堕落,元良也曾奋力挣扎过。

他努力读书努力上学,想要靠知识改变命运,满怀着憧憬以为逃出来时却又踏入了另一个地狱,那些鞭子抽在了他的身上更抽在了他的心里,他的梦碎了。

赵婶讲着讲着自己哭了起来,池照的心底更是堵得慌,他同样被父母虐待和毒打过,他太能理解其中的苦楚和煎熬了。

元良的心理问题已经很严重了,过往的欺骗让他没法信任任何人,哪怕别人是真的想要帮助他。

晚上池照去找傅南岸的时间比平时稍晚了一些,他还在想着赵婶和那个叫元良的孩子。热毛巾照旧覆在傅南岸的眼睛上,池照许久都没有说话。

"怎么了?"傅南岸闭着眼睛问他,"心情不好吗?"

池照的心里确实是堵堵的,他把赵婶来找自己的事告诉了傅南岸,说罢又难过地垂下眼眸:"听她说得我都想哭了,我也不知道该怎么办。"

　　生老病死是人逃不开的话题，医生们更是常常要直面这些真实。

　　傅南岸见过很多这样的事，从最初的无法接受到现在的不得不无奈面对。有些时候就是这样，一个人的力量到底是有限的，一群人的力量也是有限的，没人能说自己可以救助所有的人，那只能是天方夜谭。

　　"真的没有办法帮帮他们吗？"池照问道。

　　这不是一件容易的事，池照知道，可是脑海里盘旋着赵婶说的那些话，他又没法置之不理。

　　元良的经历太容易让他共情了，他知道那种奋力挣扎和自己较劲的感觉有多难受。

　　眼前的灯光是柔和的，谈话的气氛是平静的，身边的教授也是强大而让人安心的，这是池照挣扎了很多年才终于得到的东西。在这一刻，他是真的很想帮帮那个还在泥沼中挣扎的孩子。

　　"傅教授，"窗外的雨依旧肆虐着，池照的声音低得几不可闻，"我们帮帮他吧，好不好？"

第五章
再深的伤痕都会愈合

1.

池照是真的想要帮那个叫元良的孩子,于是尽自己所能找寻着方法:"我们按照三无人员去处理他行吗?或者帮他申请医疗贷款?真的没有其他的办法了吗?"

他的语气太急迫了,哪怕眼睛看不见,傅南岸也体会到了他迫切的心情。

傅南岸的眼睛垂下又睁开,片刻后,他说:"有办法。"

池照还是不信,如果有办法的话,为什么钱教授之前不帮元良呢?钱教授不是那种小心眼的人。

他着急地询问:"真的吗?有什么办法?"

"相信我,"傅南岸的喉结微微滚动,表情很淡然,"我说有办法就有办法。"

他的神情太淡定了,池照一颗惴惴的心就这么安静下来。

池照的目光无意识地一瞥,这才发现自己走得太着急了,鞋子上带了好多泥水进来。

"对不起傅教授,我刚没注意,把您这里踩脏了。"池照连忙手忙脚乱地去找来扫把和簸箕,把地上的泥污都打扫干净,他语气局促，像个做错事的孩子。

"没关系。"傅南岸微微一笑，很自然地面对着声音传来的方向，"你的心情我能理解，既然你想帮他，那咱们就尽力帮帮他。"

又想起钱教授的那些顾虑，池照还有点担心："……会不会很麻烦？"

傅南岸只说了三个字："相信我。"

这是他给予池照的承诺。

要帮助元良绝非一件容易的事，否则钱教授也不会拒绝了。

池照在医院里实习了这么久也并非不懂，元良的条件要想收治太困难了，没有医保也没有固定收入，申请医疗贷款都不会被批准，但得到了傅南岸这句话，池照就知道元良得救了。

傅教授答应了的事就一定会办到，他就是有这样的能力。

窗外的雨依旧肆虐着，冷风从窗户的缝隙刮进来。

房间里是冰冷的，但这一刻，池照却觉得自己的身上是暖的，舒适，安心。

大雨又下了两天，大家就在雨中接诊了两天。

住的房子里都沾满了浓重的湿气，又冷又潮，连澡都没有办法洗。大家抱怨着，恨不得马上回去。但真到要启程的时候，又感叹时间过得太快了。

一周的时间里，他们学到了很多，虽说心理科在乡下并不怎么吃香，他们却也遇到并帮助了一些病人，健康所系，性命相托。

不管是哪个科室的医生，其实都怀着一颗治病救人的心，忧心忡忡的病人露出久违的笑容就是他们最开心的时刻，哪怕这过程中会有误会，会有不解，但所有的负面情绪都会泯灭在最真诚的笑容中。

回去那天，他们又回到了凌河村，这里的地理位置稍好一些，方便所有的队伍集合。

雨还在淅淅沥沥地下，路上积了水不太好走，心理科的几人先到了集合的地点，其他几个科室的人则还在路上。

"他们什么时候能到啊？"在这边等了好久也没等到大部队，陈开济的手机都快玩没电了，"咱还能按时回去吗？"

"估计还得好一阵子，"领队打电话跟各个队伍沟通了情况，语气也有点无奈，"他们全困路上了。"

陈开济撇撇嘴："那现在怎么办？"

"还能怎么办？"钱教授瞥他一眼，觉得这个问题挺好笑的，"等着呗！"

赵婶也来了，她是来送元良的。那晚之后池照就把好消息告诉了赵婶，她拉着池照又哭又笑，连夜给元良收拾好了东西，等着心理科返程这天一大早就把元良送来了。

这会儿左右也是闲着，赵婶便招呼着众人到卫生所里烤火。

都是邻村的，赵婶和凌河村卫生站的人很熟。

陈开济闲得都蹲在地上玩了好一会儿泥巴了，听到她这么说眼睛就亮了："可以吗？"

赵婶笑笑，很快忙活起来："有什么不可以的？是吧，各位老师？"

傅南岸向来不反对学生们的玩乐，也只有钱教授平时比较严厉，不许众人与帮扶的村民有太多的接触。

这会儿大家期待的目光都集中在钱教授这里，钱教授也只能无奈地摇摇头说："想烤就烤吧。"

实习生们自然愿意干活儿，但乡下温度低，天寒地冻的能烤个火当然舒服，于是他们去旁边抱了几捆柴放在一个大铁盆里。

柴被点燃了，熊熊的火焰燃烧起来，把整个屋子都映成了橘色。众人围坐在中央的火堆旁有一句没一句地聊天，还有人不知道从哪里弄来了蔬菜和肉，穿在竹签上直接开始烧烤了。

火光把院子里映衬得暖洋洋的，眼前是暖的，心也是暖的。

赵婶凑到池照身边，再次小心翼翼地确认道："小池大夫，元良真的能去省城治病吗？不收我们钱？"

"不是不收，"池照和赵婶解释，"是我们这边先帮你垫付，等你们以后有能力偿还的话,这钱还是要还的。"

那晚之后,池照详细了解了一下医院的政策,傅南岸是按照三无人员对元良进行收治的。

"那肯定,那肯定!"赵婶连忙点头,自然是愿意接受,"你们就是元良的大恩人,等他以后好了,我们一起挣钱还给你们!"

赵婶是打心眼里希望元良好的,甚至原本还打算卖房子给他治病。

自听说了能给元良治病的消息,她就一直乐得合不拢嘴。和元良那个酒鬼爹比起来,能碰到这样的亲人也算是元良的福气了。

两人又聊了几句,话题不自觉地说到了以后,蒙在元良前路上的那层黑布终于要揭开了,几乎已经看到黎明前的光亮了。

门外一阵骂骂咧咧的声音响起,赵婶的脸色突然一变:"这动静……怎么像是元良他爹的声音?"

赵婶起身朝门口走去,没走两步,一个拿着酒瓶的男人就冲了进来:"元良呢?我儿子在哪儿?"

他的双眼是迷离的,脸上带着一大片酡红,醉醺醺的,老远便能闻到酒气,几个坐在门口的实习生吓坏了,站起来就往里面躲。

傅南岸微微皱眉,问旁边的人:"是谁在那边?"

"一个高高壮壮的男人,四五十岁,感觉喝醉了,也不知道是谁。"陈开济在旁边对他描述着。

话音未落,便听男人开了口:"我是孔元良他爹,听说你们要带走我儿子,你们问我的意见了吗?"

元良原本在赵婶身边蹲着,听到这个声音就慌了,整个身体缩在墙角瑟瑟发抖,却连跑都不敢,只是不断地重复着:"别过来……别打我……别过来……"

男人看到了元良,拎着酒瓶向他走来:"小兔崽子你还敢跑?给我回家!"

"孔志勇你闹够了吗?"赵婶被他的态度惹恼了,上前挡在他面前,伸手推了他一把,"你看看你都把你儿子折磨成什么样子了?

还把他卖给人家干活，你配做爹吗？"

"我哪里不配了？"孔志勇仰着脸，酒气全喷在赵婶脸上，"老子供他吃供他穿，反正是我的种，让他帮我赚点钱怎么了？"

"你！"

赵婶还想再说什么，孔志勇已然一把将她推开了。他的力气很大，赵婶踉跄着退后几步，直接坐在了地上。

池照连忙过去扶她："没事吧，赵婶？"

赵婶摇摇头，挣扎着想要站起来，但她刚被推到地上，整个下身都是麻的，只能颤抖着去抓池照的手臂，恳求道："孩子，你别管我，你去看看元良，去元良那里，不能让他带走元良！"

赵婶太着急了，声音直接劈了，她知道元良的父亲发起疯来有多可怕。

池照扶着赵婶到旁边坐下，稳声安稳她："赵婶您放心，我们这么多人在，不会让他带走元良的。"

其他几人终于反应过来是怎么回事儿了，大声呵斥着孔志勇。

大家之前就听说了元良他爹不是东西，这会儿才亲眼见识到这个男人有多蛮不讲理，一时间正义感爆棚，都过来保护元良，说什么也不让孔志勇把他带走，就连钱教授都发了话："他现在是我们的病人，我们不会让你带走他。"

"你们想带走他也行，"孔志勇可不吃这套，算盘早就打好了，"给我钱，我把他卖给你们。"

他嘿嘿一笑，伸手比画了一个数字，猛地冲上前就要去抓元良的衣领。

池照站在离元良最近的地方，先孔志勇一步把元良护在了身后："你别动他！"

孔志勇来气了："你是谁？这是老子的儿子！"

他对着池照一阵拳打脚踢，缩在池照身后的元良瑟瑟发抖地哭喊着："别打了……求你……我知道错了……"

拳头和鞋底落在身上，池照却一直没有放手。

几个人赶忙过来拉架，但孔志勇力气太大了，众人很快纠缠在了一起。

疼痛在皮肤上蔓延开来，池照感觉骨头缝里都火辣辣地疼。就在他快要坚持不住的时候，终于，门外传来了一阵急促的脚步声。

"这是在干什么！给我住手！警察！"

是附近派出所的警察来了，他们拿着防爆钢叉，很快把孔志勇摁在了地上。

傅南岸循着声音走到为首的队长身边，手里还握着手机："警察同志，你们来了。"

"是你报的警吗？"队长上下打量了傅南岸一番，问他，"这具体是什么情况啊？"

"是我。我们是市五院下来义诊的医生。"傅南岸言简意赅地把发生的事说了一遍。

听完之后，队长很不好意思地说："辛苦你们了，没想到下来一趟还会遇到这种事，给你们添麻烦了。"

都是附近十里八村的，警察们对孔志勇家的事也早有耳闻，虽然没正面遇到过，但也大致明白他是一个怎样的人。

孔志勇还想挣扎，警察们已经把他押上警车了。

池照被人扶着在旁边的凳子上坐下，陈开济松了口气说："这下估计没个十天半个月出不来了，也算是给他一个教训。"

陈开济走到池照身边想问问他感觉怎么样，走近了，却见池照坐在小小的板凳上一声不吭。

"池哥你怎么了？"陈开济伸手想要去扶池照的肩膀，还没碰到，就被池照一把打开了，"别碰我！"

池照的嗓子哑透了，眼睛红通通的，他的身上有好几个刚才孔志勇踹出来的鞋印，整个人的神经都是紧绷着的。

"别碰我。"他又哑声重复了一遍。

池照自己都不知道自己是怎么了,刚才那些拳头下来的时候,他似乎又回到了曾经被殴打的那些岁月。

他拼命地逃啊逃,可是根本逃不掉。

无论他躲在哪里,树丛、麦地、车底,只要那两个人找到他,那他一定会被打得皮开肉绽。

他们打得比孔志勇还狠,用鞋、用皮带、用铁锹,所有的东西都可以成为打他最得心应手的工具。

一下又一下。

池照艰难地出声:"别……碰……我……"

眼前是模糊而混沌的,浑身上下的疼痛却那么清晰,池照痛苦地环抱住自己的脑袋,他的身体好像不是自己的了,他拼命地想要逃离这里,他无法喘息了。

而后,一双温和而有力的手揽住了他的肩膀,把他从深渊中拉了回来。

"没事了,已经没事了,"傅南岸半跪在池照的身边,语气轻柔得像是在哄小朋友似的,"没事了,乖孩子。"

2.

"别……碰……"

肩膀被触及的瞬间,池照下意识地想逃,他并不习惯这样的触碰。

"别怕。"低沉的嗓音在耳边响起,傅南岸的语气很温和,"别怕,没有人会伤害你的。"

没有人能伤害他……吗?

池照有一瞬间的恍惚,好似进入了一个飘浮着的世界。

有一个温和而坚定的声音告诉他:"你已经长大了,你在保护别人,不是吗?"

是啊,他已经长大了,那些都过去了,没有人能再伤害他。

池照大口地喘着气,那双手是有力的、不容逃脱的,却不再让他觉得喘不过气来,好似暴风雨中的小舟终于拼尽全力上了岸,那

·100·

是他的避风港湾。池照的脸上汗涔涔的，呼吸逐渐平稳了下来。

"抱歉……"眼前的混沌已经不再，池照睁开了眼，众人全都担心地看着他。

池照动了动嘴唇，轻声说了句："我没事了。"

他的嗓子有点哑了，身体不知道什么时候从凳子上滑了下去。

傅南岸架着池照让他重新坐下，双手依旧覆在他的肩膀上，给予他坚实的力量："没关系，再休息一下。"

旁边站着的陈开济一脸担忧地问："你怎么了池哥？你的脸好白啊。"

池照垂着眼眸，摇摇头，没有回答。

他不知道要怎么回答，向别人倾诉那些过往的痛苦对他来说是一件很难的事。

他受过太多的另眼相待了，他希望自己在别人心里是一个坚强而向上的形象，他不想让别人同情他，可这会儿猛然情绪失控了一遭，他实在是不知道该如何面对还要继续相处的同事、朋友，他无法面对。

"没关系的，"傅南岸说，"你已经表现得很勇敢了。"

淡淡的沉檀香气萦绕在鼻息，傅南岸笑着说："咱池医生刚刚那可是很英勇的，宁愿挨打也要保护元良，是吧？"

他的声音是很温和的，却又极有力量。

池照静默着去聆听，又忽然想起了什么："元良……元良还好吗？"

元良早被吓坏了，从刚才开始就抖个不停，哭得嗓子都哑了。

他蹲在地上，谁想去扶他都不行。但或许是挨打时第一次有人站在他身前吧，再次听到池照的声音，他竟然用早就哭哑的嗓音喊了声："哥……"

傅南岸笑了，很认真地告诉池照："是你保护了他。"

是啊，他已经长大了，他不再惧怕那些毒打。

不仅不怕，他还能用自己的身体来保护其他的孩子了。

池照如释重负地笑了一下,身上火辣辣地疼,却好像没那么难挨了。皮肉伤的恢复需要一到两周的时间,人的身体确实是很顽强的,再深的伤痕也会逐渐地模糊、淡化、愈合。

经过这么一闹,大家都不敢在这里逗留了,更没兴致烤火了,收拾好东西随时准备离开。

又过了一会儿,其他几队人马姗姗来迟,元良的情绪也稍微稳定了些,没那么抗拒了,众人带着元良一起坐上了返程的车。

缓过神来的池照又恢复了平时笑嘻嘻的模样,陈开济又来问他感觉如何。

池照笑着说:"没事儿了,你池哥能有什么事,坚强着呢。"

车平稳地行驶着,身上还是火辣辣地疼,被打的地方已经泛起了一大片瘀青。

池照从书包侧面把那瓶活络油摸出来给自己上药,他做梦也没想到这瓶活络油最后是自己用上了,自嘲了句:"我这也算是做足了准备啊。"

"池哥你……"陈开济明显还在担心他,欲言又止。

池照笑笑,知道他想问什么,索性主动提了:"怎么,想问我刚刚怎么回事?以前发生过什么?"

"我……"陈开济顿了一下,小心翼翼地打量着池照的表情,生怕他哪里不痛快了,"池哥你不想说就不说,我就随口问问。"

池照很随意地笑了一下:"刚刚吓到你们了吧?"

冰凉的药擦在皮肤上凉丝丝的,又很快泛起了热。

池照用手掌沾着药揉搓受伤的地方,慢慢解释道:"就是小时候遇到过类似的事儿,刚才看到元良他爹要打他就又想起来了。"

"想听吗?"池照笑着说,"给你讲讲。"

曾经那是池照最不愿提起的过往,他害怕别人的同情,害怕被另眼相待,怕别人会因此看轻自己,把他当作脆弱的异类保护起来;

·102·

但当傅南岸告诉他是他保护了元良的时候,他又觉得其实承认自己过去的苦难也没什么。

他确实有过痛苦的过往,有过被打到血肉模糊的经历,但这并不代表他不能成长不能强大。

他现在不就可以保护其他人了吗?

"小时候我爹妈也老打我,打得比元良他爸还狠呢。"

池照第一次笑着把这段经历说出口,还说得挺有意思的,绘声绘色:"那我肯定不能让他们打啊,我当时会爬墙,我就爬到墙头上冲他们做鬼脸,谁怕谁啊。"

憋在心里的时候是最难受的,真说出来了反倒觉得没什么了。

池照一边说着,一边给自己抹活络油,时不时疼得"咝"一声,脸上的笑容却没变过。

陈开济也跟着他聊,两人天南海北很快把话题扯开了。傅南岸坐在前几排的位置闭目养神,听到身后不时传来的笑声,也淡淡地勾起嘴角。

年轻人笑起来的时候就是这么招人喜欢,热情洋溢,充满生机,让人觉得舒心。

就这么风尘仆仆地跑了一周,回到省城,池照浑身都是酸痛的。回来的第一个晚上,他洗完澡之后躺在床上,没两分钟就睡着了。

饶是这么累,他依然做了一个很长的梦。

梦里的一切都是迷幻的,只有疼痛在提醒着他又回到了那晦暗的岁月。

过往池照也做过这种梦,每次他都会大汗淋漓地醒来,心悸到整晚都睡不着觉。

但这次是不同的,皮带抽在身上是能把皮抽破的,鞋底踹在脸上能尝到土腥味,而后一双温柔的手把他从黑暗中拉了出来,池照知道,那是傅南岸的手。

于是他被那手指引着,勇敢地去面对曾经的伤痛。

池照一直睡到天光大亮才醒，梦里的一切依旧清晰，或许他永远都忘不掉梦中的每一个细节。

明亮的阳光透过窗户洒在床上，池照觉得自己的眼前也是亮堂的、安稳的。

池照在心理科的实习时间只有一个月，转眼就过去三个礼拜了，最后一个礼拜结束之后，他就要轮转到其他科去，之后再见到傅教授的机会就少了。

心理科的病人们比较在意隐私，实习生能去门诊的机会少，大部分都是在病房里帮忙。傅南岸手下的病人很多，池照帮忙管的大概有七八个，元良也是其中之一。

来到五院的元良不像刚见面那样浑身是刺了，但也没有多温和，毕竟那么多年的折磨摆在那里，让他敞开心扉并不是一件容易的事。

但池照不着急，他知道元良会好起来的，在傅南岸的治疗下，元良的变化是能看得见的。

三天后赵婶来看元良，他甚至低声和赵婶说了句"谢谢"，这是之前从来没有过的。

大湾村离省城挺远，赵婶来一趟不容易，听到元良说的话就哭了。

很小声的"谢谢"没什么力气，但那是好的开始，是希望的象征。

下午查房的时候，赵婶抱着傅南岸的手不愿意撒："谢谢傅大夫，我听小池大夫说了，元良能来五院多亏了您的帮助，您真是个好人啊。"

傅南岸温和地笑笑，他常听到这些赞誉："没关系，这是我们应该做的。"

乡下人确实很朴实，认定了你那就死心塌地地对你好，赵婶拽着傅南岸一个劲地说感谢，说得都要哭出来了，恨不得把他描述成佛祖显灵、菩萨转世。

傅南岸沉默片刻，笑了一下："这件事，你应该感谢的人不是我。"

选择帮助元良确实不是一件容易的事。

刚见面的时候元良就把医疗车的车胎扎坏了，整个科室的人对他的印象都不好。后来，他爹又来闹事，虽然他爹被抓了，但谁知道以后会不会再过来闹？

再有就是钱，元良以后会还吗？能还得起吗？太多的事交杂着，有太多的不确定性，但傅南岸还是帮了。

为了给元良申请那些东西，傅南岸私底下补写了不少材料，还欠了科室里的人情。

赵婶不明白其中的弯弯道道，问："那我应该谢谁？"

傅南岸偏头的时候，听到走廊那边有隐约的声响传来，到查房时间了，几个实习生一起来病房这边，傅南岸能很清晰地听到池照的声音混在其中，青春洋溢。

在医院工作这么多年，不再是不经事的年轻医生了，傅南岸也有过热血的时候，发誓要治尽人间苦痛，但病人实在是太多了，无能为力的事也太多了。他不是没有像池照那么好心过，当年刘叔儿子的事儿就是经他的手办的。

做得多了经历得也多，他遇到过很多被帮助后就直接玩失踪的，有次还因此搭上了几乎所有的存款。

帮助过也被伤害过，历尽千帆之后傅南岸便只求无愧于心了，他很少再有这种即使冒着那么大的风险也想要帮助一个人的时候。

如果非要问他为什么的话，大概是因为……

走廊里的脚步声越来越近了，爽朗的笑声回荡着，傅南岸沉默片刻，才开了口："谢池照吧。"

3.

如果要把人比作一种动物的话，那池照大概就是朝你摇着尾巴的小狗。

小狗的牙齿并不锋利，身形也并不威风，它没有很强大的力量，低声地嗷呜着，用湿漉漉的眼睛看着你，摇着尾巴来乞求你的时候，你却根本无法拒绝。

不想让他难过,这个孩子太纯粹了,满心满眼都是赤诚,哪怕看不见他的样子,傅南岸也知道他的眼睛是亮的。

他不想让池照眼里的光黯淡下去。

"小池大夫,我们当然也要感谢,"赵婶深以为然,她一直都知道池照是个善良的孩子,也一直对他心怀感激,"你们都是我们的大恩人!"

傅南岸微微一笑,没再继续这个话题,起身去把走廊里的几个实习生叫了过来。

实习医生要学的东西很多,哪怕是在心理科也是一样,神经检查需要的各种方法不比其他科室查体时少。

傅南岸提问了他们查体手法和要点,要带他们去看其他病人:"走吧,去下一个病房。"

一旁的赵婶突然想起了什么,拽了拽池照的袖子,小声唤着:"小池大夫。"

池照回了下头,问:"怎么?"

"你一会儿能不能再过来一趟啊?"赵婶哂笑了一下,说,"我有几句话想跟你说。"

"行,那您等我一会儿。"

池照自然是答应的,查完房之后,他匆匆忙忙回来了,生怕是元良出了什么问题,一脸担心地把赵婶叫到一边。

赵婶听了,笑着摆手:"不是不是,元良好着呢,我是想问问你有没有对象。"

池照惊了一下:"对象?"

"就女朋友嘛。"赵婶笑得有点不好意思,"傅教授说元良的事儿多亏了你,我想也是,但我们也没啥能报答你的啊。我有个侄女今年大三,跟你差不多年纪,师范专业的,人长得漂亮,要是你感兴趣我介绍给你啊!"

赵婶明显是真动了心思,说着就要拿手机去翻自家侄女的照片。

.106.

池照赶忙打断她:"不用不用,赵婶,我现在暂时没有这个打算。"

这话赵婶不爱听,她是村里远近闻名的红娘,最擅长撮合小年轻:"小伙子年纪不小了,也该打算打算了,咱们村的小伙子像你这么大岁数的好多都当爹了!"

她凑近了,问池照:"你喜欢什么样的小姑娘跟婶子说,要是看不上咱家侄女,婶子给你介绍其他姑娘!"

"婶,"池照有些无奈地说,"我还在上学呢,真没这个打算。"

赵婶"啧啧"了两声,说:"你这孩子。"

赵婶那一代人和池照他们这代人的想法不一样,在赵婶眼里,成家是一等一的大事,结婚生子才算是人生圆满。

池照说自己暂时没这个打算,赵婶却还在惦记着这事儿,索性晚上傅南岸来查房的时候直接问到了傅南岸的面前。

傅南岸照例给元良进行肌力的检查,赵婶凑到他身边问他:"傅医生啊,有件事儿我想请教您一下。"

傅南岸的注意力还在元良这里,低声吩咐他手臂用力,自己的手臂横着放在他的小臂内侧,随口回了句:"赵婶你说。"

"我想问您小池大夫喜欢什么样的小姑娘?"赵婶笑呵呵地说,"我想给他介绍个对象。"

傅南岸半笑着问:"池照才多大啊,这就要给他介绍对象?"

"那可不嘛。"赵婶忙不迭地点头,心里是真这么打算的,"小池大夫也有二十多岁了吧,多好的年纪啊……你说他喜欢什么样的小姑娘?"

乡下的人结婚普遍比城市里早,像池照这么大还没结婚的已经挺少了,但这种事是着急不得的。

傅南岸并不同意赵婶的想法:"还得看他自己的意思吧,这事着急不得。"

"怎么着急不得?"赵婶"啧"了声,声音放低了劝道,"谁不想回家之后能有个说小话的人?谁不想有个能嘘寒问暖的人?你

.107.

们医生平时工作不都挺忙的,有个对象那就是最好的寄托。小池大夫身边空落落的,咱们不得帮帮他?"

她对傅南岸说:"知道您是他的老师,但也不能连找对象都拦着吧?"

话都说到这个份上了,再拒绝倒真得傅南岸在"压榨"学生了。赵婶在旁边滔滔不绝地劝着,傅南岸很无奈:"行,我改天帮你问问。"

赵婶这才喜笑颜开:"就知道您是最好的老师,您一定要帮我问问啊。"

赵婶的语气很迫切,深刻地印在了傅南岸的脑海之中。

正好第二天晚上科室里要聚餐,人声喧闹之中,傅南岸便又想起了赵婶的那句"不能连找对象都拦着吧"。

傅南岸手握着盲杖,轻轻地抚摸着。

聚餐挺热闹的,都是平时一起工作的战友同事,聊起来也没什么顾忌。

他们吃的是烤肉,浓郁的肉香混合着孜然、辣椒的味道冲入鼻腔,一小会儿的工夫,众人就解决掉了好几盘肉。

餐桌上的气氛热络,都是志同道合的年轻人,几盘肉下去之后聊得更畅快了,从病人治疗到生活八卦,医生们私底下的生活也是很丰富多彩的。

"对了,小池,"坐在对面的师姐——陈开济的暗恋对象周若瑶,揶揄地看着池照笑了一下,"进科这么久一直忘了问你,有没有对象呀?"

陈开济的表情一下子就僵硬了,紧张兮兮地看着周若瑶,又听周若瑶说:"我有个室友,挺漂亮的,现在在二院工作,有没有兴趣加个微信啊?"

原来是要介绍对象,陈开济这才松了口气,对着池照竖了个大拇指,用口型道:兄弟加油。

也不知道怎么回事,最近老有人问他有没有对象的事儿,池照笑了笑，说："师姐的室友那也是我的师姐，以后来五院一定照顾，说别的可就太不尊重了。"

这就是拒绝的意思了，周若瑶心觉可惜，没再说什么。

倒是陈开济在一旁插了嘴，不知道是对池照的事儿感兴趣，还是见不得池照拒绝他女神："池哥你这话什么意思，我记得你不是没对象吗……这么快就有了？"

这话说得就直白多了，餐桌上的气氛一下子就被调动起来，一个师兄起哄："真的吗池照，怎么这么大的事儿也不告诉我们啊？"

池照百般无奈，说："没有。"

八卦是人类的本性，既然提到了就别想再轻易绕开话题，众人在餐桌上揶揄了半天，池照的脸都有点红了，最后只好承认道："是有喜欢的人了，但还没在一起。"

餐桌上还在闹腾着，陈开济发现新大陆似的感叹了句："池哥你脸好红啊！"

众人的目光全都集中在了池照脸上，继续对着他起哄。

"哇，真的哎！"

"第一次见池照脸红！"

"没想到我们小池还挺纯情的，这么喜欢心上人啊？"

平时池照在科室里都是开朗大方能说会道的形象，大家都是第一次见他这副模样，逮着机会狠狠地调侃了他一番。

末了，一个师姐感叹道："真好啊，咱们小池开朗能干会做事，能被小池喜欢那肯定得是个顶好的姑娘。"

"我突然发现小池脸上有个酒窝哎！"一个护士突然感叹，"笑起来的时候好可爱！"

"还真是。"另一个师兄附和，"之前没注意啊，咱小池绝对是科室里一等一的帅哥。"

池照的长相确实是没话说，他长得好性格也好，很讨科室里的人喜欢。众人你夸一句我夸一句，话题不知不觉就跑偏了，逮着池照越夸越夸张。

但主角没那么好当,特别是聚餐上的主角,大家一边夸他,一边要给他敬酒,你一杯我一杯的。

池照被连哄带骗着喝了不少,他脸皮薄,白皙的脸很快变红。

"差不多行了吧?各位师兄师姐别欺负我了,"池照笑着讨饶,"再喝就真醉了。"

"再喝一杯池哥,我敬你。"陈开济还是又给他递了一杯,笑着说,"没事儿池哥,都说有酒窝的人能喝,不差这一杯。"

也不知道是哪里来的歪理,一晚上池照那个酒窝没少被提起,说他笑起来的时候甜、干净,都快把那酒窝夸上天了。

"最后一杯,真不喝了。"池照无奈地接过陈开济递来的酒。

其实他们喝的酒度数不高,不是烈酒,但连喝了几杯还是有点上头,池照的脸颊红透了。

陈开济也终于放过了他,说:"行吧行吧,不灌你了,省得说我们心理科的欺负你们临床的。"

"知道你没这个意思。"池照无奈摇头,偏头的时候发现傅南岸还握着那个白色的小瓷杯,那里面淡黄色的茶汤依旧是满的。

"傅教授您怎么了?"池照喝得有点晕了,凑过去小声问了句,"我感觉您今天晚上肯定是不开心了,不然不会一直不说话。"

"没什么,就是在想一些事情。"傅南岸依旧淡淡地笑着。

池照眨巴着眼睛问他:"您在想什么?"

傅南岸的喉结微动,原本要说出口的话顿了一下:"没什么。"

听一晚上了,所有人都在夸池照的酒窝。

这么多年了,傅南岸很久没有这么强烈的感觉,"不能看见"确实是一件很可惜的事情。

4.

桌上还在热热闹闹地吃着饭,池照不自觉地端起酒杯抿了两口。

"哎,池哥你不是不喝了吗?怎么对着傅教授又举杯了?"

都是一桌吃饭的,面对面坐着,这边有什么动静对面看得清楚。

看到池照举杯之后，陈开济一下就乐了，逗他池哥："怎么，傅教授对你来说不一般啊？"

几周过去两人混得挺熟了，陈开济还是喜欢拿些小事儿打趣池照，池照都习惯了。

他索性借着点酒意大方地举了酒杯："那必须的，傅教授是我的带教老师嘛。"

傅南岸眼眸微垂着，看不出什么表情。

池照说话的时候特意偏头看向傅南岸那边，脑子一热，又补了句："我特别……特别崇拜他。"

他的语气太诚恳了，听得人心里又软又热。

傅南岸的动作有片刻的停顿，手指摩挲着掌心的茶杯。

池照之前也跟傅南岸说过类似的话，但那时候就他们两个人，说的是个心意，现在他当着众人的面说出来，其实傅南岸还挺意外的。

傅南岸沉默片刻，问旁边的人："还有酒吗？给我也倒点。"

周围人都知道傅南岸不喝酒，纷纷劝他，傅南岸还是举起了酒杯对池照说："我敬你一杯。"

聚餐时喝酒是一种气氛，其实不是非得喝多少，有这个仪式，氛围就有了。众人又举杯一起碰了一杯，推杯换盏之间话题就聊到了傅南岸身上。

钱教授也喝了点酒，情绪上来了，憋在心里的话也就藏不住了，偏头问傅南岸："那个叫元良的小孩儿，你之前认识？"

傅南岸摇头："不认识。"

钱教授"啧"了声，又想起来之前傅南岸帮他入院的事："看你对他这么好，又是替他申请又是帮他写材料，忙前忙后跑了那么多天，我还以为你们之前就认识。"

"没有。"傅南岸笑笑，语气很随意，"就是看这小孩儿挺可怜的，能帮就帮吧。"

饭桌上随口的一句问话，却让池照意识到了不对。傅南岸只和他说能帮，却全然没提要怎么个帮法，元良来了之后就直接住进了病房，他还在想着这事儿挺顺利呢，直到这会儿才明白有人在背后使劲儿。

聚餐快结束的时候，大家都吃好了，池照凑到一个师兄旁边问道："师兄，像元良这种情况，很麻烦吗？"

"那肯定麻烦啊！"师兄想都不想就说，语气肯定，"好多手续要走，这背后的事儿多着呢，不然为什么其他教授都不愿意收他？做好事谁不愿意啊？"

池照张了张嘴："那傅教授……"

"傅教授心善吧，要么就是有人替那个小孩儿求情了。"师兄耸耸肩猜测，又感叹一番，"其实我觉得傅教授真没必要做这事儿，还欠了主任一个大人情。"

说者无心，听者有意，池照的心颤了颤。

原本没必要做的事情，傅教授却做了。池照不是那种愚钝的人，能明白其中的是非曲直，傅教授是个太好的人，虽然他的眼睛看不见，但他有颗最温柔的心。

聚餐接近尾声，桌上的人有一搭没一搭地说着小话，傅南岸也在和身边的教授说话。包房里的灯是淡黄色的，像是打了一层温柔的光。

5.
昨晚闹得挺晚，不过第二天一早，池照还是准时到了科室里。
办公室里的其他医生们也都到了，穿着白大褂，精神抖擞的模样。
闹的时候都很愉快，实际工作起来，大家都是很认真的状态。
池照也把自己的衣服穿上，胸牌别上，跟着大部队去查房。
在心理科轮转快满一个月了，该学的东西也都学得差不多了，之后再有个出科考试，池照就要轮转到别的科室去了。
这是最后几天与傅南岸相处的机会，池照过得很珍惜，时不时就要往傅南岸那边瞥上一眼，不会耽误太多时间，只要看到傅南岸在他就安心了。

查房的时间一晃而过，池照从没觉得时间过得这么快。

查过房后，傅南岸和几个教授就去门诊坐诊，而他们几个实习生则要留在病房帮忙看护病人。

心理科的病人以药物治疗为主，看护病人主要就是监督他们吃药，有时会叫他们一起做些娱乐活动放松心情。今天科里组织他们下棋，吃过药之后病房里的病人便一个个被叫了出来。

其实这些病人都是最平凡的普通人，很多和池照差不多年纪，并没有外界传闻中的那么可怕，熟识了之后这些病人都挺好相处的，就连刚入院不久的元良也在护士的带领下慢慢加入了娱乐的队伍。

看到元良的变化，池照无疑是最开心的，元良身上的伤虽然还没有痊愈，但表情已经没那么瑟缩和木讷了。

"这小孩儿好像恢复得挺好的，"池照站在元良身后，有一搭没一搭地和身边的一个护士聊着天，"这才几天就能参加这种集体活动了。"

护士点头说："可不是嘛，昨天他家属来的时候都乐坏了。"

池照也开心，开心了没几秒，又见护士一脸神秘地凑到了他的身边："对了，说到这个，我想起来一件事儿。"

"什么？"池照问了一句，看着她的表情，心里有点发毛。

果然，护士笑嘻嘻地朝着他一阵挤眉弄眼："那个姓赵的阿姨，就是这个小病人的家属，说你还没对象，让我们帮忙给你物色一个。"

池照呛了一下，赵婶实在是积极得有些过头了。

"不是，我这……"池照没想到赵婶还会把这事儿告诉病房里的护士，简直不知道怎么解释了。

那护士又马上邀请他说："刚好晚上咱们几个科室有个联谊会，你一起来参加呗？"

"我——"

"那就这么说定了，晚上七点咱们一起出发，有好多漂亮小姐姐要去呢！"

他什么时候说要去了？池照都蒙了，赶忙想要解释，根本没有发现身旁有一个身影一闪而过。

傅南岸从池照的身后走过，脚步沉稳，背影挺拔。

从病房区出来之后，傅南岸再次回到了门诊楼。一个住院的病人突发紧急情况叫他过去，再回来的时候诊室这边已经等了挺多人了。

钱教授过来帮他看了会儿场子："那边情况怎么样？"

"没什么问题了。"傅南岸笑笑，解释道，"就是家属太紧张了，不信任护士和实习生，专门把我叫过去了一趟。"

"那就行。"钱教授点头，临走的时候又多看了傅南岸一眼，犹豫着问，"真没事儿吗？"

傅南岸问他："怎么？"

"就是觉得你刚才的表情有点奇怪，"钱教授又仔细地看了傅南岸几眼，摇摇头说，"应该是我的错觉吧，现在就觉得没什么了。"

"没什么。"傅南岸把钱教授送到了诊室门口，拍拍他的肩膀，"刚刚麻烦你了。"

今天是傅南岸坐诊，来挂号的病人很多，很多病人都是冲着傅教授过来的，还有从外地跑过来的。不让他们看傅南岸心里也过意不去，医生嘛，干的本来就是治病救人的活。

傅南岸在门诊坐了一天，午饭都没顾得上吃，直到天黑透了这天的活儿才算结束，他收拾了东西回到自己办公室喝了一口茶水。

手机准点报了个时，十九点整，机械的声音熟悉得不能再熟悉了，听到手机说十九点的时候，傅南岸的手却顿了一下。

晚上七点，大好的时间，适合年轻人。再说池照也确实不小了，他不该把大好的时间浪费在替自己敷眼睛这种小事上。

傅南岸放下水杯，从旁边的书架上抽出本书，仔细地用手指读着，墙上的时钟一圈圈走着，他的手指却没有滑动几行。

"嘀嘀嘀——语音助手为您报时，现在是北京时间二十点整。"

熟悉的机械声再次响起，傅南岸放下了手中的书。他缓缓地换好衣服握住盲杖，一阵敲门声在此时响了起来。

"傅教授，您在吗？"是池照的声音。

傅南岸顿了一秒，才道："进来。"

"您等很久了吗？"池照探了个头进来，不好意思地挠了下头发，而后熟练地去找放在旁边的毛巾和脸盆，"刚有个病人突然叫我，所以比平时晚到了一会儿。"

傅南岸没说什么，池照自觉地端着盆去旁边的开水房接了半盆开水，兑好凉水之后，他把毛巾浸泡其中，把冒着热气的毛巾拧干，语气十分自然："教授您坐旁边的椅子上吧，我来帮您敷眼睛。"

一切似乎与往常一样，池照来帮傅南岸敷眼睛已经成为两人默契的小习惯了，但这样的事发生在今天又不太寻常。

傅南岸闭上眼睛，沉吟了一会儿才道："不是要去联谊会吗，怎么过来了？"

池照的手抖了一下，是真的不好意思了："怎么您也知道这事儿啊？赵姐不会也和您说让您帮我找对象了吧？"

傅南岸不置可否，只是问他："怎么没去？"

"就……不想去呗。"池照答得含糊，扶着傅南岸的脑袋让他微微向后仰，湿热的毛巾贴在眼睛周围的皮肤上。

池照笑了下，说："好了，您先别动，一会儿就好。"

盲人的眼睛比常人的脆弱，池照每次热敷的温度却都刚刚好，微热又不烫人，热气渗入皮肤，舒缓着僵硬的肌肉，傅南岸闭着眼睛，缓慢地叫了声："池照。"

池照抬眼看他："嗯？"

"如果你有事的话，微信上和我说就好。"傅南岸的声音很慢也很温和，他眼睛被毛巾挡着，以至于看不到脸上的表情，"本来帮我敷眼睛就是麻烦你了，如果你觉得麻烦的话——"

.115.

"不麻烦不麻烦，"不等傅南岸说完，池照就开了口，"我特别喜欢！"

听了这话，傅南岸却还是笑着摇头，年轻人多社交是好事，池照要来这边真挺耽误事儿的，不该总这样："是我影响你了。"

"真没有。"池照有点慌了，听懂了傅南岸话里的意思，也是真的怕他误会自己，"我真是因为有病人找才来晚的，我根本没想过参加那联谊会，真的。"

他怕傅南岸不信，是真把心窝子里的话都掏出来了，没有半点虚假。

"要找我也不会在联谊会上找啊，当时赵婶说要给我介绍对象的时候我就拒绝了。又不是没人喜欢我，要是我想随便找个人谈恋爱的话也不会单身到现在了。"

这话说得太真诚了，再误会就不应该了，池照的语气紧紧绷绷的。

傅南岸笑了，打趣了他一句，是想缓和气氛的："嗯？喜欢你的小姑娘很多？"

"不是，我没这个意思，"池照更紧张了，"我都和她们解释清楚了！"

他说得很着急，说完才后知后觉地意识到傅南岸是在开玩笑。

"反正我从来没觉得帮您敷眼睛有什么麻烦的，"池照别别扭扭地说，"我觉得比那劳什子联谊会有意思多了。"

敷在眼睛上的毛巾逐渐凉了，但又好像还是很烫，傅南岸静默片刻，半笑着问他："和一个老瞎子待在一起有什么意思？"

"谁说您是老瞎子了？"池照直接回了一句，一下就生气了，还以为有人说他傅教授了，看见傅南岸翘起的嘴角才意识到这又是在逗他。

第六章
你该有自己的选择

1.

池照就是这么一个实诚的人,诚挚,讨人喜欢,对谁都一样。

他做事的时候是很认真的,不搞虚的。不只是傅南岸,其他教授也很喜欢他,学东西扎实。

在心理科实习的时间过得很快,转眼就四周了,到了该出科考试的时间。

出科考试是每个科室都有的,是为了检验学习成果,分为笔试和实操两部分,考核合格了才能顺利出科。

"怎么办啊,池照?我紧张。"临考核的前一天,钟阳秋抱着课本都快哭了,"这心理科的知识点怎么这么多啊,还全是咱没学过的。"

钟阳秋在心理科实习的时候和池照分到了不同的病区,平时不在一块儿,但考核的时候是一起的。

心理学专业的知识很多和临床学生学的不大一样,钟阳秋哭丧着脸抱着借来的心理学教材让池照给他画重点。池照拍了拍他的肩膀,说:"没事儿。"

心理学的专业书挺厚的,当然医学生的书都不薄。池照从几本大厚书里挑些自己认为比较重要的,又给他押了几道大题:"这几道你好好看看,我感觉可能会考。"

池照押题那是没得说的,同寝四年了,每年期末考试池照都押题,押中的概率很高。

钟阳秋欢天喜地地抱着池照递来的课本,宝贝似的捧在怀里:"咱池哥就是厉害,未卜先知啊!跟我这预言家有得一拼了。"

"这都是老师查房常提问的知识点。"

池照无奈地摇头,知道钟阳秋还记着之前自己把胸牌落在傅南岸那里的事儿,这都多久了,要是他把这记忆力放在背书上也不至于每次考试都犯难了。

池照把书从钟阳秋手里拿出来,随手在上面指了个知识点:"比如这个,我们病区的傅教授提问过两次,钱教授提问过四次,估计你们老师也不会少提问这个。"

钟阳秋惊了,压根不记得老师还提问过这个,也真心实意地感叹:"那你真比我这个预言家厉害,我自愧不如。"

"哪能呢,"池照也跟着他逗趣,"咱钟哥的预言能力也不是盖的。"

朋友之间常开这种玩笑,钟阳秋马上又接:"那必须的,信不信我马上搞个大的——"

"别别,"池照是真有点儿尿,怕他真搞出什么来,"算了算了,我信你。"

"咱还是好好复习吧。"池照说,"明天出科考试呢!"

钟阳秋猛地想起这茬儿,一下子就蔫儿了:"知道了知道了,我现在就开始复习。"

出科考试向来是医学生们最头疼的东西,或者说是钟阳秋最头疼的东西。

一本本的"蓝色生死恋"摞起来比钟阳秋的身高还高,简直可以称之为灾难。

头一天晚上看书看到两三点,钟阳秋昏昏沉沉地做完卷子,对答案的时候就在跟池照抱怨:"这也太难了吧。"

"难吗?"池照眨眨眼睛,"还好吧。"

钟阳秋:"……"

他错了,他不该跟池照讨论这个的。

池照是一等一的学霸,学习踏实又认真,很讨老师喜欢。

笔试考试的成绩出来了,池照毫不例外地拿了第一,后来实操时他也表现得游刃有余。

实操的监考老师不能是自己的带教老师,池照抽到了钱教授给他监考。刚抽到签时,陈开济对着他做了个节哀的表情。谁都知道钱教授的严厉是出了名的,但在整个操作结束之后,钱教授却对池照夸赞有加,重话都没说一句,甚至全部考核完之后还特意去傅南岸跟前夸了池照几句。

"小池这孩子不错,"傅南岸是池照的带教老师,在带教老师面前夸学生那就是最高级别的赞誉,"手稳心也细,问问题的时候不卑不亢的,各个细节也记得准。"

池照被夸得都有点不好意思了,连忙说:"主要是傅教授教得好。"

"话不能这么说,"傅南岸也夸池照,是真觉得池照认真刻苦,"咱们池照确实基本功扎实,下功夫了。"

能被傅教授夸不容易,傅南岸虽然性格温和,但在工作上却不会降低要求。

"谢谢教授。"池照笑着应了两句,脸上的笑容久久都没有散去。

这是他们临床学生在心理科的最后一天,之后池照他们就要轮转到急诊科。急诊科在另一栋楼,以后见面的机会就少了,科室几个与他们关系不错的特意为他们举行了欢送会。

说是离别,其实他们也没那么悲伤。

都是一个医院的,又不是见不着了。大家吃得也很随意,有人提议说想吃大盘鸡,一大帮人就去了,吃得热热闹闹的,很舒心。

一段路上有人相伴是荣幸,之后各奔东西也不意外,这段美好的日子会一直留存在记忆中,偶尔想起来会心一笑就让人满足了。

"来,我敬大伙儿一个。"

陈开济初看起来挺大少爷脾气,熟悉了之后那绝对是氛围组的骨干成员,他端着酒杯敬了一圈又一圈,自己还喝得有点上头了,放下酒杯感叹道:"一个月过得太快了,真想让你们再多留几天。"

刚开始的时候池照和陈开济不对付,也根本没想过能和他做朋友。

一晃一个月过去,大家熟悉了,池照慢慢觉得陈开济其实是个挺不错的人,他虽然有时候比较情绪化,但对关系好的人绝对是掏心掏肺。

和好朋友分别的滋味是很不好受的,池照也举起酒杯:"以后常见面,一起出来玩。"

"那必须的。"陈开济点头,这时候还不忘调侃池照说,"池哥你以后要多来心理科啊,不说我,你最喜欢的老师傅教授可也在这儿呢。"

自打上次之后,大家都知道池照很崇拜傅教授了,小粉丝嘛,听陈开济这么说,众人也跟着调侃:"就是就是,你男神还在咱心理科呢。"

"小池到别的科室也不能忘了咱们傅教授啊!"

顺着这个话题,池照问傅南岸:"傅教授,以后出科了我还能来心理科吗?"

当着这么多人的面傅南岸能说什么,当然只能说:"心理科随时都欢迎你。"

池照还要得寸进尺:"去办公室找您呢?"

傅南岸顿了一秒，说："可以。"

在心理科的整个实习过程都是很愉快的，最后的这顿饭也不例外。

医院门口这家店的大盘鸡味道很正，用的都是鸡腿肉，洋葱和青椒是它的灵魂。吃得差不多了，几人又叫老板下了几片面，老板很实在，这里的面都是免费送的。

一顿饭从傍晚六点多一直吃到快十点，中间大家聊了不少。但天下没有不散的筵席，还是到了该分别的时候。

陈开济拍了拍池照的肩膀，其实是真有点舍不得："去急诊科好好干，别丢我们心理科的人。"

"放心吧。"池照撞了下他的肩膀，不欲让话题这么沉重了，调侃他，"你也是，好好干，咱们心理科未来的教授。"

陈开济深深叹了口气，低头闷了口酒。

晚上回去的时候，天黑了，几个教授照例送实习生们回去。

寝室楼这边的灯不太亮，影影绰绰的，实习生的寝室楼是医院后面的居民区改造的，有点破，路凹凸不平。

池照怕傅南岸磕到了，其实也就几步路了，他侧身对傅南岸说："不然傅教授您先回去吧？我们这就到了。"

傅南岸笑了，就着方才饭桌上的气氛继续开玩笑："怎么，这还没正式出科呢，就嫌弃我了？"

池照知道他在开玩笑，但还是有些紧张："不是不是，我就是怕您不好走。"

傅南岸知道，但还是想送送他们："之前又不是没送过。"

傅教授对学生一直很好，不论是谁，他从未把自己当作一个盲人而理所当然地接受别人的照顾，反而常常照顾别人。

相处起来越舒服，离别就越艰难。池照简直想说要么自己不走了就留在心理科吧，但他知道他不能这样，孰轻孰重他还是分得清的。

就这么一直往前走着，实习生寝室位置偏，周围安静下来，池照的话不自觉地也少了。他安静地跟在傅南岸身边，快走到地方的时候，傅南岸碰了下他的手肘："怎么不说话了，不开心？"

傅教授太通透了，什么都瞒不过他，池照刚想说自己没有，又听他说："行了，新旅程有新的风景，没什么可难过的。"

傅南岸的脚步很稳，盲杖一下一下地敲在地上，也像是敲在了池照心里。池照别过眼睛，低低地说了句："我知道。"

都是成年人了，道理都懂的，但情绪是很难完全受理智支配的，人都是感性动物。

其实今晚池照的情绪确实是有点低落的，分别时难免难过，大家感慨万千的时候，他的目光几次偏到傅南岸那边看，却看到傅南岸一脸平静的表情。这让池照更不好受，傅教授送过太多实习生了，一茬又一茬，他们在他这里没什么不同。

故事是活在记忆里的，大家都怀念着、惦记着才叫故事，可傅教授经历过太多了，他们这些实习生对他来说只是萍水相逢的过客。

想到这点后，池照的心里一直闷闷的。换成平时，这话他是说不出来的，但情绪已经到了这个点那就必须得问出来了："傅教授，您会记得我们吗？"

傅南岸轻轻叹了口气。

"你是我带过的最喜欢的学生了，"傅南岸手指抚摸着盲杖，语气里听不出什么情绪，"踏实、上进，我很喜欢。"

池照抿着嘴唇，以为傅南岸要说什么让他克制情绪之类的话，却没想到傅南岸说："我也舍不得。"

傅教授不是冷情的人，身边有这样一个人嘘寒问暖的，没有一点触动那是不可能的。

舍不得是必然的，但没有用，人总得往前看，一段路有一段路的风景，要一直往前走才有意思。

傅南岸跟池照说："我不留你，也不想留你，但这不是以后就不联系了。就像你们刚才说的,想我们了就回来看看,来心理科,来我办公室里,旧朋友都在这儿。"

这些话说得是真的掏了心,池照不会不懂,傅教授知道怎么样最戳心,池照心里那点小情绪瞬间就烟消云散了。

为什么会有这样好的人呢?

这么想着,池照抬头看一眼傅南岸,却忽然脚底一滑,踩到了一块小石头。

不知道是哪里来的石头,这里明明不该有石头的。

池照下意识惊呼出声,完了,要摔了。

2.
边上伸出的手,扶住了池照,他的身体晃荡了两下,好在没有摔下去。

"还好吗?"

"没、没事了。"池照尴尬地捏了下自己的耳垂。

一切发生得太快了,不过三五秒,池照自己都有点儿没反应过来,更不要提旁人了。

傅南岸的盲杖甩出去了很远,陈开济弯下腰,帮傅南岸将盲杖捡了回来:"傅教授您的东西。"

"谢谢。"傅南岸接过他递来的盲杖重新握在手里,再次偏头看向池照,"没摔到吧?"

"没有没有。"池照一边拍着身上的土,一边说,"刚才突然绊了一下,多亏傅教授您了。"

"没什么。"傅南岸微微笑了一下,并没有因为这个小插曲而有什么异样。

"傅教授的反应速度也太快了,"陈开济在旁边感叹了句,"直接扶住了池哥,我还没反应过来呢。"

傅南岸温和地笑了下,说:"本能反应,我也没想到能刚好拉住他。"

小小的插曲一晃而过，众人一边继续往前走着，一边啧啧赞叹着傅南岸的反应速度。

傅南岸笑着说："上学那会儿我练过一段时间拳击，感兴趣的话以后教教你们。"

他的神态是淡然的，好似刚刚的事并没有发生过那般。

从医院门口到寝室楼的距离不长，一眨眼就到头了，几个实习生与教授们道别上楼，池照也跟着他们一起。

"上去吧。"傅南岸温和地嘱咐他们，"早点休息。"

这时候还不算太晚，寝室楼门口不时有学生进出。

人影匆匆之中池照看到傅南岸转了身，走得似是没有丝毫留恋，池照的嘴唇张了又闭，身边的陈开济撞了下他的肩膀。

"怎么了我池哥，"陈开济笑着问他，"不开心啊？"

池照摇头刚想说没有，陈开济又热情地揽上他的肩头："你明天就要走了，咱再说会儿话呗。"

陈开济再三邀请，池照便也恭敬不如从命，他其实也挺不舍得，从旧地方到新地方总是这样。

两人去门口的小卖部买了几听啤酒，拎着酒上了寝室楼的顶层。

楼顶是一个大平台，偶尔学生们会上来晾衣服，但这会儿已经是晚上了，周围很安静。

晚风吹在脸上有些刮脸，陈开济张开双臂感受迎面吹来的风："这上面风景还挺好的。"

池照点头，以往不常来这种地方，来也是匆忙晾个衣服就走，这会儿月明星稀，快要离别了，在这里说话谈心倒也应景。

楼下就是医院旁边的闹市区，寝室楼不高，能听到底下车水马龙的声响。陈开济拉开啤酒罐的拉环和池照碰了个杯，双手搭在天台边缘的栏杆上感叹："时间过得真快。"

"是啊。"池照笑笑，又突然想起了什么，"之前没想到能和你做朋友。"

陈开济呛了一下,不好意思地摸了摸鼻尖:"黑历史就别提了哥,那时候是我不懂事。"

"我不是这个意思,"池照不想让陈开济误会了,笑着解释道,"就是觉得缘分是个挺奇妙的东西。"

缘分是很奇妙的东西,友情与爱情皆是。两人默契地碰了个杯,陈开济仰头灌了口啤酒:"这倒是。"

男生间的友谊并不复杂,能聊得来那就是朋友,两人的话题从天南扯到海北,以往没怎么聊过,这会儿却有种一见如故的感觉。

其实朋友之间的话题无非那么几个,学习、工作,最后落在了陈开济喜欢的那个师姐周若瑶身上。陈开济说自己喜欢周若瑶挺久了,说一开始误会了池照,让池照别介意。

好朋友不会介意这个,池照拍拍他的肩膀说没事。陈开济把剩下的酒一饮而尽,又说:"池哥,我想追她。"

敢于追爱的人都是勇敢的,好友要追,池照肯定是一百个支持。

他撞了下陈开济的肩膀:"想追就追,哥支持你。"

想了想,池照又补充道:"有什么要帮忙的尽管说。"

陈开济笑了:"放心吧池哥,我不跟你客气。"

两人又顺着这个往下聊,聊起了要怎么追人,两人都是第一次,没什么经验,思来想去也只能慢慢磨,细水长流地对人家好吧,技巧都是些虚假的东西,感情看的还是真心。

陈开济把铝罐子给捏扁了,还挺有决心的:"我不着急池哥,实习的时间还长着,我慢慢追她。"

池照又开了罐啤酒递给他,和他干了个杯:"加油。"

都说先动心的人会输,其实感情上的事分不出输赢,付出爱、追求爱的过程是酸甜交织、苦乐自知的,也许会有失望,会有对未知的恐惧,但向着自己爱人不断靠近的过程同样伴随着难以言喻的确幸。

陈开济笑了一下,很诚恳地说:"我会的。"

天台的微风吹着，很适合聊些有的没的。

一罐啤酒很快就喝完了，两人的话题也由感情转成了别的东西。

感情是生命中很重要的东西，但它并非人生的全部。

"我还是舍不得，"陈开济问池照，"离了心理科，你会不会想我们？"

"这话说的，"池照笑着偏头看他，"肯定会想啊。"

在心理科的时光太快乐了，与陈开济，与傅教授。

太多的回忆交织在一起，池照又想起今晚那件尴尬的小事。

晚风吹刮着，把两人的衣角撩起。

池照轻轻地叹一口气，抬头看着远处的风景。

要是傅教授的眼睛能看见就好了，池照想。

第二天晚上，池照又如之前一样来到了傅南岸的办公室帮他敷眼睛。

急诊科的工作很忙，与心理科是天壤之别，但池照还是趁着轮流吃饭的空当来到傅南岸这里。

傅南岸正在桌前看书，池照低低地叫了句："傅教授。"

"池照吗？"傅南岸顿了一下，有些惊讶于他的到来，脸上的表情一闪而过，又很快温和地说了声，"来了啊。"

这几乎成为一种默契了，池照像往常一样帮傅南岸烫好了毛巾敷在眼睛上，两人有一搭没一搭地说着话。

傅南岸问池照急诊科的工作如何，池照笑了下，说："还好。"

新到一个科室都会有些不适应，急诊科快节奏的风格让池照有些疲惫，但傅南岸这里就像是他心心念念的栖息之处，在这里他能感觉到从心底而生的安心。从小到大，从没谁能像傅南岸这样平等地待他，察觉他的细微心思变化，又春风化雨地开导他。也许，这就是他一直渴求的父亲、哥哥或者叔叔的形象吧。反正，不管如何，傅南岸这里就是他求之不得的家。

急诊科的工作很忙，实习生也不例外，池照要值夜班，能在傅南岸这里停留的时间最多半个小时。

只可惜愉快的时间总是一闪而过，一晃半个小时过去，到了池照要去值班的时间。

等到真要走的时候就有些晚了，他匆忙把微凉的毛巾从傅南岸的眼睛上掀下来。

"傅教授，那我先走了，"池照匆忙地看了眼手机上的时间，有些着急，"那边要开始交接班了。"

傅南岸微微颔首，说："去吧。"

一阵窸窣的声音响起，池照把东西收拾好之后便匆匆离开了。"咔嗒"一声门锁声落下，"再见"两个字很快逸散在空中，不大的办公室里瞬间安静了下来，只能听到门外一阵急促的脚步声在走廊回荡。

脚步声越来越远，越来越轻，傅南岸依旧保持着池照离开时的动作。直至那声音彻底消失不见之后，他才微微垂下眼眸。

眼前是黑的，一如既往，耳边是静的，鸦雀无声。
房间里好像还残留着刚刚池照留下的气息。
温热的，洋溢着青春的气息。
跟冷冰冰的自己不一样。
傅南岸缓缓摩挲着手指的皮肤，许久，才终于收回了手。
年轻人总是要往前看的，傅南岸知道。
身为老师，他只能陪他们走一小段路，剩下的人生路都需要他们自己来走。他们走得越稳、越远，老师越欣慰。

3.
从心理科到急诊科，池照的工作节奏明显快了很多。

急诊科不仅有白班还有夜班，在这个时间就是生命的科室里，脑子里的弦要一直紧绷着，走路都是小跑的，甚至连水都不敢多喝，生怕没有时间上厕所。

偏偏年底还是实习生们考研的时间,科室里很多学生都请了考研假,人手便显得更加不够用。

就连钟阳秋都开始下功夫学习了,他也打算考研,每天晚上回寝室都要学习好久。

"你打算考吗小池?"抓耳挠腮地写完一套题,钟阳秋随口问池照。

池照也坐在桌前学习,犹豫了一下,摇摇头:"还没想好。"

每个人的情况不太一样,池照是孤儿,读研的钱对他来说是一笔很大的开销,他纠结了很久还是没能下定决心。

"考吧,"钟阳秋劝他,"你学习成绩这么好,不考可惜了。"

"谢谢。"池照沉默了一会儿,说,"我再想想吧。"

这天池照上的是急诊夜班,从晚上六点一直到早上八点。

和钟阳秋聊了几句之后,池照就去科室值班了。

一晚上精神都紧绷着,池照的脑子昏昏沉沉的。

下班之后他换好衣服要往寝室走,却不知怎的,拐到了心理科的办公室。

陈开济这天是白班,看到池照过来,十分惊喜地叫了声:"池哥!"

池照的脑袋还是蒙的,被他这一声惊到,半梦半醒,才恍然自己来到了哪里。

"早上好,我先回去了。"跟心理科的几个朋友打过招呼,池照转身就要走。

听到一阵盲杖声忽然响起,池照的脚步微顿。

傅南岸来了。

一晃半个月未见了,傅南岸依旧给人一种熟悉的温和感。

"傅教授……"池照下意识地叫了声。这段时间他的神经一直紧绷着,那根弦好似马上就要绷断了。

"教授,我能跟您聊聊天吗?"池照忽而开了口,又怕耽误了傅南岸,"说两三句就好。"

傅教授怎么可能拒绝,微微颔首,说:"你到我办公室来吧。"

或许这天池照来到心理科根本不是巧合。

潜意识里,他把傅南岸这里当作他最温暖、最眷念的归巢。

"教授,我……"池照抿了下嘴唇,"教授您知道我们要考研吧?"

傅南岸点头,认真地倾听完,问道:"嗯,怎么?"

池照不由自主地就把自己的纠结倾诉了出来,说得句句真切。

他当然想要考研,想要去更广阔的地方。

甚至他并不甘心只在国内读研,他还想去国外,去更大的舞台。

然而这些话他从来没有跟任何人说过,理想与现实的差距总是人要面对的问题,池照也不能例外。

"我怕我选错了路。"池照顿了下,开口说,"我……我也想直接工作。"

直接工作的好处是显而易见的,稳定、踏实。

池照的成绩很好,说不定可以留在本院,跟着本院的老师学习。

虽然理想也许无法实现,但这绝对是一等一的铁饭碗,没什么风险。

"你真的甘心直接工作吗?"傅南岸淡淡地开口打断了池照,眼帘微抬,注视着他的方向。

"我不知道。"池照摇摇头,很诚恳地说,"我真的不知道,教授。"

"这件事我不能替你决定,"傅南岸说,"每个人都有自己的选择。"

"人各有志,未来是由自己决定的,你必须自己去思考,而不是逃避。"傅南岸的语气难得地严厉。

"其实利弊你已经清楚了,不是吗?"傅南岸的嗓音顿了一下,又重新缓和下来,"其实你心里已经有选择了,不是吗?"

温柔的语气落入池照的耳朵里,却依然像是利刃。

已经……有选择了吗?

池照自己都不敢确认。

傅南岸的眼眸是灰色的，他分明是看不见的，池照却忽而有点不敢直视他的眼睛。

"教授，我……"池照蓦地站了起来，有些急促地说，"我还有点事，我想先回去了。"

傅南岸并不阻拦，听着池照的脚步声消失在走廊的尽头，而后轻轻叹了口气。

年轻人啊。

他确实不是故意不给池照答案的。

有些事情，必须得让小朋友自己想明白。

从心理科出来，池照的脚步有些狼狈。

其实他并没有什么事，只是忽而不知道要怎么待下去，不知道要如何选择。

时间就这么一晃过去了一周，很多次池照都想和傅南岸聊一聊，想发消息给傅南岸，手指点开对话框，却又不知道要说什么了。

或许就是当初他逃开了，是以之后，他便更没有了开口的机会。

也是因为他还没有做好决定，他怕傅教授会对他失望。

时间一晃来到农历的腊月二十八，快过年了，池照想要给傅南岸发个新年祝福，想了很久都没想到要怎么发，这在之前是从未有过的情况。

医生没有假期，实习生也要上班到腊月二十八。晚上下班之后，池照在办公室收拾着自己的东西，时不时拿出手机划拉两下又放回去。

他还在犹豫着要不要给傅南岸发消息。

"小池你还没走啊，我正要找你呢！"

热情的声音打断了池照的思绪。

护士长快步走到他的面前，笑得很和蔼："我看了你给科室报备的资料，你今年过年不回家？"

急诊科的男护士多，护士长也是个男护士，名叫刘阳，他的资历挺老了，平时说话都带着命令的口吻，这会儿的语气却与往日不同，带着刻意为之的亲切。

池照的右眼皮跳了两下，突然有了不好的预感："您有什么事吗？"

"嗨，也没什么大事儿，"刘阳摆摆手，笑得很无所谓的样子，"就是年三十的时候不是我值班嘛，你要是没事儿就来帮帮忙呗？"

医院的工作很忙，但还不至于要靠实习生顶着，哪怕是在急诊科也一样。

医院给实习生安排的放假时间是从腊月二十九到来年初六，现在刘阳要让一个实习生年三十过来加班，怎么看都有些说不过去。

池照张了张口："可是……"

"哎呀，就来一天，"不等池照说完，刘阳便打断了他，"你不是还有好几天假期嘛。我知道加班辛苦，但是你能学到很多东西呀，大家谁不是从这个阶段走过来的？你看你的带教老师也在加班呀。"

话说出来都是冠冕堂皇的，但实际情况却并非如此。

实习生其实就是打杂的，有些好一点的医生和护士会教一些知识，有些则纯粹是把脏活累活都推给实习生，把实习生当成了免费的劳动力。

刘阳属于后者。跟着刘阳干了快三个礼拜，池照没少被他使唤。

如果换作其他任何一个带教老师劝几句池照都会答应的，他一直是个很好说话的人，偏偏是这个平日里就喜欢使唤别人的刘阳，池照不愿意跟刘阳耗着。

"要不您问问别人吧？"池照心里一百个不情愿，语气还算客气，也不愿意把关系闹得太僵，"我不回家但是我还有其他安排，可能没法来这边帮忙。"

刘阳却不愿意放走他这个免费的劳动力，眼看着他敬酒不吃，态度便强硬起来:"你不回家你能有什么事儿?来一天又怎么了?实习生本来就是应该干活的,不这样你能成长吗?就这样你还怎么做独当一面的医生?"

这话就说得有些过分了,年假本来就是实习生的法定节假日,这种道德绑架似的话谁听了都不会舒服。

池照的表情一下就冷了下来。

大概意识到自己的话有些过分了,刘阳的语气缓和了一点,又继续劝道:"我不是这个意思小池,你有什么事儿跟我说说?我看能不能帮你。"

这话听着就不真诚,池照不想和他解释,低头点开微信。

刘阳还在说:"我也不是非要你来的意思,你一个实习生能做多少活啊,我就是觉得你一个人在这边过年挺不容易的,一起来医院不也多个可以说话的人吗?"

说几句话就要白干一天的活,这确实是一笔划算的买卖。

池照飞速地点开一个对话框,发消息道:【兄弟救我!】

池照是想给钟阳秋发消息的,钟阳秋看的电视剧多,脑子里总有些稀奇古怪的主意。

对方回了个问号过来,池照打字道:【快从你看的那些个电视剧里帮我想个理由,急诊科这个护士长非叫我年三十陪他值班!】

对方问:【刘阳?】

池照答:【对对对,快快快,在线等你!】

消息发出之后,池照便焦急地等待着对方的回复,期待钟阳秋可以给他带来一些惊喜。

刘阳还在劝池照,喋喋不休。他就是这种死缠烂打的人,不然池照也不会求助到钟阳秋那里去。

"快点快点,"池照在心底念叨着,"钟大预言家你快回复我一下!"

池照是真的不想年三十加班,恨不得当场拎起东西就跑,刘阳却不愿让他走，两人就这么僵持着，刘阳的手机突然响了。

"喂，您好，对对，我是刘阳，您好您好。"

"什么，您问我们科池照过年的时候有没有事儿？没有没有，绝对没有，我那是和他开玩笑的！"

"好嘞好嘞，您放心，也祝您新年快乐，那我这边就先挂了哈。"

刘阳挂断了电话，看着池照的表情与之前不一样了。他笑着问："你要跟傅教授一起做项目啊，这是好事儿啊，怎么不早说？"

傅教授？做项目？

"我……"

池照一脸蒙地应了声，又突然想起了什么，低头再看手机屏幕时，聊天框里已经发来了新消息。

【知道了。】

只有很简单的三个字，再往上则是池照的求助消息，而聊天框的正上方，备注赫然是三个大字：傅南岸。

池照的脑子"嗡"了一下，还不相信，反复把聊天记录翻看了好几次才敢确定——

祝福消息纠结好几天没发出去，他居然把求助消息发到傅南岸那里去了！

4.

这也太凑巧了。

池照怔怔地盯着手机屏幕看，都不知道要怎么回复了。傅南岸的名字和头像都与钟阳秋的完全不像，也不知道他是怎么看错的。

池照发誓，他真不是故意的。

两人的关系本来就已经疏远了，池照没想因为这事儿再麻烦傅教授，他的指尖放在手机屏幕上迟迟没落下，傅南岸的电话直接打了过来。

手机嗡嗡震动起来，池照吓得差点把手机扔出去。

他匆忙和刘阳说了再见，小跑着到了一个安静的地方，这才接通了电话。

"傅教授,我……"池照的声音略有些抖,他张了张口,想要解释是自己把消息发错了人。

傅南岸以为他还在着急,安慰道:"别着急,我已经和刘护士说过了。"

与池照颤抖的声音相比,傅南岸的声音要稳很多,他似乎还在病房区,听筒里能依稀听到别人说话的声音。

隔着听筒,池照听到傅南岸对身边的人说了声抱歉,而后是一阵脚步声,周围安静了下来。

"我和刘护士说你要和我一起做项目,他应该不会再来叫你。"

或许是隔着电话的缘故,两人之间的那点疏离感消失不见了,池照的嘴唇嗫嚅着,低声说了句"谢谢"。

傅南岸温和地说:"谢什么,和我不必说谢。"

池照跟傅南岸解释道自己刚刚发错消息了,说自己本来是想发给钟阳秋的。

傅南岸笑了下,说:"早猜到了。"

确实早猜到了,池照给他发消息哪会叫他兄弟?但既然看到了,傅南岸便不会不帮忙:"以后再遇到这种事直接给我打电话就行。"

池照没觉得多干点活有多吃亏,但背后有人护着的感觉是不一样的,傅教授那么忙,却一直关心着他们,他不会让他们受委屈。

寒冬腊月,正是最冷的时候,和傅教授聊了会儿天,池照的心就热乎了起来。

挂断电话后,池照慢慢走回了寝室楼,寒风从领口灌入,池照却依旧觉得妥帖而安心。

是啊,傅教授怎么会对他失望呢。

他一直那么好,那么体贴,他是最好的教授。

时间一晃来到了年三十,室友们都走了,整个楼道里就剩下池照一个人,宿管阿姨直接把钥匙都给了他。

自己一个人过年不是头一回了，池照已经习惯了。他去楼下的超市买了包饺子煮，犹豫了一会儿，还买了罐啤酒配着喝。

难得过年嘛，也得隆重一点。

寝室楼里说是不让用锅，但小功率的焖烧锅各个寝室还是会偷偷准备。

池照买的这个锅功率不大，没什么危险，往小锅里下了半袋饺子慢慢咕嘟着，也算是别有一番滋味。

一碗饺子下肚吃得热气腾腾，池照又喝了点啤酒，热气在眼前氤氲着，脑子便有点混沌了。

脑子混沌时能想什么呢，池照眨眨眼睛，给傅南岸打去了电话。

"傅教授新年快乐！"

接到电话时，傅南岸正坐在书桌前"看"盲文书，热情的声音在耳边响起，傅南岸微微弯起了眼睛："新年快乐，池照。"

与安静的寝室楼不同，傅南岸这边很热闹。

虽然市里禁止燃放烟花爆竹，但还是有人偷着放，噼里啪啦的声响落在耳边格外清晰，毕竟耳朵不像眼睛，再怎么样都堵不起来。

"教授您在那边干吗呢？我怎么听到有鞭炮声？"池照的声音很热情，很自然地把鞭炮声压了过去。

傅南岸放下手中的书，摸索着踱步到窗户边上。

池照不想那么快挂电话，还在努力寻找话题："教授您家在哪儿啊，那边还能放炮吗？"

"我还在医院这边，"傅南岸的手搭在窗台边缘，回答他，"我没有回家过年。"

倒不是不想回去，也是赶巧了。

傅南岸的父母都是高校老师，前两年退休的老两口闲不住，便天南海北地跑。

今年老两口说要去海南过年，傅南岸还有工作没有忙完，左右平时常见面，他就没跟着去："父母跑去过二人世界了，我不掺和。"

傅南岸一家人都是淡然的性子，不介意这些表面上的东西。

但池照显然不这么想,听傅南岸这么说,他马上就着急了:"那哪行,好歹是过年!"

"那怎么办?"傅南岸还是第一次见他这么紧张,笑着逗他,"他们都去海南了,我总不能现在飞过去吧?"

池照脑子一热,脱口而出一句:"那我陪您跨年啊!"

话一出口两人都愣住了,池照更是尤其后悔,两人毕竟刚认识不久,一起跨年还是有点奇怪。尽管池照在心里早把傅教授当成家人了,但人家毕竟不是自己的家人呀!

池照不自觉地戳着自己颊侧的酒窝,语气慌乱地解释:"我、我不是这个意思……我就是觉得反正您是一个人,我也是一个人,不如,不如——"

话说到一半,池照猛然闭上了嘴。

脑袋太蒙了,他都不知道该怎么组织语言了。

池照继续戳着自己的酒窝,尴尬得都不知道说什么好了。傅南岸温和地开了口:"一个人在寝室?"

池照点头:"嗯……他们都回家了。"

傅南岸又问:"在寝室很冷清?"

池照继续点头:"……有点吧。"

说不冷清是不可能的,室友们早就回家了,春节本来就是个举家团圆的日子,更显得池照一个人冷清寂寞。

整栋楼里只剩下一个人,池照其实已经习惯了。之前每年他都会回福利院看望收养他的老师,前两年老师因为意外去世,他便彻底没有亲人了。

"其实没什么,"池照不想让傅南岸担心,故意笑得很开心的样子,"一个人在寝室也挺舒服的,我想睡就睡想起就起,跟一个人住大别墅似的。"

池照早习惯一个人忍受这些了,笑着想把这事儿敷衍过去,又听傅南岸轻轻叹了口气，说："来我这边吧，至少一起说会儿话。"

池照愣了两秒才反应过来："真、真的可以吗？会不会很麻烦？"

"我家离医院不远，"傅南岸的语气没有半点不耐烦，"我把地址发给你，路上慢点。"

"好、好！"

挂断电话之后，傅南岸发来了地址。池照对着反复看了好几遍，他做梦都没想到能有机会和傅教授一起过年，直到这会儿还觉得是在做梦呢，狠狠地掐了自己一下才算是彻底相信了，脸上的笑意都快溢出来了。

他太开心了。

傅南岸让池照慢点，池照却根本慢不下来。

他飞速地换好衣服带上东西，临走的时候还把桌上剩的那半罐啤酒一口闷了。

池照第一次去傅南岸家里，他觉得自己该带点什么，又不知要带什么，最后煮了一锅饺子拿饭盒装着，揣在怀里往傅南岸家走。

农历腊月正是天冷的时候，晚上八点多了，天早黑了，北风刮在脸上跟刀割似的。

池照的心还是热乎的，他惦记着怀里的饺子，怕凉了，一直紧紧捂着。到了那儿，他做的第一件事儿就是把饭盒塞到傅南岸的怀里："傅教授，吃饺子！"

塑料盒子放在怀里沉甸甸的，傅南岸的手指在上面描摹着："怎么还带了饺子过来？"

"我猜您肯定没吃。"池照笑了下，很正经地说，"过年就得吃饺子，这是传统。"

"这是传统？"各地的风俗不一样，傅南岸家并没有这个传统，他家过年一直没吃过饺子，自然今天也没，"我还真没吃。"

"那您尝尝！"池照马上眼巴巴地说，"这是我刚煮的。"

盛情难却，傅南岸其实晚上是不吃饭的，却还是微微笑了下，说：

"好。"

池照带的饺子多，傅南岸把饺子分成了两份，两人面对面坐着，边聊边吃。

饺子的味道很平常，就是速冻的，不管什么馅味道都差不了多少。

焖烧锅的功率有限，煮出来的饺子皮有点塌。但就是这么一盘普普通通的饺子，因为一起吃的人不一样，便有了不同的滋味。

池照先前已经吃过一碗饺子了，却依旧吃得津津有味。

傅南岸的嘴角微掀："喜欢吃饺子？"

"还、还行吧。"池照不好意思地笑了下，他吃饭速度快，碗里就剩一个饺子了，他用筷子戳了一下，"主要觉得是个传统嘛。"

池照确实是个挺传统的人，成长经历在那里放着，他从小受的教育就是这样。

饺子快吃完的时候，他提醒傅南岸要留一个寓意"年年有余"，聊着聊着，又聊到了他小时候的事儿。

"小时候过年家里都会炸鸡块、炸丸子，"池照笑着和傅南岸描述，"就那种大铁锅，有手臂环起来那么大吧，一次能炸好多东西，隔老远都能闻到香味。"

春节确实是池照最喜欢的节日，除了能吃到炸物，更是因为那几天父母不会打他。那几天亲戚会来，父母怕他哭了晦气，也怕被亲戚看到了说闲话。

他们会给池照穿上新衣服，教他说漂亮话，哪怕是池照做错了什么事，他们也会非常大度："没事儿，大过年的。"

只可惜幸福的生活总是短暂的。

年一过完就不一样了，亲戚们走后，父母又会恢复之前的样子，什么气都要往池照身上撒，怪他没有亲戚家的孩子争气，打得他站都站不起来了，第二天还叫他继续干活。

话题到这儿就有点沉重了，其实池照没想往这个方向带的，或许是傅教授这儿太暖和了，也或许是来之前喝了点啤酒，池照才不知不觉聊到了这个。

"不聊这个了吧。"池照摸了摸自己的脸，刚才没觉得有什么，这时候才发现自己的脸红了，应该是那罐啤酒的缘故，他笑着说，"都过去好久了，其实我都记不清楚了。"

"好，不说这个，"池照不说傅南岸便不问，只是温和地望着池照，说了句，"都过去了。"

池照"嗯"了声，跟着重复："过去了。"

是过去了，池照在亮堂的房间里和傅南岸面对面坐着，暖气就在餐桌边上，饺子热乎乎的，心也热乎，没有比这更暖和的时刻了。

两人聊了挺久，不知不觉过了零点，外面竟然飘起了雪花，白色的雪在地上盖了一层。

原本喧闹的街道安静下来，傅南岸问池照："晚上留我这边住？"

池照搓了下脸，客气了一下："还是回去吧。"

如果傅南岸不提走的事儿，池照就很自然地在这边住下了，现在提起来了他却还得客气一下。

傅南岸邀请他的时候说的是"说会儿话"，现在饺子吃了年也过了，麻烦傅教授挺长时间了。寝室楼与傅南岸家里不过十分钟的距离，再主动提留宿就显得有些不知趣了。

池照去厨房把饭盒洗了，笑得挺不好意思的："在您这儿待了这么长时间，也该回去了，您觉得呢？"

他其实是想让傅南岸挽留自己一下的，还特意用了反问的句式，本意是想顺理成章地留下来的。哪知傅南岸点头说好，并未劝他，还伸手把挂在衣架上的外套递给了他："那就回去吧，路上慢点。"

池照呛了一下，没想到事情会是这么个发展，可话都说到这儿了，也只能顺着傅南岸的话说："……好。"

事情发生得太快了，池照是真没反应过来，刚才还在热乎地聊着天呢，这会儿就要走了，他心里有点接受不了。

门开了，外面的冷风呼呼地刮进来，与暖气充足的屋里形成了鲜明的对比。池照确实是不想走的，一边磨叽着，一边懊恼自己刚才为什么没说想要留下。

"怎么杵在这里不动？"

"傅教授……"他脑子一热，声音有点委屈，"我能不能不走啊？"

5.

"醉了吗？"

"没有。"池照摇摇头，"教授，我没醉，但我不想走。"

喝醉的人总说自己没醉，池照坚称自己没醉，却就着这个姿势不愿意撒手。

傅教授这里太温暖了，寝室里却只有冷冰冰的一个人。

考研的事儿还像是山一样压在池照身上，让他喘不过气来。

他怀里还抱着个饭盒，动作不太灵活，跟笨拙的狗狗似的，差点把傅南岸带摔倒了。他的语气还挺委屈的："我真的不想走，教授。"

委屈巴巴得跟怎么他了似的，傅南岸真没辙了，安抚似的拍了拍他的背，扶着他回到房间。

池照还不放心，手紧紧抱着那个饭盒，小心翼翼地喊着："傅教授……"

傅南岸都被他逗笑了，扶着他到沙发边坐下："还说自己没醉。"

傅南岸伸手揉了揉池照的脑袋："行了，先坐这儿，我去把门关上，你想留就留下来吧。"

得到傅南岸首肯之后，他就听话了，非常自觉地在沙发上坐好，怀里还揣着饭盒，双手搁在腿上，睁着眼睛一路盯着傅南岸走到玄关处把门关好。

"啪嗒"一声门锁落下，池照还惦记着："我真的能留下来吗？"

"这有什么好骗你的。"傅南岸去旁边倒了杯温水，还是觉得挺好笑的，"怎么之前不知道你喝醉了是这样，跟个小孩儿似的。"

傅南岸将水杯递给他，问："头晕吗？难受吗？"

.140.

池照确实没装醉,相反他还觉得自己没醉,就是身上有点热,脑袋清醒着呢。就喝了一罐啤酒而已,他怎么会醉呢?池照摇摇头,非常坚定地说:"不晕不难受,教授,我没醉。"

傅南岸已经不信池照了,让他把水喝完,又帮他去铺客房的床。

池照见状赶忙去帮忙,冬天的被子柔软而厚实,抱在怀里是大大的一团。池照伸手接过被子,柔软,温暖,安逸,像是游子最眷念的归巢。或许这就是家该有的样子吧,池照有点恍惚。

床很快就铺好了,池照还不愿意让傅南岸走,小朋友知道怎么让人心软,就眼巴巴地看着傅南岸:"教授,我还不困。"

他试探着说:"咱再说会儿话行不?"

小朋友的新年愿望不能不满足,左右都这个点了,再多聊一会儿也没什么。夜深了,鞭炮声停了,傅南岸在池照身边坐下:"聊什么?"

"什么都行。"池照说。

什么都可以,和傅教授聊什么都是快乐的。

之前因为是否考研的事情,池照心里还拉着根弦,生怕傅南岸提起这事儿,或许心底的天平已经在慢慢倾斜了,但池照还是没想好要怎么跟傅南岸说。

而傅南岸很体贴地没有提起这件事,只是陪着池照,从天南扯到海北。

池照讲了自己实习时的苦恼,傅南岸也说了自己的各种所见所闻,很舒服很安心的感觉。傅教授温和稳重,看事物的角度不偏颇,和他聊天池照总能有所收获。

窗外的雪还在飘,地上已经染白了,他们在客房里靠着暖气片聊天,屋里太温暖了,池照不自觉地打了个哈欠。

"困了吗?"傅南岸问。

夜深了,池照确实困了,但他还在拼命地想要睁开眼睛:"还好……"

"睡吧，明天再聊。"

窗外的鞭炮声又响了起来，噼里啪啦，预示着新年的到来，傅南岸站起身。走到房间门口的时候，听见池照嘟囔着说了句什么，黑暗之中，傅南岸的身形一顿。

"……晚安。"

片刻，他低声说，而后帮池照关上了门。

或许是因为喝了酒，也或许知道这是傅南岸家，躺在客房的床上，池照做了一个很长的梦。

很朦胧的感觉，浮浮沉沉。

他分不清梦到底是何时开始，又在何时结束；他记不清楚梦里到底有什么，现实与梦境交织在一起，反复徘徊浮现。

天早就大亮了，明亮的日光透过窗户洒进来，眼前的房间熟悉而陌生，池照彻底清醒了过来。

又在床上躺了一会儿，池照摸索着下了床。地板是木制的，脚踩上去时发出些微声响，嘎吱嘎吱的声音落在耳边，池照悄悄松了口气。

一晚上的梦太多也太混沌，有许多个瞬间，他甚至以为和傅教授一起跨年也是自己幻想出来的梦境。

棉拖鞋踩在地板上窸窸窣窣，池照推开了门，傅南岸的声音从不远处响起："睡醒了？"

傅南岸明显已经醒了很久，正坐在餐桌旁边，他面前是一本厚厚的盲文书籍。

池照不好意思地摸了下鼻尖："抱歉教授，我昨天……"

"你昨天喝醉了，赖在我这里不肯走，"傅南岸笑了下，是真的觉得挺好笑的，第一次见到池照另外一面，"之前还不知道你那么能撒娇。"

池照原本就不好意思，听他这么说更无地自容了。他自己都不知道昨晚自己为什么那样，支吾着说："对不起啊教授，给您添麻烦了吧？"

傅南岸笑着摇摇头："没事儿。"

池照起床的时候，傅南岸已经做好了早餐。

黄澄澄的小米粥在电饭煲里温着，还有蒸好的紫薯、山药以及买来的小菜。

傅南岸显然经常在家做饭，饭菜可口又极有营养。池照一边感叹好吃，一边又反思自己怎么做不出这种水平的饭菜，他不愿意认输，最终强行把功劳归于傅南岸家里的智能电器。

从傅教授家里出来是下午的事儿了，傅南岸又留池照吃了一顿午饭。池照这个年过得可真是太值了，午饭也是傅南岸做的。

池照之前没关注过这方面，到傅南岸家才发现现在有很多智能家电出现，盲人操作也很方便。傅南岸用烤箱给池照烤了鸡翅，外酥里嫩唇齿留香。

池照没忍住多吃了几个，越吃越觉得喜欢。

"喜欢吃吗？那再带回去点。"傅南岸又做了一盘烤鸡翅给池照，放在池照带来的饭盒里，沉甸甸的还散着热气。

池照感叹了句："您也太好了。"

"一盘鸡翅而已，"傅南岸笑着摇摇头，帮他打开了房门，"你也太好收买了。"

"您就是好。"池照很认真地说了句。

傅南岸笑了下，说："知道了，谢谢。"

之后几天依旧是假期，傅南岸不上班，池照也不好意思老往他家里跑。

天气依旧很冷，池照在微信上提醒了傅南岸好几次要按时敷眼睛的事儿，傅南岸却没有回复，或许是太忙了。

池照一直惦记着这事儿，又打了电话过去，傅南岸才跟他说："抱歉，最近在准备新课题，没怎么看手机。"

"没事没事！"池照哪会介意这个，本来就是担心，怕他一直不回消息是因为有什么事，听他这么说也就放心了，"这几天您一定记得敷眼睛，等上班之后，我就继续帮您敷。"

本来这事儿已经是两个人之间的小默契了，池照再次提出来的时候，电话那边的傅南岸却顿了一下，说："如果你忙的话，就不用过来了。"

"那怎么行，"池照笑着说，"您的眼睛可是大事儿，再忙我也得过去啊。"

傅南岸语气淡淡地说："你的事儿也是大事儿。"

池照瞬间明白了傅南岸的意思，之前过年时气氛太好，以至于他暂时忘却了不得不面对的那些纠结。

池照张了张嘴，想要说点儿什么，但又不知道该说什么。片刻之后，他才终于开口，说："我知道的，教授。"

立了春，天还是冷的，一阵寒风吹来，池照没忍住打了个哆嗦。

打电话的时候，他特意挑了个信号好的地方，站在走廊尽头的窗户边上，这会儿打到一半才觉得冷，他没穿外套。

电话挂断了，池照回到房间里穿上最厚的棉服，关上窗户，呼呼的北风依旧从窗户的缝隙中吹进来。

太冷了，不只是身上冷，池照的心也打了个哆嗦。

春节假期一眨眼就过去了，又到了要上班的时候。

第一天上班那都是很难受的，不习惯，从假期一下子切换到高强度的模式谁都没法适应。池照一直惦记着下班后去找傅南岸一趟，所有的工作都做得异常认真。

这天不算太忙，还有不到一周池照就要从急诊科出科了，或许是因为傅南岸的那个电话，刘阳没再找池照干过什么杂活了。

刚见面的时候，刘阳还非常热情地问池照跟傅教授做项目感觉怎么样，池照哪有真做项目啊，支吾着敷衍过去了。

期待太久了，终于到了下班的时间，交班之后池照就来到了傅南岸的办公室。

傅南岸正在病房查房,池照等了好一会儿才见到他。听到池照的声音之后,傅南岸的动作顿了一下,然后半笑着说:"上班第一天就过来,这么敬业啊?"

"那必须的。"池照应了声,傅南岸笑他也笑。

温热的毛巾敷在眼睛上,今天的水温比平时稍热了些,傅南岸坐在椅子上,双手按摩着太阳穴:"对了,有件事我一直想和你说。"

池照还站在旁边,听到这话的时候右眼皮突然跳了跳。他好像意识到了傅南岸要说什么,却也只能佯装镇定地点点头:"您说。"

"在急诊科实习挺忙的吧,看你每天都来去匆匆的。"傅南岸语速很慢,池照的心也一点点沉了下来,慢慢坠着,傅南岸的话句句落入耳朵,"敷眼睛这么小的事儿就不麻烦你了,以后我自己来就行。"

果然是这样,池照慌了,他最怕的就是这个。

"还有一周我就从急诊科出科了,之后我轮转的都是内科,都很轻松,而且考研的那些人也都回来补考研假了,不会很忙——"

"也差不多了,不能总麻烦你。"傅南岸知道池照的计划,轻易地打断了他的话,"而且你还有更重要的事,不管是考研还是工作,你都是时候准备了。"

"这不影响的!"池照还想要解释,说自己可以平衡好时间,傅南岸的表情却已经很平淡了。池照的嘴巴张了又闭,最后讷讷地问了句,"就……您不想让我来了?"

"实习这个机会很难得,是你唯一能在不同科室轮转学习的机会。"傅南岸淡淡地说,"医学是一个独立又关联紧密的学科,等以后你进了某个科室里再想去了解别的科室的东西就很难了。你的时间很宝贵,多留些给自己吧。"

这话就说得太官方了,说是教导,其实是醉翁之意不在酒,傅南岸之前从没和池照说过这个。

学习确实重要,但并非连敷眼睛这二十分钟都抽不出来,池照心里有数，傅南岸也有数。

池照跟了傅南岸很久，傅教授不可能怀疑他的学习能力，傅教授只是借着这个借口委婉地推开他罢了，池照知道。

"你以后不用来了，"傅南岸说，"是我不想让你来的。"

池照也知道为什么，他早就隐约意识到了，那天从傅南岸家里回去的时候，傅南岸问了他两次"记不记得昨晚发生了什么"。

当时的他没有回答，但其实他是记得的。

"是因为那天晚上吧？"池照的心跳有点快，他深吸一口气，"我本来以为那是在做梦，现在想想，那么清晰的感觉肯定不是做梦。"

傅南岸的眉心猛然蹙起，想要说些什么，但池照的下一句话已经出口了。

"那晚我说我想要继续读研，想要出国留学，"池照深吸一口气，十分笃定地道，"所以您想逼我一把，是吗？"

第七章
看不见是一件很遗憾的事

1.

如果是不了解傅教授的人，可能会因此而与傅教授产生嫌隙。

但池照不是这样的人，只消几秒钟，他就明白了傅南岸的良苦用心。

那晚在傅南岸家里，喝多了的池照哭得像是一个不能自已的孩子，是傅南岸温柔地拍着他的后背，跟他说："乖孩子，没事。"

"我能自己做好选择的，"池照的喉结滚动着，"您再给我一点儿时间。"

"我相信你。"傅南岸淡淡地颔首说，"但是我说的也都是出自真心的，你现在已经到了关键时刻，还是不要常来这边为好。"

池照一定会做出选择，傅南岸一直都知道的，他知道池照向来是有主见的孩子。

是以不让池照来找自己也是傅南岸真实的想法，他不想让池照分心。

"教授，我……"池照是真的不舍得，傅南岸常常能给他温暖。

"又不是不能来了，"傅南岸笑了下，"等你过了这段时间，之后不还有大把的时间吗？"

话是这么说的,但随着年龄的增长,要做的事情只会越来越多,会有更多身不由己的时刻。

"教授,我还是想……"

"回去吧。"傅南岸轻轻叹一口气,拄着盲杖,帮池照把门打开,"我已经决定了。"

这就是傅南岸最终的答案。

长长的走廊铺在眼前,那是一条通往远方的路,再僵持下去也没什么好说的了,傅南岸拒绝得彻底。

池照垂着眼睛走到门口,擦肩而过的时候,傅南岸拍了拍他的肩膀:"小朋友往前看,你的未来很美好的。"

傅教授的表情依旧淡然而温和,池照偏头看了他一眼,没忍住问:"那我以后……还可以联系您吗?"

傅南岸顿了一下,说:"暂时不要了吧。"

"你总要自己做选择的,"傅南岸眼帘微合,"冷静地想一想吧,不能总是逃避。"

之后是平淡的两周,池照从急诊科顺利出科后轮转到了内分泌科——院内公认比较轻松的科室。

再加上年前那会儿池照帮其他考研的学生代过好几次班,年后他们回来补考研假了,池照每天闲得除了看书还是看书。

他没再去找傅南岸。

傅教授叫他冷静,那他就安安心心地冷静,静心去想。

池照跟着新的带教老师学了不少有意思的东西,也偶尔会放松,和陈开济一起出去吃顿饭。

其实他的心里已经有了答案,他想要出国学习,他想要考国外的大学。

他只是还需要一点点时间,让自己更坚定。

两周的时间足以发生很多事，时间一晃到了三月。冬去春来，池照偶尔会在微信上找傅南岸，傅南岸会不咸不淡地回应他，再无其他。

不过在这中间发生了一件有趣的事，是关于陈开济的。

陈开济向周若瑶师姐告白，师姐同意了。

告白之后陈开济兴奋得睡不着觉，半夜拉着池照去寝室楼顶上吹风。

春风拂面时带来的是暖意，池照拍了拍他的肩膀："行啊兄弟，挺有本事的。"

"跟人家姑娘好好处，"池照叮嘱，"别辜负人家。"

"那哪可能，我对她好还来不及呢！"陈开济拍着胸口保证，没忍住拉着池照扯起了他和周若瑶师姐的故事，脸上的笑意藏不住。池照也跟着他乐，两人笑嘻嘻地乐呵完了。

"对了兄弟，"陈开济忽而想到了什么，问池照，"你这段时间怎么都没来心理科啊？"

池照愣了一下，把傅南岸不让自己去的事情告诉他："我还没决定要不要出国读书，傅教授想让我冷静地想一想。"

"行啊兄弟，你这也够厉害的。"陈开济对着池照打趣一番，又跟他说，"要真想我们了就回来看看，傅教授说是那么说，不可能真不让你回来的。"

池照知道陈开济的意思，笑着说："我知道，有机会一定会去。"

他知道傅南岸的心意，知道傅教授是为他这个学生着想，又怎么会不回去呢？

再说他已经下定决心了，他决定要出国留学。

两人在楼顶上吹了半宿的风，陈开济刚脱单，话题自然又落到了他女朋友身上。

池照笑着调侃他："咱小陈也厉害了，抱得美人归啊。"

陈开济摸了把头发,语气还挺得意:"那必须的,我女朋友那就是最漂亮的美人。"

这才刚在一起就夸上了,池照摇头笑了。

陈开济的脸上一直带着意气风发的笑容,池照也被陈开济的喜悦感染了。他是真把陈开济当朋友的,朋友脱单那必须得高兴,真心实意的。

陈开济脱单后的生活非常丰富,他和周若瑶的性格不同却意外地合拍。陈开济初看起来一副大少爷脾气,但对喜欢的人却十分好。

两人跟着带教老师做了个项目,日常工作有得聊,生活上也顺当,小情侣之间黏黏糊糊的,其实不在乎谁为谁付出了多少,主要是一种感情上的依托,"爱"本身就是一个丰富自我的过程。

转眼又过去几周。

恋爱满一个月纪念日这天正好是周若瑶的生日,陈开济想送个礼物给她。

送花太俗了,那些买来的东西也挺俗套的。其实礼物并不在于它有多贵的价格,在于心意。

陈开济想送点不一样的东西。

"池哥你帮我出出主意呗,给我支个招,"陈开济纠结了好几天,最终打电话给池照求救,"我想了这么多天,头都要秃了。"

"你也说了心意最重要,"池照问他,"周师姐喜欢什么?或者你送个对你们来说都特殊的东西?"

"说起来,我有个想法,"池照的提议和陈开济的想法不谋而合,陈开济摸着鼻子笑了一下,有点不好意思,"就……她人缘也挺好的,朋友挺多,我想收集大家给她的祝福,然后做个视频送给她。"

恋爱之后的陈开济和以往的反差挺大的,脾气收敛了,提起对象的时候总是一副害羞的语气,甜甜蜜蜜的。

他这个心思也挺难得的。池照听完之后就眼前一亮,自己做的礼物确实有诚意,礼物要承载感情才有意义。

"这不是挺好的想法嘛。"池照肯定了他,还很自觉地扛起任务来了,"来吧,咱小陈这么有心,池哥必须得帮帮你了。"

录视频、剪视频还挺费时间的,说干就干,剩下的时间不多,两人分头去找人录视频。

周若瑶的性格好,朋友确实多,大部分都是心理科的,于是池照时隔快一个月重新踏入了心理科的大门,也有了见傅南岸的机会。

只可惜池照运气不是太好,连续来了两天都碰上傅南岸开会,连他的影子都没见着。

那也没有办法,该录的视频还是要录。

大家平时都有工作要做,池照只能抽休息的时间过来录祝福视频,好在其他人听说是陈开济要给周若瑶准备生日礼物,都还挺积极的。

头一天池照跟他们商量好,他们都会很认真地准备,有唱歌的、有自己写诗朗诵的……有个和周若瑶关系不错的实习生表示要现场给周若瑶弹一段吉他,池照自然答应,和她约好了时间,来到心理科一病区。

女生的吉他是自学的,弹出来却是有板有眼,怕打扰到其他病人,他们找了个空的诊疗室录,悠扬的吉他声传出,勾惹着神经。

"最近几天是怎么了?"到病房的时候,傅南岸随口问了一句,"又是唱歌又是吉他的,是要搞什么联欢会吗?"

傅南岸旁边的病人也好奇挺久了,他住院有好长时间了,每天都是无聊又平淡的生活,早就想找点乐子了,马上撺掇傅南岸道:"大夫咱们去看看呗,听说是有个年轻大夫的女朋友过生日,他们在录祝福视频呢。"

"给女朋友录视频?"傅南岸失笑,他平常没怎么关心过,还真不知道现在的学生都爱干什么,"现在的年轻人还挺有心的。"

话虽这么说,但傅南岸却不是爱凑热闹的人,他陪着病人走到诊疗室门口,压根就没想去看。

·151·

病人推开了诊疗室的门，傅南岸转身向办公室走去，刚走两步，却突然听到病人惊喜又热情的声音："原来是你啊，小池大夫！好久不见啊！"

温柔的吉他声环绕在耳边，傅南岸的脚步顿了顿。

池照？有女朋友了？

2.

一个月过去，再次听到这个名字的时候，傅南岸有一秒钟的恍神。

熟悉又陌生的声音在耳边响起，是那病人在与池照寒暄。少年人清亮的嗓音传来，傅南岸的手指微微一蜷，又很快松开。

傅南岸垂下眼眸，莫名想到了池照经常出入他办公室的那段时光。

池照就像是冬日里的火炉，执着、真诚、热情，被他吸引是再正常不过的事了。

池照年纪也不小了，找个能相伴左右的女朋友是件好事，之前赵婶不是也这么说过嘛，这是他这个年纪的孩子该有的生活。

傅南岸拄着盲杖一步一步，缓缓朝办公室的方向走去，一阵急促的脚步声从身后传来，他的手腕被人拽住。

"教授，傅教授！"

一晃一个多月没见了，猛地见到傅南岸，池照其实挺不习惯的，也觉得惊喜。

"您、您来查房啊？"太久没见了，池照蜷了蜷手指，半天才憋出来一句话。

"嗯，查房。"傅南岸应了声。

两人都没意识到这里是诊疗室，查房根本不会到这个方向。

又沉默了两秒，似乎没有更多的话要说了，傅南岸又像是想起来什么事儿似的，不经意般问道："你们这是在干吗，录视频？"

"啊……哦，对的，周师姐要过生日了嘛。"池照怔了一下才反应过来，解释道，"再过一周就是周师姐的生日了，我们准备给她一个惊喜。"

"知道了。"傅南岸很快应了声，语气依旧很淡。

许久没见，连聊天都生疏了，不知道说什么。

池照不愿意就这么结束话题，他早就在心里打好腹稿了，他想邀请傅南岸一起来录视频，还没来得及开口，傅南岸倒是先说了："你们录吧，我不打扰你们了。"

"教授您……"

池照张口想要再说些什么，傅南岸却已然转了身，他似乎不愿再聊下去，拄着盲杖很快走远了，只留下一个背影。

录完手头这个视频，池照给傅南岸发了个微信，措辞了挺久，问他能不能也给周若瑶录一个祝福视频。一直到晚上睡觉的时候，傅南岸的语音消息才回了过来："不了，你们玩吧。"

池照赶忙发：【几句话就行，不麻烦的。】

傅南岸依旧回：【算了吧。】

等了很久才等到这个和傅南岸接触的机会，池照不想就这么轻易放弃，又发了好几条消息过去，跟傅南岸说哪怕录一句也行，或者直接手写张字条都行。这已经是很低的要求了，但傅南岸还是拒绝了，他说年轻人的事情他不好掺和，一个老师掺和进来败兴致。

这话说得就有点生分了。

傅教授人缘一直很好，他温和体贴，学生们敬他爱他。傅教授在学生们心里一直都有很高的地位，大家都巴不得和他多接触，没有谁会讨厌他的生日祝福。

晚上躺在床上，池照有点失眠，他反复翻看着和傅南岸的聊天记录，总觉得有哪里不太对劲。

往常的傅教授不是这样的，他很少有这么冷的时候，他向来把工作和感情区分得清楚。

傅南岸对学生很好，再怎么样也不会连个生日祝福都不愿意录的，除非……

池照不解地眨了眨眼睛，难道是自己哪里惹到傅教授了吗？

之后池照又试着联系了傅南岸一次，这次傅南岸没再拒绝，很爽快地答应了给周若瑶录视频。

他没让池照帮忙，直接录好后发到了池照的邮箱。二十几秒的视频挺有诚意的，他跟周若瑶说了不少祝福的话，语气温和，对池照的态度却依旧不咸不淡。

视频素材很快收集好了，在周若瑶生日的前一天晚上，陈开济把视频剪辑了出来，他做得很认真，还自弹自唱配了背景音乐。

他和科室的后勤老师商量好了第二天晚上下班之后在办公室的投影仪上放，给周若瑶一个惊喜。

说是惊喜，那前期就肯定得瞒着，所有人都配合得很默契，一直到生日这天下午周若瑶都不知道陈开济给自己准备了这份礼物。

中午的时候两人一起吃了饭，周若瑶以为这就算给她过生日了，结果晚上快下班的时候陈开济却给她发了条消息：【下班先别走，来办公室一趟。】

【怎么啦，有什么事儿吗？】周若瑶满头雾水，根本没往这方面想。

到办公室她才发现灯是熄的，正中央的投影仪放下来了，屏幕上闪着柔和的光。

陈开济按下开始键，视频的开头是很多张照片，都是周若瑶的，有穿着白大褂的严谨模样，也有日常时的娇俏笑容，许多张做成了胶卷的形式，有种时光悄然流逝的温馨感。

漫长的照片滚过之后是大家的祝福，与照片相呼应，寓意从现在到未来。

最后是陈开济自己录的一段话，没有花里胡哨的东西，镜头里的他穿着白大褂朝镜头外的周若瑶伸出了手，露出最诚挚的笑容，跟她说了句："生日快乐。"

这个礼物从头至尾都透着真诚，用不用心是能感觉到的，周若瑶看到视频的瞬间眼眶就红了。

两个有情人紧紧地相拥在一起，池照坐在一旁松了口气。

怕出什么意外，放视频的时候池照全程都在，现在视频放完了接下来也没他什么事了，人家小情侣情到浓时腻歪着，再打扰那就是电灯泡了。

池照深藏身与名地走出办公室，迎面正撞上那天拍视频时碰到的那个凑热闹的病人。

"这不是小池大夫吗？"那病人笑呵呵地跟他打招呼，"你的视频录完了吗？"

"录完了，刚都放完了。"池照随口应了句，"你来有事儿吗？现在医生都下班了，有什么事儿你可以先和我说。"

"我就随便看看，刚不是听到这边响了嘛。"那病人摇头，又上下打量了池照一番，揶揄着问他，"怎么样，女朋友看到视频有没有很感动？喜欢这个礼物吗？"

"那肯定喜欢啊，小陈挺用心的，要我我也感动。"池照指了指旁边紧闭着的门，"对了，人家小情侣在里面亲热呢，你可别进去打扰啊。"

哪知那病人一下子就蒙了："什么小陈，什么小情侣？不是你给你女朋友拍吗？"

池照也蒙了："不是，谁说那是我女朋友？"

病人摇头，一脸无辜，直到现在才知道他们是在"跨频"聊天："不知道啊！那天我这么跟傅教授说的时候他也没反驳我啊！"

……这误会可大了！

池照怔了好一阵子，才赶忙摇头说："怎么可能。"

千算万算，池照都没想到会出现这种乌龙。

他赶紧先给这病人解释，解释了两句又赶紧往傅南岸的办公室走，误会他的远不止病人一个人，还有傅南岸。

一路上池照都在翻来覆去地想着一会儿该怎么解释，真走到了傅南岸的办公室门口，他又不知道要说什么了。

在门外犹豫了一会儿，池照终于敲了房门，傅南岸就坐在办公室里，安安静静的。

一直等到傅南岸问了两次是谁在那里，他才叫了声"傅教授"。

听出是池照的声音，傅南岸的眉微微一皱。

进了办公室，池照的心也跟着拧巴了一下，脑袋有点乱，他想都没想便开了口："那天的视频是我帮陈开济录的。"

一句话说得没头没尾，傅南岸没听懂，问了句："什么？"

池照深吸一口气，这才慢慢组织起语言："我就是想和您解释一下，您好像误会了，陈开济和周若瑶师姐是一对儿，那个视频是陈开济给周师姐准备的生日惊喜，我只是帮忙的，我和周师姐不是情侣。"

池照的情绪有点激动，他努力放缓语速，说得仍然有些结巴。

傅南岸没想到他会特意来跟自己解释这个，笑了下，说："知道了，这没什么。"

池照稍微松了口气，但并没有立刻离开，略显踟蹰地站在傅南岸身边："教授，我……"

"嗯？还有什么事儿？"傅南岸朝他所在的方向偏了下头，浅灰色的眸子中有点儿不解。

"我……"池照抿了下嘴唇，"其实我还是想和您说声谢谢的。"

池照深吸一口气，很认真地说："我决定要出国留学了。谢谢您教授，谢谢您。"

这是池照一直以来想对傅南岸说的话，而直到这天，他才鼓起勇气说了出来。

选择是一件很困难的事，但池照还是下定了决心。

这个过程是痛苦的，如果换作别人，可能会怪傅南岸太狠心，把所有的一切都撕开来看，强迫他去面对。

但池照不是这样的人，他知道傅教授是对自己好，他一直都知道的。

"我会规划好自己的时间的,"池照很认真地问傅南岸,"教授,我之后还能过来找您吗?"

像是怕傅南岸拒绝,他又赶忙补充道:"我就是来看看您,跟您说说话,帮您敷敷眼睛什么的,绝对不会耽误您的时间。"

这样的孩子太懂事、太体贴,傅南岸又怎么忍心再拒绝。

沉默片刻,傅南岸轻轻叹了口气,说:"你自己把握就好。"

两人不知不觉聊了好几个小时,池照回去的时候天已经黑透了。

这天晚上聊了太多东西,池照第一次如此直白地面对未来,只觉得自己整个人都要被掏空了。

室友们还没回来,回寝室之后池照洗了个热水澡。热水洗去一天的疲劳,洗过澡之后,他便坐在了桌子前。

小小的抽屉里放着十几根棉花糖的竹签,池照拿出来一根根在台灯下看着。他看得格外认真,连身边什么时候多了个人都没发现。

"池哥你搁这儿干什么呢?"陈开济从后面拍了拍池照的肩膀。

刚送了礼物给周若瑶,陈开济明显是情场得意了,脸上的笑容藏不住:"几根竹签有什么好看的。走,池哥,我点了烧烤,咱们去楼顶说会儿话啊。"

陈开济忍不住要把喜悦的心情向身边的所有人传递,他拽着池照就往楼顶跑。

池照没法拒绝,匆匆把竹签收回抽屉,跟着一起上了楼:"聊什么?"

还能聊什么,陈开济帮池照开了罐啤酒,又把烧烤的袋子解开,浓郁的孜然香味弥漫开,陈开济有点不好意思地笑了下:"……就,我和阿瑶的那点事儿呗。"

烧烤吃着啤酒喝着,陈开济兴高采烈地跟池照说着两人之间发生的故事,害羞的、搞笑的……池照也被他的笑容感染了,跟他干杯喝酒。

池照是真的为陈开济感到高兴的,不管他自己的感情怎么样,他都真心祝福陈开济。但不可避免地，当他看着陈开济那甜蜜的笑容时，心底又会不自觉地泛起一点苦涩。

"来，池哥再敬你一杯。"第一罐酒已经喝得差不多了，池照又从袋子里拿了一罐，"咔啪"一声打开易拉罐的拉环递给陈开济，真诚地祝福道，"你们一定要好好处，百年好合。"

池照笑得很爽朗，不想让陈开济发现自己的苦涩。他不想败了陈开济的好心情，但陈开济却是个细心的人，很快发现了他的不对："怎么了池哥，你好像不太开心啊？"

"没有的事儿。"池照摇了摇头，还不承认，拿了串羊肉串吃，避开陈开济的目光，"你池哥我能有什么不开心的事？"

"不对，肯定有事儿。"陈开济仔细地打量了他两眼，还是摇头，"池哥你说吧，我都看出来了。"

陈开济的感觉太敏锐了，不问出来誓不罢休。池照无奈地笑了下，又和他碰了个杯："眼睛还挺尖的。"

陈开济一脸紧张地看着他："怎么，真有事啊？"

"就还是傅教授的事儿呗。"池照轻轻叹一口气，"傅教授帮了我太多了，让我有点不知道该怎么办。"

这确实是池照的真实想法，傅教授太好了，他也想为傅教授做点儿什么。

"白天在办公室里我就问他了，"池照说，"我说还想帮他敷眼睛，但是他没答应。"

傅教授是个太独立也太优秀的人，池照帮不到他什么。

"我知道他是我的老师，但我还是想尽我所能为他做点儿什么。"池照深吸一口气，"傅教授对我太好了。"

陈开济愣了一下，又笑着摇头说："你想太多了池哥，你也帮了傅教授很多的。"

"真的吗？"池照摇摇头，"我觉得没有。"

"真的。"陈开济诚恳道，"你还记得咱们之前下乡时的事儿吗？"

下乡的路不好走，每次池照都走在傅南岸身边，小心翼翼地不让他摔跤。敷眼睛之类的就更不必多提，其他学生看池照做了也有效仿的，但只有池照坚持了下来。

"其他学生哪有你想得这么细？"陈开济摇摇头说，"哪怕是我家阿瑶都没想那么多。"

说话之间他又不自觉地提起周若瑶了，池照笑着说："行了，就知道你三句话离不开周师姐。"

但陈开济的话还是让他紧绷的神经放松不少，原来他也能为傅南岸做点儿什么的。

又过了两周，傅南岸在实习生的大群里发了条消息，问有没有学生愿意跟他一起做个项目。

池照眨眨眼睛，给傅南岸发了条消息过去。

【傅教授，你看我行吗？】

3

池照就是这样的性格，像是直白又忠心的小狗，你可以冷他也可以漠视他，他会委屈，也会难过，但过后又会用湿漉漉的鼻尖来碰你，摇着尾巴来逗你笑。

这样的小狗是让人无法拒绝的，刚开始的时候傅南岸还不太愿意来找池照，虽说答应了池照不再冷着他，但他还是不想让池照在他这里浪费太多的时间。毕竟出国学习压力也很大，要做的准备工作也多。

可有些事儿一旦心软之后就回不去了，收不住了。

每次池照小心翼翼地问他"行不行""好不好"的时候，听着池照那么诚恳的请求，傅南岸便再也拒绝不了他。

就比如这次招本科生做课题项目的事儿。

傅南岸是带心理专业的研究生的，但他本身是临床出身，擅长基础实验方向，傅南岸新准备的课题需要动物实验，他想招几个临床学生过来帮忙，池照想都没想便报了名。

【傅教授，您看我行吗？】

收到消息之后，傅南岸并没有立刻回复，这天的病人太多，他一直在忙。晚上下班之后，傅南岸查收微信上的消息，池照已经又发来了好几条。

【傅教授您在吗？】

【教授您看看我吧，给我个机会试试吧。】

【我之前跟过别的老师，有经验，而且我绝对不会烦您的。】

池照的语气太诚恳了，生怕傅南岸会拒绝似的。

消息传到傅南岸这里，经过电子音的朗读，傅南岸的表情柔软了下来。

其实到他们这个阶段还愿意跟基础实验的学生不多了，快毕业了大家也得为自己的未来规划。

傅南岸是心理科不是临床的，报名的也就三四个人，池照却把这里当成了宝贝。

傅南岸语音回复："出国准备得怎么样了？"

池照秒回：【教授您放心，我绝对会安排好时间的。】

还怕傅南岸不愿意，他又赶忙补充：【而且跟实验的经历我可以写在简历里，对申请学校也有帮助的！】

跟实验确实有这么点好处，到时候出成果的时候可以带上团队所有人的名字，有些国外的导师看重这个，学生跟过实验确实是加分项。

话说到这儿，傅南岸就没什么拒绝的理由了，更何况他本来也对池照有点偏爱。熟悉的人相处起来总是舒服的，池照是个做事很踏实的人，之前在心理科的时候就经常帮傅南岸打字。

傅南岸的眼睛看不见，写资料总归是不太方便，虽然有语音识别软件，却还是不免有很多错字。

之前在心理科的时候，池照经常帮傅南岸检查语音转换文字文件，他心很细，经他检查过的文件很少有错误。

傅南岸还没回复，池照的消息又发来了，见文字不管用，他直接发了条语音。

"教授您就给我个机会吧,我真特别想去。"

傅南岸按住语音键,说了句:"想来就来吧。"

来报名的学生不多,真心实意想留下来的就更少了,这会儿正是实习生们准备研究生复试的时间,傅南岸最终确定下来了三个人选。

除了池照,还有一男一女两个学生,男生是心理科的,女生和池照一样是临床的。

"感谢大家的到来,"正式进项目组这天,傅南岸给他们开了个欢迎会,他笑着跟他们说,"以后就靠大家帮忙了。"

"教授您别这么说。"那个心理科的男生马上接了句,"您千万别跟我们客气。"

"是啊,教授不用和我们客气。"池照和另一个女生也一起附和。

傅南岸点点头说:"那就麻烦你们了。"

既然已经加入了项目组,傅南岸也不会和他们客气,来这里就是要干活学习的,傅教授不搞虚的。

这个项目涉及很多动物实验,傅南岸会叫他们刷笼子、洗试管,也会教他们分析数据、设计实验。

这种日子是很充实的,不像有的老师只让本科生做一些外围工作,三人在这里学到了不少知识,实验思维也提升了。

这是个新开的课题,还停留在最初的阶段,正准备申报基金,正是忙碌的时候。池照充实并快乐着,却又隐约察觉到一点不对劲——跟他一起来的那个临床女生好像对傅南岸有点意思。

女生名叫江映雪,马尾辫,大眼睛,长得漂亮不说,性格也很好。

她嘴巴甜,刚来的第一天就不带重样地把所有的师兄师姐夸了个遍,夸得师兄师姐个个对她喜笑颜开。

"咱们映雪小师妹太可爱了,"一个师姐被她夸得都有点脸红了,

"你也太会夸人了,我都不好意思了。"

另一位师兄则直接拍起了胸脯:"说吧小师妹,以后哪里有需要我们的地方尽管说,就冲你这么会夸人,师兄也一定帮你!"

"我说的都是真心话。"江映雪赶忙说,语气很谦虚,"我刚过来还不太懂,以后还麻烦师兄师姐们多多照顾了。"

优秀的人总是谦虚的,嘴上说着不懂,江映雪的动手能力其实很强。

池照之前跟过别的课题组,很多流程都学过了,江映雪先前没怎么接触过这个,两人一起搭档,她却能很快地掌握其中的要领。

"你也太厉害了,"池照真诚地感叹道,"我学了好几天才会的东西你几个小时就会做了。"

"是你教得好啦,"江映雪依然很谦虚,"我是跟着你才学会的嘛。"

这样的人没人会不喜欢,大家很快就和江映雪打成一片,池照也觉得她是个优秀而耀眼的人。

和这样的人一起工作是愉快的,直到那天实验室里就他们两个人,江映雪小心翼翼地把池照拉到了一边:"池哥,我想问你个事儿。"

池照说:"你说。"

江映雪先是环视了周围一圈,然后笑嘻嘻地问池照:"池哥,咱们傅教授有女朋友吗?"

听到这话池照蒙了一下,江映雪的脸颊上飘着绯红,眼底满是期待,于是池照就什么都明白了:"你……喜欢傅教授?"

"我就是为他来的,"江映雪的笑自信又灿烂,"我见他第一面就喜欢上他了。"

她继续追问池照:"傅教授应该没对象吧?我问了好几个人他们都说没有,你和教授关系好,你肯定清楚。"

整个项目组的人都知道池照和傅南岸关系好,傅南岸有什么事儿都喜欢喊池照。池照的嘴唇张了又闭,也只能说一句:"嗯,他没有对象。"

"那我就放心了。"江映雪笑得很灿烂,势在必得。

第二天下午,傅南岸来实验室盯项目,江映雪直接捧了一大束花过来,九十九朵艳丽的红玫瑰递到傅南岸面前:"傅教授,我喜欢你,我能追你吗?"

这确实是太大胆了,实验室里安静了两秒,而后爆发出一阵欢呼与喝彩。

"牛!映雪小师妹也太'莽'了!"

"有勇气,太有勇气了。"

"教授,您考虑下咱们小师妹呗。"

大家的调侃声此起彼伏,傅南岸的声音中听不出什么情绪:"你跟我出来一下。"

江映雪捧着花出去,实验室里的人依旧激烈地讨论着。

"你觉得傅教授会答应吗?"一个师兄问池照。

池照摇头:"应该不会吧,之前没见过傅教授答应过谁的告白。"

"我看不一定。"师兄"啧啧"了两声,一副看好戏的模样,"教授夸过江映雪好几次了吧,说她能力强,他们也算是郎才女貌了。"

另一位师姐也接话,满脸兴奋的表情:"对了,江映雪的舅舅是咱们医院的副院长,这要是真成了算不算是亲上加亲啊?"

实习不像是读书时期,带教老师和学生之间的关系没有那么不可逾越,年龄相差也不是那么大,偶尔有这类事情发生,成不成都是值得茶余饭后八卦一番的有趣故事。

其他几个在实验室的师兄师姐都互相调侃着,池照则默默地到一边刷起了试管。

傍晚,窗外不知何时飘起小雨,淅淅沥沥地落在地上,很快把干燥的地面给濡湿了。

傅南岸还在跟江映雪谈话。

隐约的人声时不时传来,听不清楚他们都聊了些什么。

他们会聊些什么呢?

几十根试管很快就刷完了,池照把它们倒扣在试管架上。师兄跟他说他可以走了,但他还不想走,于是坐在一边,偏头看着窗外。

春雨无声,悄然打湿路面,街道上的路灯亮起,路上的行人行色匆匆。

池照百无聊赖地用手托着脑袋,思绪又不自觉地飘飞了,傅南岸和江映雪在聊什么?要是傅南岸真的跟江映雪在一起了,会不会没空搭理自己了?然后,自己又成了孤零零的一个人……

理智告诉池照,傅南岸不是这样的人,但思绪纷飞的时候根本控制不住自己的心头所想,池照有些烦躁地拧起了眉心,直到——

"池照?"

傅南岸的声音在耳边响起的时候,池照有一瞬间的恍神。

"想什么呢这是?"傅南岸走近了两步,声音一下子就清晰了起来,"不高兴?怎么叫你好几声你都不回应?"

"我……我……"池照支吾着。

傅南岸又问他:"这会儿有空吗?来帮我检查一下错别字?"

池照很快反应了过来:"噢,好,我已经刷完试管了,我跟您过去吧。"

盲人的生活比想象中的要辛苦很多,特别是对于需要做研究的教授来说,傅南岸需要的很多材料都是需要打印出来的,靠自己没法完成。

失明了就连最简单的写字都是很难完成的工作,一行两行还好,多了就可能叠字串行,手写不行打字就更不方便,虽说现在有语音识别软件了,但有些专业术语软件的识别错误率还是很高。

这几天正是忙的时候,傅南岸正在准备申请项目资金,池照跟着他去了旁边的小办公室,帮他检查项目申请书上的错别字。

夜晚的实验楼是安静的,池照坐在电脑前仔细地阅读着,傅南岸就坐在他身边。偶尔有些实验步骤不清楚，师兄师姐会过来找傅南岸让他去看一眼，大多数时间傅南岸只是安静地坐在池照旁边，戴着蓝牙耳机阅读文献。

又一页文档检查完毕，池照终于忍不住开了口："……傅教授。"

"怎么？"傅南岸摘下单侧的耳机，手机朗读的内容自动停止播放，"有事儿吗？"

他的表情平静而温和，池照犹豫了一会儿，状似不经意地问："您……怎么没看到江映雪啊，她没和您一起回来吗？"

"江映雪？"傅南岸似乎并不愿意提起这个名字，眉头皱了一下，"我让她回去了。"

池照一时没反应过来："回去？她请假了吗？"

"不是，"傅南岸说，"以后都不来了。"

池照有些吃惊，他想过傅南岸会拒绝江映雪，但没想到傅南岸会拒绝得这么干脆。且不说家世如何，江映雪确实是一个很优秀的人，之前傅南岸不止一次地表扬过她。

"为什么？"

"还能为什么，"见他还要追问，傅南岸的表情有些无奈，"刚刚的事儿你们不都看到了，她的心思不在实验上面。"

这两天正是课题组最忙的时候，傅南岸准备申请项目基金，几乎每天都泡在实验室里，大家都超负荷地工作着，江映雪却挑这个时间当众表白。

傅南岸摇了摇头，语气是冷漠的："我想要的是能安心做事的人，这个项目不适合她。"

傅教授的语气太冷了，池照的心猛地坠了一下。

池照知道自己其实也不是时时刻刻都能待在项目组里的，他还要准备考试，很多时候还有别的事情要做。

"那……那我呢？"池照的嘴唇翕动着，很轻地问了句。

虽然成功进了项目组，但池照却觉得自己是不是给傅教授带来了许多麻烦，他的声音不自觉地低了下来："我会不会……很麻

·165·

烦您?"

池照小心翼翼地观察着傅南岸的表情,怕傅南岸是因为照顾自己才让自己留下的,也怕自己帮不到傅南岸什么。

而话题转到傅南岸这里的时候,他微微皱眉,而后很轻地笑了一下。

"想什么呢!"他说。

池照还是不太放心,下意识地问了句:"真的吗?"

"这话说的,你怕什么?"傅南岸无奈地抬起了眼,用那双浅灰色的眸子来感受他,"你很想走吗?"

"我不想!"

池照赶忙摇头说不,语气格外诚恳。

"那就行了。"傅南岸摇头轻笑了一下。

"能留在我这儿的都是我想留的,"傅南岸用指节敲了敲桌面,"专心点儿,早做完早回去。"

听到这里,池照笑了。

池照点头说好,视线再次回到电脑屏幕,嘴角的笑容却藏不住了。

池照觉得自己整个人都要飘起来了。

是傅教授想留他的!

他是能帮到傅教授的!

4.

帮忙改项目申请书不是一件轻松的差事,池照却做得格外认真,受限于设备,语音转换文字时有很多错字,池照一行行检查之后还要把文字排版,一坐就是好几个小时。

"累了吗?"傅南岸不止一次地跟他说,"累就休息一下,也不差这一会儿。"

"教授,我不累,真的。"池照站起来眺望下远处,再坐回电脑前,"我再加把劲,争取早点把这些整理完。"

很多时候就是这样,当你真心实意想要做一件事情的时候,你是感觉不到累的,再苦再累都觉得是满足的,是值得的。

项目审核的日子快到了,池照加班加点地想要快点帮傅南岸整理完申请书,连着好几天快熄灯的时候才匆匆跑回寝室,还被宿管阿姨骂了好几回,他却毫不介意。

"你这是图什么呢?"又一天池照卡着点跑回寝室,钟阳秋不解地问他,"傅教授给你钱了?"

这个问题太好回答了,池照飞快地抄起牙膏牙刷去洗漱,脚踏出寝室门的时候说了句:"没给我钱。就图我喜欢,他也不用给我什么。"

池照还在实习,一边要顾医院那边,一边还要来实验室这边,到底不是个轻松的差事。

这两天池照刚好轮转到了相对比较忙的外科,连着值了几个大夜班,下午的时候一个师兄问了句池照是不是没睡好,怎么都有黑眼圈了。原本只是休息时随口的一句问候,傅南岸却记住了。

晚上再去打资料的时候,傅南岸问池照:"最近没睡好?"

池照怕傅南岸多想,连忙说:"没有没有,就是这两天夜班值得多,过了就好了。"

话虽是这么说,池照从不跟傅南岸诉苦,但傅南岸并非不知道。池照努力让语调上扬是为了让自己的语气听起来热情而有活力,傅南岸的嘴角微微掀起,跟他说:"辛苦了。"

实验室里的光是冷白色的,落在身上冰冷又严肃,但傅教授笑得太温柔了,于是池照眼前的一切似乎都暖了起来:"没,真没什么辛苦的。"

傅南岸不和池照争辩这个,点头说"知道了",坐在池照的身边陪他。

不知道是什么时候养成的默契,池照帮忙修稿的时候,傅南岸总会坐在他的身边,偶尔有些专业名词池照不懂会问傅南岸,大部分时间都是他们在各做各的事。

晚上的实验室是安静的,于是心也静了下来。池照太喜欢这样一起做事却互不干扰的感觉了,傅教授在身边的时候他总是格外舒心。

太舒心了,舒心又安逸,或许是因为这两天确实太累了,池照撑着脑袋去看电脑屏幕,只觉得眼皮越来越沉,越来越重,最终,他脑袋一歪,趴在桌子上睡着了。

"……池照?"

键盘的敲击声迟迟未响,傅南岸拧着眉头喊了声。池照太困了,迷迷糊糊地问"怎么了",嗓音里满是倦怠与困意。

傅南岸的眉心舒展开来,语气压低了,比平时要更轻更柔:"没什么,睡吧。"

他摸索着去把灯关上,"啪嗒"一声轻响,实验室里彻底黑了下来。

黑夜,窗外的霓虹灯光透过窗子洒进来,荧荧的电脑屏幕光前,池照睡得安稳。

傅南岸坐回池照的身旁,片刻,傅南岸像是想起来了什么似的,脱下自己的外套,摸索着搭在了池照的身上。

"睡吧。"傅南岸摸索着,磕了一下,他没作声,怕吵醒了池照,指尖在空中悬了半刻,最后拍了拍池照的背。

他的眼睛是灰蒙蒙的,却又像是盈着光亮:"这段时间辛苦你了。"

池照再睁开眼已经是两个小时之后的事了。

他睡得太舒服了,醒来之后才发现整个实验楼都黑了,电脑都熄屏不知道多久了,他根本不知道自己是什么时候睡着的。

"对不起教授!"

池照连忙去把灯打开,他没想到自己会睡着,万分尴尬地揪了揪自己的耳垂。

傅南岸淡淡地笑了下，打断了他的道歉："这段时间你累坏了吧，要不明天休息一下？"

温和的语气中并没有责备的意思，池照稍稍松了口气，他摇头说不用了，又猛然发现自己手里还抓着傅南岸的外套。

池照的脸有点红了："教授，您的外套……"

毋庸置疑这是傅南岸帮他盖在身上的，池照的指尖揉捏着厚外套，一时不知该说些什么。

前两天下了点雨，这两天一直挺冷的，阴凉的实验室里温度更低。傅南岸脱掉外套之后只剩下一件薄毛衣和一件衬衣，但他就这么坐着等了他两个小时。

"你不说我都忘了，"傅南岸温和地笑了下，打断池照乱糟糟的思绪，"怕你冷我就给你披上了，睡着的时候容易感冒。"

既然提到这个了，傅南岸便也自然地伸出手："来，给我吧。"

见傅南岸的手伸在眼前，池照下意识地把衣服递了出去："谢谢教授。"

"谢什么。"傅南岸抖了下衣服穿在身上，整个动作一气呵成，"说谢就生分了，不然我要给你说多少个谢？"

"嗯，我知道了，教授。"池照笑了下说，"咱们的关系，用不着说谢谢。"

又过了几天，项目申请书递交上去，傅南岸请池照吃饭，说是感谢这段时间他的帮忙。这是两人第一回单独吃饭。

吃饭的地方是池照选的，是个离医院近的餐厅，不仅环境好，味道也好，是池照翻了很多评测才敲定下来的。

好不容易和傅南岸出来单独吃饭，所有的一切池照都准备得很周全。

在池照熟练地报出了一串餐厅的特色菜谱并详细地介绍过口味之后，旁边的服务生捂着嘴笑了起来："先生您经常来我们家吧？

我看您对我们家很熟悉了。"

"没有没有,我是第一次来,"池照被她说得有点不好意思,"我就是提前看了下攻略。"

"那您也太厉害了。"服务生"哇"了一声,马上赞美道,"我家菜色很丰富的,能知道这么多您肯定看了不少资料吧?"

听到这话,傅南岸抬头向池照的方向看了一眼,池照支吾着应了声。

——他都看到傅南岸在偷笑了!

池照以最快的速度点好了菜支走了服务生,傅南岸的脸上依旧带着笑,说:"辛苦你了。"

"不辛苦不辛苦,"池照连忙摇头,"您喜欢就好了。"

池照选的这个餐馆味道确实不错,菜品上桌之后,两人有一搭没一搭地聊着。

大多数时候是池照在说,傅南岸在听,这是两人一贯的相处模式,他们都觉得舒服。

池照说话的时候,偶尔傅南岸会接一两句,傅教授的观点不偏激不愤慨,语气是温和而淡然的,总能说到池照的心坎里去。

就这么面对面吃完了一顿饭,出门的时候池照的脑袋还是晕乎的。

餐馆里面的暖气很足,出来之后好久池照的脸还是红的,温和的晚风吹来,两人并肩慢慢走着,突然发现了一个熟悉的身影。

那个身影离他们越来越近,池照终于看清楚了,那是江映雪的舅舅,五院的副院长。

"哟,巧了吗这不是?"副院长非常热情地上来和他们打了个招呼,"你们也来这里吃饭?"

傅南岸点头,说:"这不是项目申请书刚递交上去,出来庆祝一下。"

左右都是熟人,两人站着寒暄了几句。副院长似乎有话要对傅南岸说，好几次欲言又止，最后还是问了出来："对了南岸，有个事儿……我想问问你。"

傅南岸说："您说。"

副院长咳了两声，表情有点尴尬："我听小雪说你不让她在你那边干了？怎么回事儿？"

总归要有这么一遭的，傅南岸当时让江映雪退出的时候就知道肯定会被问到。江映雪从小养尊处优没受过什么委屈，那天傅南岸拒绝她的时候她都哭了。

"一直没来得及和您说这事儿，"傅南岸开口解释道，语气还算淡定，"映雪有自己的事儿要忙，该复试了却总在我这里耽误事，我就先让她回去了。"

那天的事儿在医院里、群里都传开了，副院长自然也有所耳闻，傅南岸有意没提，要给江映雪留几分面子。

副院长却显然不愿意点到为止："这孩子性子直，什么都不懂，给你添麻烦了吧？"

这简直就是明示了，傅南岸还是笑，知道他话里有话，指尖抚摸着盲杖，缓缓说："年轻人嘛，也正常，再长大点就好了。"

听傅南岸说这话，副院长明显松了口气，傅南岸确实优秀，但作为家长，很少有人真的甘心把自家孩子嫁给个大她十多岁的盲人。

副院长："我也是这么想的，这孩子真是拎不清，年纪轻轻的非得要跟一个——"

话说到一半，副院长就意识到不合适了，讪讪地笑了下："我不是那个意思啊南岸……就是……"

"没关系。"傅南岸温和地笑了笑，主动帮他解了围，"我们确实不合适，映雪太小了，我对她没这个心思。"

副院长松了口气，顺着傅南岸的话问他："喜欢什么样的，给你介绍一个？"

傅南岸摇头笑笑，说："不用。"

或许还是觉得尴尬，又寒暄了两句，副院长就走了。

刚才两人说话的时候，池照一声没吭，这会儿只剩下他和傅南岸两个人，池照马上憋不住了："教授您刚才干吗对他那么好脾气啊？"

池照没傅南岸那么心大，看不惯这些："他这不就是歧视吗？盲人怎么了，您还不够厉害吗？"

"也没什么。"傅南岸笑笑，手握住盲杖慢慢向前探，"他想得也没错，人之常情，社会环境就是这样的，盲人能走出来的太少了。"

"那也不能不看事实就怀疑您吧。"池照马上反驳，他知道有很多盲人因为各种原因不能独立生活，因此更觉得傅南岸厉害。

"我就没觉得跟您在一起有什么不好的……您多厉害啊，看不上您是他们眼光不好。"

池照义愤填膺，声音都有点哽咽了。

傅南岸笑了，故意逗他："你眼光好？"

"那必须好！"池照想也不想就点头，话到了嘴边又顿了一下才想起来这是在讨论什么。他有些尴尬地咳了一声，还是说，"反正……我就觉得您好。"

傅南岸的嘴角掀起一点，问他："哪儿好？"

池照想了想，回答："哪里都好。"

被人看轻的滋味总不是这么好受的，傅南岸不说，池照也知道。

话说到这里稍有些冷场，池照停顿了一下，又认真地说了一句："反正在我心里您就是特别优秀的人，不管您眼睛看不看得到。"

傅南岸摇头低笑，晚风拂过指尖带来微微的凉意。傅南岸很轻地说了句："……谢谢。"

第八章
想要像影视剧一样帅气

1.

快乐的时光总是过得飞快,转眼又过去了两周,春意很浓了,池照又轮转到了一个新的科室,新的生活有了新的挑战。

池照也要着手准备申请学校了。

这并不是一件容易的事,国外学校的申请比国内更难,有很多手续要办。

某个晚上,傅南岸还特意来问池照,问他:"学校申请准备得怎么样了?"

"准备得差不多了。"池照老老实实地说,"在找老师写推荐信。"

"教授……"池照犹豫着问,"我要是突然走了,您会不会觉得不习惯,没人帮您敷眼睛了?"

这其实也是池照担心的问题,他一直担心着傅南岸的眼睛。

"肯定会不习惯的,"傅南岸顿了一下,又笑着说,"但我希望你去看看外面的世界。"

他的语气温和而沉稳,是极其有力量的。

傅南岸是池照最喜欢的老师,且真的帮了池照很多。

两人顺着这个话题聊了很多,池照把自己的想法说给傅南岸听。

傅南岸问池照打算选什么科室,池照笑了笑,说:"眼科吧。"

池照说得很坦然也很坦诚,在认识傅南岸之前他就想选眼科了:"眼科挣钱嘛。"

如果说一个人完全没有私心那也是不可能的,池照说的是实话。

俗话说"金口腔银眼科",眼科是医院里公认的好科室,池照小时候穷怕了,刚开始想报眼科就是图它挣钱。

但干一行有一行的乐趣吧,慢慢接触得久了,池照也是真喜欢上眼科了,发自内心地想要帮帮那些病人。

眼睛是一个很重要的器官,在傅南岸身边待得久了,池照切身体会到了盲人的生活有多难,连傅教授这么优秀的人都会因为眼睛被歧视,更不要说其他人了。

医学之路漫长,池照愿意献上自己的那一点点光亮。

当然,池照还有一点小小的私心,与傅南岸有关。现在的医疗水平进步很快,池照一直希望有一天傅南岸能再看见。

后面的那些理由都太大了,池照没说,他只说自己是因为钱,但傅南岸其实明白。

池照是一个很纯粹的人,他很善良也很温柔,从他想要帮助元良,从他对那些病人的态度上都能看出来。

健康所系,性命相托,池照身上有着作为医生那种独特的使命感。

傅南岸笑着说:"眼科是个很好的专业,想学就学吧。"

池照学什么傅南岸都是支持的,他想要那就尽力帮他。

国外学校看重推荐信,傅南岸便辗转联系到了一位国内眼科界的"大牛"为池照写推荐信,拿出了十分的诚意。

中间人是傅南岸的同学,也是费了好大劲儿,他问傅南岸:"这小孩儿是你什么人?你怎么这么上心?"

傅南岸笑了一下,半真半假地说:"家里的小孩儿。"

拿到推荐信的时候,池照简直怀疑自己是在做梦,给他写推荐信的这位大佬他听说过名字,绝对是一等一的牛人。

这位大佬平时忙得根本找不见人,想让他写推荐信不是件容易的事,池照看到的时候眼睛都有点潮了:"您太好了,您帮了我这么多,我都不知道该说什么了。"

傅南岸的表情依旧淡然,说:"我也只是搭了个线,教授愿意写也是你应得的。"

越牛的人越看重名声,不是说给钱就给写的,傅南岸和那位眼科教授沟通了很久,教授也是真心觉得池照不错,这才愿意下笔写信,推荐池照去学习深造,希望他对眼科做出贡献。

傅南岸把两人沟通的过程告诉了池照,池照却还是摇头,知道自己是沾了傅南岸的光,没有傅南岸的话,他根本连在那位大佬面前露脸的机会都没有。他说:"您对我太好了。"

"这就好了?"傅南岸摇头笑笑,"以后你会碰到更多更好更优秀的前辈。"

"那些跟您又不一样,"池照赶忙说,语气很严肃,"您就是我最敬重的前辈。"

说话的时候,池照又笑了一下,半开玩笑似的:"怎么,您是希望我把您给忘记了吗?您希望我之后不再跟您联系了?"

"怎么会。"傅南岸顿了一下。

池照踏实、认真,是傅南岸眼中优秀的学生,所以才更希望他好,希望他去到更耀眼的舞台。

又半个月过去,池照的邮件发出去了,学校定下来了。

傅南岸这边的项目也有了新进展,项目的资金申请需要答辩,他的眼睛看不见,还需要一个人帮忙放演示文档,于是池照便陪着他一起去了。

毕竟眼睛看不见,傅南岸每到一个不熟悉的地方时池照都有些担心,之前下乡的时候傅南岸就崴到了好几次。

傅南岸走路速度不快，盲杖点地时发出"啪嗒啪嗒"的声响。等候室里的人很多，许多业内的大佬都带着学生一起过来，乌泱泱的人群之中，拄着盲杖缓缓前行，身边还形影不离地跟着个人的傅南岸自然成了焦点。

"哇，你看那个教授怎么还拿着根盲杖？"

"真的吗？他眼睛看不见？看着不像啊！"

"好像是听说今天来的有一个盲人教授，就是不知道是不是这位。"

窃窃私语落在耳边，傅南岸显然是习惯了，他很自然地让池照去看他们的位置在哪里，然后对号入座。

傅南岸能习惯，池照却不习惯。

等候室的桌子上放了名牌，池照带着傅南岸在位置上坐下，周围讨论的声音依旧不绝于耳，池照浑身不自在。

在五院的时候大家都知道傅南岸的情况，从来不会这么议论，而这里人多嘴杂，总免不了有人好奇。

从他们进门开始，好几个人的眼神就一直往傅南岸这边瞟，更有甚者还假装不经意一般伸手在傅南岸眼前晃，是好奇也是窥探。

池照太了解这种目光了，他在福利院的时候就常被人这么看，他们是把他当作了异类。

那些人议论着质疑着，池照抿着嘴唇没有说话，心里却忽然紧张起来。

不似之前池照自己参加比赛那种紧张，这是一种无形的压力，因为你是残疾人，所以别人对你有一种天然的另眼相看。

或是歧视，或者自以为是的同情。

这是一种很难避免的情绪，你必须更努力，比别人更优秀，优秀得多，才能抵消或者部分抵消这种来自健全人天然的优越感。

眼睛和别的器官还不一样，腿可以装假肢，眼睛换上义眼也一样看不见，眼睛太重要了，也就显得证明自己的过程格外困难。

候场的时间里,池照忍不住一遍遍翻看着准备好的资料,等着一会儿帮傅南岸放演示文档。

明明先前演练过无数次了,池照这会儿却依然紧张。

紧张的时候时间是过得飞快的,傅南岸抽签的顺序不算靠前,但池照还是觉得一眨眼就到了他们。

"傅南岸教授在吗?"

很快有工作人员来喊傅南岸了,傅南岸举手示意后站了起来。

池照便跟在他的身后,路过那些人时池照又听到了那些议论的声音,而他们也终于走到了会议室。

会议室的门开了,眼前是一整排表情严肃的评委,进门的瞬间一股无形的压力压了上来,池照的紧张情绪也在这一刻达到了顶点。

傅南岸让旁边的工作人员帮忙插上U盘,打开PPT。工作人员递来了白板笔,他用手示意池照来接,池照顿了一下,下意识喊了句:"傅教授。"

傅南岸挑了下眉,听出他语气中的紧张:"怎么,紧张吗?"

池照抿了下嘴唇,诚实地回答道:"有点。"

池照确实紧张,这次答辩关系到他们整个实验组接下来很长一段时间的发展。会议室里很安静,安静到只能听到电脑的风扇声,傅南岸的指尖在池照的掌心画了个圈:"怕什么。"

傅南岸的声音很稳,又带着一点笑意:"有什么好怕的?"

话说完,傅南岸就开始讲了,他的声音平静沉稳,听着他有条不紊的演讲,池照整颗心都静了下来。

他深吸一口气,专心地帮傅南岸翻着PPT,配合着傅南岸的节奏,一页又一页地进行下去了。

是啊,有傅教授在呢,有什么好怕的?

2.

稳了。

傅南岸的话一出口,池照的脑子里便只剩下这两个字,像是吃了一颗定心丸。

傅教授的表现太稳了,从开始到结束,他全程语言流利、逻辑清晰,依旧是温和而沉稳的态度,没有任何人会质疑他的实力。

哪怕后来有几个评委提出稍显刁钻的问题,提到了傅南岸的眼睛,傅南岸的回答依旧不卑不亢。

"我的眼睛确实是我的伤痕点,直到现在我也会遗憾,我不回避,也不辩解,你要说盲人和普通人完全一样是不可能的,诸位会怀疑也正常。但眼睛并不能说明一切,我过去的那些成绩就是最好的证明,我的项目也是证明,我从来没有质疑过自己的能力。"

这句话是绝对自信的,傅教授也有自信的资本。

其实提这个问题的老师想要的就是个态度,傅南岸的回答结束之后,池照看到了那位评委老师满意的笑容,其余的评委老师更是不必多言。

是的,这就是傅南岸的实力。

刚开始听他答辩的时候,池照还有些紧张,而当傅南岸开始阐述的时候,池照很快就冷静了下来。

其实文本材料池照已经很熟悉了,这个项目全程他都有参与,项目申请书都是他帮傅南岸打出来的,但现场听傅南岸答辩的感觉还是不一样的。

在这样一个绝对紧张的环境中,傅教授依旧能保持沉着与淡定,于是池照一颗惴惴不安的心也稳了下来。

答辩结果出来之后,傅南岸的项目毫不意外地排在了第一的位置。

其他几位同场答辩的人原本还有些不服气,见过傅南岸的项目申请书之后却什么话也说不出来了,挑不出毛病,确实漂亮。

还有好几个之前议论过傅南岸的人私底下来找他道歉,问之后能不能和他合作。

傅南岸的态度很温和："有机会的话可以。"

傅教授的态度一直是温和的，不管面对什么质疑都是这样。那些偏见似乎没有在他心底留下任何伤痕，池照是真的佩服他的心态。

后来有次实验室的几个人闲聊，追忆往昔时聊到傅南岸大学的那段时光，池照才知道原来傅教授也有过失落沉沦的时候。

一个师姐难以置信地问："您真有过不能接受的时候吗？感觉好不可思议啊。"

"有什么不可思议的，"傅南岸摇了摇头，答得很诚实，"好歹我当时也是眼科的高才生，我那时候都被保送了，查出这样的病谁能接受？"

傅南岸说这话时是半打趣的语气，但池照听出了其中的遗憾。

说没遗憾是不可能的，太假了。

不只是梦想的问题，眼睛看不见这一点就足以让人崩溃，说是天之骄子一朝陨落也不为过。很多人看不见以后生活质量直线下降，甚至连最基本的生活都维持不了。

这段经历确实沉痛，傅南岸无意多提，大家也都没有多问。池照的心却一直坠着揪着，他没法不去担心。

晚上，池照送傅南岸回家，这段时间他们总会一起走，可以同路一段距离。

路上晚风吹拂，两人又聊到傅南岸的眼睛这个话题时，池照没忍住问了一句："那教授您当时是怎么调整过来的？"

话一说完，池照就后悔了，这问题确实尖锐。

怕傅南岸回想起不愉快的经历，池照连忙解释："教授，我就是随便问问，没什么别的意思，不然就当我没问吧。"

池照怕傅南岸不开心，说完之后满脸紧张地看着傅南岸。

傅南岸只是微微一怔便笑了起来："这没什么，没什么不能说的。

"真的不在意那也是不可能的，主要还是学会调整自己吧。就像咱们心理学说的那样，内心的疗愈是一个很重要的过程。"

傅南岸也有过失意沉沦的时候，他一直是天之骄子，是所有同学和老师眼里最耀眼的存在。

刚查出这个病的时候，傅南岸根本无法接受。当时的他原本已经被保送读研了，却因为这个病一下子跌到谷底。导师不接收，他也没办法接受这样的自己，于是原本的天之骄子成了一个废人。

这确实没法让人开心，提起这段的时候，傅南岸的语气很沉重："从学校回来之后我就整天把自己关在家里，谁都没法叫我出来。我能感受到眼前一点点黑下去，却毫无任何办法。我太想看见了，我拼命地看书，可是我越是拼命，眼前就黑得越快。"

这种感觉太致命了，单单是听着傅南岸的描述，池照都觉得痛苦不堪。

他在心里骂了自己无数次，为什么要提到这个话题，为什么要提起傅教授的伤心事。

傅南岸的语气顿了一下，又重新轻松了起来："别难过。"

他像是松了口气似的笑了一下："其实我也没那么不幸，我有一个很健全的家庭，我的朋友也都在支持我、帮助我。"

陪伴确实是一个很重要的东西，对谁都是一样。人无法脱离群体而独立存在，在心理科实习时，池照深切地体会到了这一点。

知知因为父母的漠视而出现心理问题，元良因为父亲的打骂而失去对生活的信心……

"当时的我确实很绝望，但是我遇到了几位很好的朋友。"

提起这段经历的时候，傅南岸是面带笑容的。黑暗褪去之后便是光亮，这其实是他记忆深处最浓墨重彩的一段。

"一位是你们眼科的邹主任，另一位其实你也见过，是负责这次答辩的评委之一，姜明远教授。"

"姜明远教授？"听到这个名字的时候，池照有些愣怔，傅南岸之前从未提起过他。

答辩的时候，池照确实见到了姜明远，但他对傅南岸并不热络，也或许是他的眼神有些凌厉吧，池照刚开始还以为他对傅南岸有什么意见。

"他是我大学时候的师兄，其实也不算，"傅南岸仔细想了一会儿他们的关系才说，"他是我当时保研的那位老师手下的研究生，那时候我被取消了保研资格，是他一直在安慰我。"

那时候正赶上邹安和大五去实习，很长时间都是姜明远在陪傅南岸。

姜明远的学习压力也挺大的，但他还是经常去找傅南岸，陪傅南岸说话，鼓励傅南岸不要放弃。他们几个朋友还给傅南岸买了一只小狗，虽然那狗没活多久就因为生病死了，但那种软乎乎的感觉却一直停留在了傅南岸的心田。

改变都是在潜移默化之间发生的。

刚开始傅南岸自然是不能接受别人的好意的，他觉得他们是在可怜他，甚至还跟很多人发过脾气。

后来在几个朋友的鼓励之下，傅南岸抱着试一试的态度选择了心理科，这才一步步走到现在。

傅南岸笑着说："能碰到他们是我的幸运。"

过去的故事到这里就讲完了，一个人只要在心里站起来了，那再多的苦难也都可以撑下去了。

傅南岸选择心理科之后依然碰过无数次壁，被导师拒绝，被病人否认，但因为有着家人和朋友的支持，他终于得以一步步走到现在。

听完故事之后是良久的沉默，两人就这么并肩行走着，心里都不好受。

过了很久，池照才鼓起勇气说道："都过去了教授。"

"嗯，过去了。"

每个人或多或少都有过不幸，而傅南岸的不幸却格外打击和摧毁人心。

池照很遗憾没能在当年的时候认识傅南岸，但又很庆幸傅教授有这样的朋友相伴左右，并最终重新走了出来。

或许是这个故事给池照留下了太深刻的印象吧，回去之后池照难得地失眠了。

躺在床上，他不断回想傅南岸过去的故事，最后好不容易睡着，他做了一个长长的梦。

梦里他作为主角亲身经历了一遍傅教授的苦楚，他感受到了那段经历的难挨，被人嘲笑，被人歧视，还有出行的各种不便。他们跟他说盲人就不要出来了，不要浪费社会资源。

梦境与现实混乱地交织在一起的时候，池照甚至梦到了他们的这次答辩。

他梦到他们的项目落选了，他梦到所有人都对傅南岸的眼睛有偏见，说傅南岸不行，说傅南岸能力再强也不如别人。

那是一种很无望的情绪，根本无法辩解……

池照惊醒时出了一身的汗。

此时才刚早上五点，外面的天是黑的，池照更是心慌。

池照摸索着拿出手机给傅南岸发了条消息，消息发出的时候，手机屏幕是亮着的，池照的心跳依旧很快，他把手机捂在了心口。

【傅教授，我们的项目真的没问题吗？】

清晨，第一缕阳光照射进来的时候，傅南岸的消息回了过来，很简单的两条。

【怕什么。】

【信我。】

于是池照那颗惴惴不安的心再次安定下来。

3.

傅南岸的一句话就让池照安了心，有傅教授顶着怕什么。

又聊了两句，池照握着手机躺在床上，迷迷糊糊地睡了个回笼觉，再醒来的时候其他几个室友都已经走没影了。

池照这天休息，不着急出门，慢悠悠地洗漱完之后去了实验室。

陈开济跟了傅南岸别的项目，特意跑过来找池照说话，说是要沾沾他们的光。

"这次你必须得请我吃饭啊池哥。"池照还坐在角落里看书，陈开济上来就揽住了他的脖子，"我看你每天忙前忙后，这项目绝对有你的一半功劳。"

池照被他吓了一跳，觉得被他搭着脖子难受，伸手把他的手臂扳开了："我们项目组的事儿请你吃什么饭？我出力还得我出钱？"

陈开济笑嘻嘻的，没脸没皮地还要往池照身上靠："那怎么了？咱俩啥关系，你和傅教授啥关系，四舍五入就都是一家人，一家人还说两家话吗？"

也不知道是哪里来的歪理。池照不让陈开济往自己跟前凑，往后退远了一点："去去去。"

又扯了半天别的，眼看着陈开济还要继续讲，池照拍了拍陈开济的肩膀："放心兄弟，等拿下这个项目一定请你吃饭。"

努力了这么久，眼看项目就要审批下来了，整个组的人都很高兴，师兄师姐斗志昂扬地干活，整个实验室里都是欢声笑语，大家都商量好晚上要去哪里庆祝了。

下午公示名单出来，却没有他们组的名字。

看到公示名单，实验室里霎时就沉默了，过了好久才有人怯怯地出了声："这是不是……搞错了啊？"

最终名单是要在官网上公示的，但在这之前他们明明已经听到风声说他们的项目是第一。

几人非常默契地刷新网站页面，关掉，再打开，公告栏的名单依旧没变——他们落选了。

沉默。

还是沉默。

众人的笑容都僵在脸上，显然大家都没设想过这种情况。

最后还是陈开济先开了口，语气笃定："你们打电话去问问吧，这肯定是弄错了，之前答辩的分数排名不都已经出来了吗？还能因为什么被刷掉？"

答辩的排名基本上就是最后的名单了，之后各种审核都是附带走个流程罢了。

陈开济这么一说才算是打破了实验室里沉寂已久的氛围，大家也都觉得这太过匪夷所思。

一个资历最老的师姐点点头："对，咱们去问问吧。"

另一人说："先给傅教授打个电话。"

傅南岸今天去了门诊，这会儿还没来实验室，几人正想给他打电话，而傅南岸那边显然已经收到消息了，先他们一步打了过来："先别担心。"

隔着手机听筒，傅南岸的声音依旧很沉稳："我已经托人去问了，最快晚上就能得到回复。"

傅教授发话了，实验室里的几个人才算是稍稍安心下来。

他们一人说了句"好"，心里还是抱有希望的，他们都绝对相信自己的实力，不相信会被刷掉。

焦急等待结果的时间注定不会太舒坦。

项目暂时没批下来，但该做的工作还是要做的。

退一万步来讲，就算是这个项目真没被选上，他们还要争取下一次的机会，生活中总有碰壁的时候，他们不可能因为一次的失败就说放弃。

晚上七点，正是实验室里最热闹的时候。

傅南岸也在实验室里，他跟别人换了班，早早就来盯着学生们做实验。说是盯着，其实更多的是安慰，发生了这种事大家心里都不好受,有傅教授在项目组就有了主心骨,他是他们的后盾。

而除了做实验,大家都在心照不宣地等待着什么,是希望,也是审判。

"来电提醒,张教授,158……"

评委组那边的老师来电话了。

实验室里很安静,傅南岸起身走到实验室外。

池照有点不太放心,蹑手蹑脚地跟了出去。

走廊里很安静,池照小心翼翼地走到傅教授旁边。傅南岸看不见,并没有发现他的存在。

池照屏住呼吸,从两人一来二去的对话之间,大概听明白了他们在说什么。

张教授是专家组的评委老师之一,代表着一定的权威,他说作为他本人而言很欣赏傅南岸的项目,但这是一个校企合作的项目,答辩结果并非最终结果,实际可行性还要由基金会那边进行评估。

像是什么都说了,又像是什么都没说。

池照不知道这种机构组织是不是都喜欢敷衍了事,很难从他们的话中找到一个确切的答案。

张教授的意思很明显,他们很欣赏傅南岸,对这个结果表示遗憾,但既定的事实无法改变。

既定的事实无法改变,那要个理由应该不过分吧?

情绪激动之下,池照发出了点动静,傅南岸马上朝这边看了过来:"谁在那儿?"

池照一时不知该不该承认。傅南岸已经挂断电话,朝池照这边看过来了:"是池照吗?"

不得不说,傅教授的感觉太敏锐了,想要瞒住他很难。

既然瞒不住,池照就不瞒了。

池照摸了下鼻尖,有些不好意思地叫了句:"傅教授。"

"真是你啊。"听到池照声音的时候,傅南岸的表情缓和了下来。

池照问傅南岸怎么知道是自己的,傅南岸笑了笑,说:"也就你会跟出来偷听了。"

池照不好意思地揉了揉脸。

"听到了多少?"傅南岸问他。

池照犹豫了一会儿,说:"好像都听到了。"

傅南岸又问:"是不是觉得挺生气的?"

池照点头说是。

傅南岸说:"我也生气。放心,这事儿不会就这么算了。"

他顿了一下之后又继续说,语气很稳也很沉:"我可以接受任何的失败,但一定不是在这种不明不白的情况下。"

傅教授一直是这样的人,自己是这么做的,也是这么教导池照他们的。

人应该为自己的权利而抗争,无论最后的结果如何。

接下来的几天,傅南岸明显忙碌起来,各处打听消息,寻找证据。

忙碌之中,傅教授明显瘦了一圈,池照常看到他神色匆匆地走来又神色匆匆地走开。没两天傅南岸的额角上就多了一大块瘀青,是走太快没注意磕的。

傅教授着急,池照也跟着着急,看到傅南岸脸上的伤口,池照比伤到了自己还难受。

他一有空就跑到傅南岸的办公室里帮他敷药,活络油抹在瘀青上冰冰凉凉的,池照小心翼翼地揉着,问傅南岸现在是个什么情况。

"还没确定,"傅南岸的眼神疲惫却也坚定,"但是总会有确定的一天。"

在这件事上,池照帮不上什么忙,好在傅南岸还有师兄姜明远愿意帮忙,池照听说他也来帮忙觉得安心多了。

"姜教授,有什么需要的您尽管提,"那天在傅南岸的办公室里偶遇姜明远,池照说得恳切认真,"我会的不多,但我能帮忙的地方我一定会帮的。"

姜明远是位四十出头的教授，五官有些凌厉，表情却很和蔼。

听到池照这么说，他笑了一下，而后很温柔地搭了下池照的肩膀："放心，我会帮你们傅教授的。"

傅南岸和姜明远给人的感觉都是很可靠的人，有他们出马，池照的担心也少了许多。

又一天池照去帮傅南岸买饭，回来的时候正好见到姜明远在傅南岸的办公室里，池照不欲打扰他们，于是在门外等了很久才进门。

池照进门的时候姜明远正要走，池照问了句："姜教授一起吃饭吗？"

姜明远的脸色不太好看，勉强笑了下，说："我这会儿有点事，下次吧。"

傅南岸的脸色也同样不好看，池照进门便开始担心起来。

他连忙把手上的饭放在一边，问是不是出了什么状况。

傅南岸语气淡淡地说道："没事儿。"

4.

没事儿。

傅教授总习惯把"没事儿"挂在嘴边，什么时候都是这样。

项目落选了，大家都不开心，而傅南岸显然是最着急的那个。几天下来，他肉眼可见地瘦了一圈，眼周是乌青的，嘴角也燎起了泡。

池照看在眼里急在心里，却什么都做不了。

着急的远远不止池照一个，整个项目组的人都很着急。见到傅教授这样，大家都不好受，甚至有人产生了放弃的想法。

"要不然……算了吧？"不知是谁开了个头，很快就迎来了一群人的附和。

"是啊，不然就算了吧，这次就是个意外，咱还有下次呢。"

"那必须的，咱小组的能力咱都是有目共睹的，还怕这一次马失前蹄吗？"

.187.

"还不如现在安安心心先做实验呢,反正下次答辩也很快就要开始了,咱们下次一定能拿下。"

人总是擅长自我调节的,大家都不愿意就这么一蹶不振下去,七嘴八舌地商量着之后的实验安排。传到傅南岸那里的时候,傅南岸沉默了很久。

傅南岸的指尖拂过盲杖,说:"再给我一点时间。"

傅教授的语气是疲惫的,是池照从未见过的疲惫。

池照不知道自己要做什么,也不知道自己能做什么,他只能有空就往傅南岸那里跑,帮傅南岸做些力所能及的小事,比如帮他敷眼睛。

温热的毛巾搭在眼睛上,傅南岸问池照:"你是怎么想的?"

池照愣了一下:"什么怎么想的?"

"就这件事,"傅南岸说,"他们都说不如放弃算了,你是怎么想的?我想听听你的意见。"

到目前为止,池照一直没发表过自己的意见,怕干扰到傅南岸的思路,也怕给他增加压力,但傅教授既然问了,池照也不瞒着,于是顿了一下,说:"我觉得不能就这么算了。"

傅南岸问:"为什么?"

"就觉得不能吧,"池照说,"您之前不是也说权利要靠自己争取吗?我们的就该是我们的,不应该被别人抢走,或者至少得有一个理由。"

池照说得很恳切,说完之后他便抬眼看向傅南岸,反问道:"教授您觉得呢?"

傅南岸沉默了一会儿,说:"知道了。"

片刻,他低声呢喃了一句:"再给我一点时间。"

之后,傅南岸没再说话,池照也没。敷完眼睛之后,池照便默不作声地离开了。

临走的时候,傅南岸依旧坐在桌前,脸上是池照从未见过的疲惫。

池照深深看了他一眼,下定了什么决心似的,大步迈出了办公室的门。

之后的几天,傅南岸一直很忙,忙到每天东奔西走,饭都顾不上吃,忙到不知不觉已经好几天没和池照联系了。

一晃又两天过去,项目小组慢慢开始做实验了,傅南岸来看的时候没有支持也没有反对,只是突然发现好像少了个人。

傅南岸问:"池照怎么没来?"

一学生答:"他这两天好像有事儿。"

傅南岸反问了句:"有事儿?"

"不知道具体是什么事儿,"那人说,"反正他就说自己有事儿,要请假。"

傅南岸心道自己确实是太忙了,竟然连池照请假了都没发现,他在微信上发了条消息问池照发生了什么。

过了一会儿,池照的消息回复了过来。

【没事,傅教授,我这两天有点自己的事儿,过两天就去实验室。】

池照不说,傅南岸也不多问,每个人都有自己的私事,傅南岸不是喜欢追问到底的人,他相信池照能处理好。

他一直是相信池照的,但相信和担心总归是两码事。

接下来的好几天,池照都没来实验室,也没去帮傅南岸敷眼睛。傅南岸怕池照那边出什么事,于是特意去了他那边一趟。

这天晚上是池照值班,傅南岸特意调了班,卡着点推开了值班室的门:"池照在吗?"

池照正趴在桌子上写东西,看到傅南岸时愣了一秒,显然有些意外:"教授?您怎么来了?"

"我不能来吗?"傅南岸挑了下眉,故意逗他。

"没有没有,您来我肯定欢迎。"

池照连忙给他找椅子坐下。

傅南岸说了声谢谢,又问:"最近几天你在忙什么?怎么一直没有过来？"

　　傅教授向来是很关心别人的，对池照更是这样。

　　他坐在池照旁边，手很自然地搭在桌子上，浑身上下都透着温和。

　　池照已经四天没来实验室了，傅南岸确实担心，怕他有心事，也怕他不开心。哪怕自己忙得焦头烂额，傅南岸却一直是挂念着池照这个学生的。

　　"没，没忙什么。"

　　池照支支吾吾的，傅南岸明显意识到了不对，池照之前说在忙这会儿又说不忙，这明显是自我矛盾了。

　　"没关系的，"傅南岸的语气缓和了一点儿，温声对他说道，"有什么事儿你跟我说，别憋在心里。"

　　"我……"池照深吸一口气，似乎想要说点儿什么，但最终还是叹了口气，"真没事儿教授，真的。"

　　嘴上说着没事儿，池照却下意识地把桌子上的东西往后推了推。

　　只可惜傅南岸的眼睛看不见，看不到桌上的东西，也没有发现他反常的动作。

　　池照低头看了眼桌上的东西，深吸一口气："教授您等等我，等我写完了就告诉您。"

　　傅南岸问："写什么？"

　　"一个……"池照斟酌着措辞，"一个很重要的东西。"

　　之后两人就没再聊这个话题了。夜还长，他跟池照有一搭没一搭地聊着。

　　聊天的时候，池照忍不住一直盯着傅南岸的眼睛看，那是一双很漂亮的眼睛，只可惜像是蒙了层雾似的毫无光泽。

　　这是一个很愉快的夜晚，值班没碰上什么大事，两人不知不觉聊了很多，他们都闭口不提项目落选的事，只说开心的话题，脸上露出了久违的笑容。

　　此时距离他们的项目落选已经过去六天了，事压在心头的时候犹如重石在肩，今天两人终于有了难得的好心情。

傅南岸一直待到夜深了才回去。

第二天一早，池照重新出现在了实验室。

见到池照过来，傅南岸还有些意外，没想到会这么快："你的事忙完了？"

池照点头："差不多了，还差个收尾的工作。"

"什么收尾？"听到两人的对话，一个师兄赶过来凑热闹，他笑着撞了下池照的肩膀，"咱小池还有什么秘密工作没有告诉我们？"

实验组的人关系都不错，都是每天朝夕相处的，是战友也是朋友。这几天池照没来大家都很担心，这已经是第三个来问池照情况的人了。

池照笑了下，解释说："过两天你们就知道了。"

师兄乐了："你小子不够意思啊，还真有秘密瞒着我们？"

池照点头又摇头，说："你们会知道的。"

之后师兄又旁敲侧击了几次，池照依旧什么都没说，嘴巴严实得跟粘了胶水似的。

师兄是真没辙了，什么办法都使上了，最后也只能摇摇头说："算了算了，我不问了。"

他感叹："你小子的嘴巴可真严实，难不成还给我们准备了什么惊喜？"

池照默认了他的夸奖，片刻，又低声说："希望是个惊喜吧。"

池照要给大家准备惊喜了，到中午的时候这个消息就在整个实验组里传开了，好几拨人都来问池照到底是怎么回事。

池照按了按眉心，有些无奈地感叹："这也传得太快了。"

"既然传了，那你就说嘛，"一个师姐劝他，"反正早晚都要知道的，你不如早点说。"

池照张了张口想要说点什么，另一位师兄也开了口："现在大中午多好的时间，要真是什么好事儿咱还能赶上去外面吃个饭呢！"

"就是就是！"

"吃饭吃饭!"

大家七嘴八舌地附和着,这几天确实都憋坏了。

落选的事儿在他们心里待了很久,现在好不容易有了点儿可以调节气氛的事儿,一群人都逮着池照逗他。其实池照说不说无所谓,大家就是想乐呵乐呵。

落选是个很遗憾的事,所有人心里都是这么想的,但现实情况摆在这里,也不能永远都过不去了,一周的时间足够他们重整旗鼓继续努力了。

眼看着公示期就要过了,事情要成定局,大家便都在准备着下一次的申请了。

"都过去了,过去了。"

每个人都是这么说的,收心了,把精力都投入下一次的申请中去了。

池照抱着电脑噼里啪啦打了很久的字,最后按下了回车键,用一种很平静的语气说:"这事儿还没有过去。"

他说:"咱们这个结果是有问题的,我实名举报了项目审核组。"

5.

这确实是个惊喜,或者说是惊吓更合适些,池照的声音落下的瞬间整个实验室都安静了,鸦雀无声。

"你疯了吗,池照?"安静两秒之后,一个师姐惊呼出声,她的嗓音因为着急而直接破音了,"冷静一点啊,别这么冲动!"

影视剧中的类似情节都是很帅气的,主角不畏强权,主角无所畏惧,主角凭着一腔热血举报终于得以翻身,主角……

剧中的主角不会失败,现实生活中却没有这么幸运的人,现实生活中没有那么多非黑即白的东西。

"你有证据吗,池照?你确定他们真的有问题吗?"另一位师兄问池照,他上来直接抓住了池照的手臂,"你知不知道实名举报你也要担责任的,要是最终查出来没问题你就完了。"

"是啊池照，你冷静一点吧。"又一个人凑到了池照的身边，唉声叹气道，"趁现在还能撤销举报你去撤了吧，就为了这一个项目不值得赌上你的前程啊。"

所有人的反应都很激烈，大家都没想过池照会做这样的事。

平心而论，他们确实不满，确实有很多怨言，但是这只是一个小小的项目，他们所有人都没有证据，连傅教授都没有说话的事，池照一个学生又何必插手呢？

以后还有那么多机会，如果就因为这件小事让前程受到影响，那也太不值得了。

"算了吧。"所有人都对池照这么说，"把举报撤了吧。"

大家的劝阻都很真诚，是真心实意为池照考虑的，他们期盼着池照能够改变主意。

池照只是摇了摇头，他的脸上满是疲惫的神情，那是他熬夜写了许多材料留下的印记。

池照早就预料到大家的反应了，他铁了心要做这件事，所以在众人劝阻之前就把举报材料提交了上去。

他说："已经来不及了，没有反悔的余地了。"

池照说完，实验室里的众人就沉默了，气氛有些压抑。

举报信投出之后再无撤回的可能，而之后的一切后果都只能由池照承担。

池照的实名举报递交上去了，等待着他的是无尽的谈话。

一层一层的领导过来找池照谈话，了解情况。

这确实是一件很麻烦的事，可能影响到一个单位或者更多单位的名誉，有很多领导找池照谈话都是同一个目的：劝他放弃举报。

"要不然你就道个歉，就说自己想错了，这件事就这么过去吧，我们不往上报了。"

"小伙子何必这么倔呢？以后的机会还多着呢，你们傅教授的能力你还不知道吗？"

"如果你这是没有证据的举报,到时候查下来,后果你能承担得起吗?"

池照始终软硬不吃。

"所以你到底是为什么啊,池哥?"不只是别人,就连陈开济也觉得困惑。

池照的事在整个实习生圈子里传开了,有人暗暗赞许他的勇气,也有人不理解,觉得他太冲动。

晚上陈开济又把池照拉到天台上,晚风呼呼地灌入衣服里,他问池照:"你怎么会突然想不开要去举报啊?"

池照站在栏杆旁边,远处的天际是模糊的,他没有回答。

陈开济问他:"觉得不公平吗?"

又问:"咽不下这口气?"

再问:"或者还有什么隐情?"

晚风吹在身上凉飕飕的,任凭陈开济怎么问,池照依旧沉默不语。

他太沉静了,一声都不吭,一副不撞南墙不回头的样子。

陈开济也只能深深地叹一口气,无奈道:"你太冲动了,池哥。"

你太冲动了。

所有人都是这么告诉池照的,他们都不理解池照的决定,但事情已经发展到这个地步,不可能就这么结束了。

调查组的人还是来了。

"来说说你了解的情况吧,小伙子。"调查组的人问池照。

他们的态度不算好也不算差,就是公事公办吧,还有人安慰了池照几句,夸他勇敢、有毅力。但举报的流程太烦琐了,于是池照的生活更忙了。

每天除了实习,还要随时等着调查组的通知,这对池照而言更多的是一种心理上的折磨。

事情未定之前一切都是朦胧的,未来是朦胧的,天也是朦胧的。

仿佛是为了应景一般，这几天一直都在下雨，天空灰蒙蒙的，介于白昼和黑夜之间。

池照已经很久没去实验室了，一开始是忙，后来是不敢。

举报之后他没敢再找过傅南岸，他怕傅教授怪他，更怕傅教授也不理解他。

别人的不理解池照尚且可以忍受，如果连傅南岸都要说他的话，那他就真的绷不住了。

或许怕什么就来什么，与调查组见过面的这天晚上，池照就在走廊里迎面撞上了傅南岸。

"对不起，对不起……"

"池照？"

傅南岸伸手拽住了他："是池照吗？"

池照站在原地，声音发涩地喊了句："教授。"

"我正要找你呢。"傅南岸的语气听不出喜怒。

他带着池照从走廊上到天台。

两人站在天台边上，他跟池照说："我们聊聊。"

池照心情不好的时候总喜欢站在楼顶，楼顶风大人少，站在上面俯瞰这座城市时，有种一切烦恼都渺小的豁达感。

但此刻与傅教授站在一起却不是这样的感觉，和与陈开济站在这里的感觉也不一样，池照能感觉到一种无形的压力："聊、聊什么？"

"什么都行。"傅南岸说。

自打池照交了举报信之后，两个人就没再说过话了。

傅南岸在微信上联系过池照几次，池照都假装没有看到，此刻他不知道该说什么。

于是傅南岸先开了口："见过调查组的人了？"

话题一下子就跳到了最尖锐的地方，池照轻轻"嗯"了声："见过了。"

"我也见过了，"傅南岸说，"这段时间辛苦你了。"

傅南岸的语气听不出喜怒，于是池照有些慌张起来："教授您也怪我吗？我是不是给您添麻烦了？"

傅南岸摇了摇头："没有。"

他沉默了一会儿才说："这是一件很有勇气的事，你比我们都要勇敢。"

说到这里，两人都沉默了。

傅南岸的话语里确实没有要责怪池照的意思，但他眼底的疲惫是藏不住的。

几天没见，傅教授似乎又瘦了些，池照的心都沉下去了。他从来没见过傅教授这样，他不知道该怎么接。

见池照不接话，傅南岸便也不继续说了，气氛就这么僵着，像是一场无声的对峙。

天依旧灰蒙蒙的，池照很难描述自己现在的感受，像是心脏上压了块石头，闷闷地发沉，越来越沉，池照几乎无法呼吸了。

天色越来越晚，气温越来越低，冷风钻入衣服里，池照不自觉地咳了两声。

池照穿得有点薄了，冷得打了个哆嗦，又忍不住咳嗽起来。

低低的咳嗽声抑制不住，终于打破了这持续已久的寂静。

傅南岸的手指蜷了又蜷，最后搭在池照的肩膀上。

"还好吗？"

池照摇了摇头，嗓子有点哑了："我没事儿，教授。"

他的声音太哑了，于是傅南岸终于有点绷不住了："为什么？"

池照没有听清："什么？"

"为什么要举报？"傅南岸终于还是开了口，他的手依旧搭在池照的肩膀上，"我不怪你池照，但我能问你一句为什么吗？我知道你的性格，你正直执着但绝不莽撞，你不是不考虑后果的那种人，这件事的利弊想必你很清楚。"

傅南岸站在池照面前，浅灰色的眸子正对着池照的方向，他的语气很淡，眼睛上蒙着一层雾，他问池照："你为什么要举报？"

为什么？

有太多人问池照为什么，为什么要执拗地揪着这件事不放。

这不过是一个普通的项目，以后还有很多机会；这是一件可能会搭上前程的事，费力又不讨好；最关键的是这是一件没有证据的事，谁也不知道最终的结果会怎样。

有那么多的艰辛难挨不确定，但池照还是做了，要问为什么——

池照抬头，认真地看着傅南岸的眼睛："那天姜明远和您的谈话我都听见了，您明明知道的。"

他一字一句地说，声音颤抖着："这件事就是姜明远做的，是他换掉了我们。"

是姜明远换掉了他们，傅南岸知道。

第九章
他想治好傅教授的眼睛

1.

那天姜明远来找傅南岸，池照原原本本地听到了姜明远亲口承认名单是他换掉的，也听到姜明远恳求傅南岸不要再继续追查下去。

姜明远说顶替傅南岸团队的队伍中有一个成员是他一位恩师的儿子，他必须还这个人情。

话说到这里的时候，池照都是笑着的，他当笑话听了。听到姜明远承认的时候，他第一反应是松了口气，既然姜明远会承认，那肯定意味着傅南岸掌握了什么证据，之后的事还需要再担心吗？

傅教授不是那种没有原则的人，不会因为别人的几句好话就忍下这件事，这不仅是他一个人的项目，更是整个团队的项目，傅教授不至于拎不清楚。

"你不该找我的。"

与池照设想的一样，傅南岸的回答很冷静，他并没有因为姜明远的恳求而动容。

"我的性格你知道，咱们认识这么多年了，这不是我一个人的项目，这是整个团队的努力，我不能让这种不公平的事发生。"

"我这不是没有办法嘛。"姜明远讪笑着，他当然不甘心就这么走了,继续向傅南岸解释自己的难处,"所有的项目都很优秀,我换掉谁他们都有意见,我必须选一个,选谁我都很为难,我也没法和我的上级解释。"

傅南岸问他:"那为什么选了我们?"

"选你有理由。"

姜明远的语气顿了一下,他似乎犹豫了一下,再开口的时候,声音低了一点,但他最终还是开口了:"选你我可以找到理由,你的眼睛看不见,我可以说你不适合这个项目。"

话说到这里的时候,傅南岸沉默了一下。池照心里的火却一下子上来了,他根本没想到姜明远会这么说傅南岸。

傅教授的实力是有目共睹的,因为眼睛看不见就怀疑他的能力?这简直就是不可理喻的偏见了。

更何况姜明远还是傅南岸最信任的朋友,他明明很清楚傅南岸的能力的。

池照的双手紧握成拳,差一点就冲上去了。他等待着傅南岸有力而坚定的反驳,他相信傅教授一定和他一样生气。

但随着时间的流逝,池照等到的只有傅南岸的沉默。

姜明远再次开口了,语气里带着恳求:"这真不是我的本意,我真是没有办法了,除了你们我实在想不出能把谁替换掉了,只有你的眼睛是个理由。"

傅南岸沉默了很久很久,最后只说了三个字:"知道了。"

姜明远的眼睛一下子就亮了起来,问他:"你这是同意不再追究下去了吗?"

傅南岸没有肯定也没有否定,只是说:"你先回去吧。"

他的语气是疲惫的,是池照从未听过的疲惫。

池照根本不相信傅南岸还有这样的一面。

在他这里,傅教授是绝对自信而强大的,之前那么多人议论他的眼睛,在乡下、在副院长面前,他从来都表现得非常坦然,甚至还可以很自然地开玩笑。可现在他的语气一点都不坦然,像是拧着了。

所以因为姜明远的一句话，傅南岸就要放弃他们整个团队的努力吗？池照不敢相信。

姜明远又在傅南岸耳边解释了很久，他对傅南岸说保证就这一次，说以后有项目一定会第一时间想到傅南岸。傅南岸没再说话，推着他把他赶走了。

临出门的时候，姜明远的表情是紧张的，而池照的心里还怀着期待。在他看来，傅教授不是一句话就能打败的人，傅教授明明已经拿到证据了，为什么要因为姜明远的一句话就放弃他们整个组的努力呢？池照不相信他会这样。

但是池照等啊，等啊，等到傅南岸的嘴角燎起了泡，等到小组里的其他人开始准备下一次的项目，等到公示期还差最后两天就要截止的时候，傅南岸依旧沉默着。

池照等不下去了，此时终于忍不住质问："为什么不再争取一下？"

池照很认真地看着傅南岸的眼睛："您之前不是这样的。"

傅南岸的眉心微微皱着，似乎有什么话想说。

但池照没再等傅南岸开口，他忍耐了太久："您明明告诉我权利是要自己争取的，为什么因为姜明远的一句话就要放弃呢？因为他说您的眼睛您就不敢去争了是吗？因为他的一句话您就要否认自己和我们整个项目组的全部努力吗？我们明明可以的，我们的答辩都拿了第一，为什么您突然变得这么胆小又犹豫了呢？"

池照一句句地质问着，他问傅南岸为什么要这么做，他的语气是失望的，他说："这不是我认识的那个傅教授。"

话说完，池照就走了，天台门关上的时候发出一声清脆的响声，池照的脚步声很快消失在走廊，决绝到没有任何犹豫。

摔门声响起的时候，傅南岸下意识地伸出了手，手臂悬在半空中，最终又缓缓放下。

池照跑得太快了，傅南岸看不见，也追不上他，周围很快安静到近乎无声。

天上不知何时又飘起了雨，密集的雨滴袭来的时候，傅南岸没躲，任凭雨滴打在身上。

冰凉的雨把身上浇透了，傅南岸摸索着下了天台，他擦干了手上的水珠，拿出手机打了个电话。

那是纪委工作人员的电话。

"我这里有证据。"傅南岸说。

池照是对的，傅南岸确实拿到了姜明远篡改名单的证据，姜明远的做法并不高明，要拿到证据并不困难。

他原本打算在质问过姜明远后直接对公示结果提出异议，再提交证据，他不是会包庇好友的人，更何况这是他们一整个组的荣誉。

可当听到姜明远给出的解释，听到姜明远毫不犹豫地提到他的眼睛的时候，他突然感觉到一阵深深的无力感。

姜明远说只能换他，说他的眼睛就是最好的理由。

后来傅南岸想或许不是因为那一句话，也不是因为这一件事，姜明远的话像是压倒骆驼的最后一根稻草，让他积压已久的情绪全部涌了上来。

他和姜明远认识很多年了，从大学到现在，姜明远见证了他从摔倒到站起来的一切，却依然会在这种事上第一个想到他，就因为他的眼睛看不见。

傅南岸经历过太多太多，从最初的痛苦挣扎到后来的微笑应对。

他自己都分不清自己到底是想开了还是麻木了。

那一刻傅南岸是真的累了，他坚持了太久了，而姜明远的态度给他一种一切都是徒劳的错觉。

在那一刻他想就这么算了，他想或许自己的努力确实是没有任何用处的，他到底是一个残疾人。

姜明远都这么想了，再争取下去还有意义吗？其他人会不会也因为他的眼睛而否认他？

他突然不想去争了，不敢去争了，理智与感情交旋着，他最终选择了沉默。

这是一个错误的决定，从池照说出来的时候，傅南岸就想明白了。一个人的成功与否不应该由外人来说，他之前无数次用自己的努力来证明这一点，他也曾无数次地告诉过学生们这个道理，他又怎么能因为姜明远的一句话就想放弃呢？

思想的矛盾是一瞬间的事，解开之后一切就顺畅了。

傅南岸提交过证据之后，姜明远还要狡辩，还要拿傅南岸的眼睛作为借口，他根本没想到其实傅南岸那天录音了。当两人的对话录音一字不落地摆在纪检组面前的时候，姜明远终于无话可说了。

"我说的也是事实啊……"姜明远嘟囔着，"眼睛看不见确实会面临很多问题啊。"

傅南岸深深地"看"了姜明远一眼，姜明远的话依旧刺耳，但他已经不会再被姜明远的话伤害了，他说："但我知道，我是那个有解决问题能力的人。"

项目的事到这里就算顺利解决了，调查组了解过情况之后出了通报，傅南岸的项目批下来了，姜明远也得到了应有的惩罚，一切都回到正轨。

但是傅南岸和池照的关系却慢慢冷了下来。

一开始是傅南岸在为项目奔波，后来是池照要准备留学所需要的材料，不知不觉间，两人已经一周未见了。

这期间池照在微信上跟傅南岸道了歉，说自己那天太冲动了；傅南岸也跟池照道歉，说自己之前想偏了。他们都在努力维持两人之间的关系，却不免产生了些隔阂。

项目正式批下来的这天，整个实验小组的人一起吃饭庆祝。就连陈开济这个"编外"人员都来了，包厢里却少了一个人的身影。

"哎，我池哥呢？他来了吗？"

自打姜明远被查出有问题以来，大家对池照的态度就都变了，完全把他当成英雄来看待了。陈开济半调侃似的说:"这么重要的场合,咱们的池大英雄怎么没来?"

大家摇摇头,谁都不知道怎么回事。

"不知道啊,你知道吗?"

"我也不知道,小池好几天没来了吧?"

最终众人眼巴巴地把目光放在傅南岸那里,问他:"教授,小池呢?"

傅南岸顿了一下,解释说:"他还在学校准备材料,就不过来了。"

"真不来了吗?"一个学生问,"用不用给他打个电话?这么开心的时候他不来也太可惜了。"

"不用了。"傅南岸摇了摇头,"我问过他了。"

傅南岸确实问过池照,池照确实拒绝了,他说:"教授,我这段时间太忙了,实在没空,你们吃吧,心意我领了,不用管我了。"

一顿饭吃得热热闹闹的。

吃完饭出门的时候,不知是谁喊了一句"外面好冷啊",傅南岸动了下手指,也觉得冷。

平时有池照在,傅南岸总是很热情地跟大家聊天说话。哪怕是一贯清冷的傅南岸,也能感受到池照身上如小太阳一般的光芒。

此刻他不在,总觉得没有那么热闹。

其实傅南岸也能理解,在池照眼里自己一直都是温和而强大的教授,猛然发现他犹豫而不坚定的一面,任谁都会觉得难以接受。

人们爱的永远都是积极的、向上的、阳光的角色,没人会喜欢脆弱的、逃避的、不负责任的主角。不管什么理由,逃避了就是逃避了,傅南岸不会不承认。

认识到错误之后,他会努力去补救,他只是有些遗憾……

遗憾也没有办法,都说人无完人,一个人完全不会犯错也不可能。不是所有人在见识过一个人脆弱的、不坚定的一面之后,还愿意继续理解、支持对方。

傅南岸依旧一步步往前走着,事情发展到这一步已经不是他能左右的了。这几天他不止一次去找池照道歉,他想要和池照再聊一聊,但池照一直说忙,并没有答应他。

路看似很漫长,却很快就到头了。

傅南岸照例把几个学生送到寝室楼下,再往旁边不远就是他住的家属区。但他知道,没人会再折回去送他一段了。

他转身往回走了两步,突然听到有人叫了声——

"傅教授?"

是池照的声音。

傅南岸的脚步一顿。

"池哥!"陈开济瞬间兴奋起来,快步走到池照面前,"池哥你不是去学校办事儿了吗?回来了吗?"

"嗯,刚回来,总算是办完了。"池照和陈开济解释着,语气热络。

池照是回来了,但和自己又有什么关系呢?傅南岸默默转过了身,用盲杖敲着地面要继续往回走,突然被池照拉住了手腕。

"教授您很着急走吗?"

"你怎么……"傅南岸有一瞬间的愣怔,但他很快就露出一个淡淡的笑容,"怎么,有什么事找我吗?"

他很自然地为池照找了很多理由:"寝室没人?没带钥匙?有什么东西落我这里了?"

"寝室有人,我也没忘带东西,我一直没回来真的是因为我在忙。"池照说,"我觉着您好像误会什么了,我今天回来就是专程来找您的,我一直惦记着,我想和您聊聊。"

2.

池照有心要和傅南岸聊聊,但现实情况却不允许。

他们站在男寝楼下,几个师兄还没来得及上楼,一见到池照就全过来了，还把隔壁楼刚回寝室的师姐也都喊了出来，非要叫池照一起再去吃饭。

一个师兄说："小池刚回来吗？我们刚还在说你呢！"

另一个师兄马上接："吃晚饭了吗？你没来聚餐太可惜了，今晚我们吃的大闸蟹，贼香。"

旁边还有个师兄说："别说了，咱再去续一摊吧，聚餐少了咱们主角还能叫聚餐吗？"

池照举报的事儿大家都还记得，当初有多不理解，现在就有多感激。

在那种孤立无助又没有证据的情况下还能继续坚持自我，太难得了，但凡池照有片刻的犹豫和退缩，他们的项目可能就吹了。说话间，他们直接推着池照就往旁边的大排档走。

"现在可怎么办？"池照疯狂地给陈开济使眼色，怎么也没想到剧情会是这么个发展方向。趁着大家点菜的工夫，池照凑到陈开济身边问，"我本来是想找傅教授聊天的，怎么突然吃起饭了？"

陈开济耸耸肩，回他一个爱莫能助的眼神。

要怪也只能怪池照回来得太不是时候，池照来医院时已经是晚上九点多了。知道自己八成是赶不上聚餐了，池照原本是想直接去傅南岸家门口等他的，没想到刚出寝室门就被一行人撞了个正着。

实验室的师兄师姐们都太热情了，直接把池照按在座位上，唯一庆幸的大概就是，作为项目负责人的傅南岸也被按着来到了这第二摊聚会。

烤串和啤酒很快就上来了，上一摊都吃饱了，这顿本来就是让池照吃的。

几人把烤串分了一大半放在池照的面前，还一个接一个地给池照敬酒。

第一个端起酒杯的是之前池照举报的时候对他意见最大的那个师兄："师兄错怪你了小池，之前你举报的时候我还觉得你莽，不懂事，现在想想要是没有你就没有我们的项目了。"

那个劝过池照很多次的师姐也举起了酒杯："话不多说了小池，师姐敬佩你的勇气。"

大家都是真心实意地感谢池照的，他们一个个围绕着池照转，倒是不经意间把傅南岸冷落了下来。冷落也正常，所有人都知道项目的成功少不了傅南岸的努力，他们不会否认傅南岸所做的事，但池照在这件事中确实表现得太有勇气，傅南岸知道，也觉得这是池照应得的。

他只是静静地听着，然后时不时低头抿一口茶水。

这家店的茶似乎泡得有点久了，入口全是涩感，苦涩的感觉在口腔中蔓延着。傅南岸依旧一口接一口地喝，去感受其中的苦与涩，和那一丝丝茶叶的幽香。

池照是个太好的人，勇敢、坚韧、不畏强权，他身上有太多太美好的品质，他太亮了。

哪怕眼睛看不到，傅南岸都觉得池照坐着的那个方向是一个光团。

池照太优秀了，而他则是一个不够勇敢的人。

眼睛上的伤痛太久也太清晰了，哪怕傅南岸一直努力想要达到一种很完美的状态，但他始终不是个完美的人。

不只是身体上的不完美，他的心里也残缺了一小块。

外人眼里的傅南岸是温和沉稳、博学多才的高知教授，但他同样是一个最平凡的普通人，是一个残疾人。

他知道自己比别人更容易不安，也更不坚定，眼睛上的缺陷是自己永恒的伤痛。他可以通过努力来证明自己的能力，却不能再配得上做池照的老师了，池照疏远他也是必然。

聚餐结束之后，傅南岸缓慢地起了身，他挂着盲杖，慢慢地、一步步地挪动着。

他听到池照在和人说话，但他没有过去，也没有出声打扰他们。

傅南岸不过去,池照便朝着他这边走去,一边走一边对身旁的师兄说:"你们走吧,我找傅教授还有点儿事。"

一个师兄问:"什么事啊?"

池照深吸一口气说:"很重要的事。"

大排档的小树林里很安静,池照和傅南岸面对面站在这里。

夜色是静谧的,傅南岸能听到池照的呼吸声,他能感受到池照的存在,但并没有说话。

"傅教授,"池照先开了口,抿了下嘴唇,"我想跟您道个歉。"

"为什么要跟我道歉?"傅南岸问。

"我来晚了,"池照说,"我这几天太忙了,我真不是故意不来找您的,您别生气。"

他的语气里带着一点儿小心翼翼,傅南岸心里忽然有些不是滋味。

"你没必要和我道歉,你没有做错什么。"

傅南岸蓦然回想起池照说的,想要做个跟自己一样优秀的医生跟教授,顿感心酸。

"那天你说的都是对的,今天聚餐大家的态度你也都看到了,"傅南岸努力让自己的思维冷静下来,他帮池照分析着,"我没有你想象中的那么完美,也没有那么温和强大,我就是个最普通的盲人,会因为别人的一句话而迷茫犯错,我不值得你那么崇拜……"

"值得,我说值就值。"

话没说完,池照就打断了他,语气铿锵而有力。

从天台跑下来的时候,池照就后悔了,他到底还是冲动了。

他从没想过说那么重的话,他明明可以选择更平和的方法。他明明看到了傅教授眼底的痛苦与挣扎,可是他却没有体谅。

要坚强,要勇敢,要不畏强权,要勇敢斗争,话说起来很简单,小朋友都知道这个道理,可如果不是切身经历,是很难体会到别人为此而承受的痛苦的，池照没有经历过傅南岸曾经历的生活。

傅教授难道就没有苦苦挣扎却依然被否认的时候吗？他难道不想坚强，不想勇敢，不想坚不可摧吗？

"那天我是着急说了狠话，但是我从来没对您失望过，值不值得是我说了算的，您的那些好我都记得。"

池照的语气慢了下来："教授，我从来没有觉得您是个完美的人，但在我心里您永远是最合格的老师，是我最想成为的那一类人。"

傅南岸猛然一怔，如遭雷击一般。

原来池照一直是懂的，他早就看穿了自己。

他知道自己在担心什么，他看穿了自己温和外表下那颗不勇敢也不坚定的心。

眼前还是黑的，但又好像忽而亮了起来。

"……谢谢。"喉结滚动着，傅南岸静默地看着池照的方向，哑声说："池老师。"

池照也是他的老师。

头一日的聚餐原本为落选事件画上了圆满的句号，第二天早上开晨会时傅南岸却旧事重提了。

"有件事我想了很久，觉得还是该和大家道个歉。其实姜明远那件事，我当时就拿到了证据，但是因为他找我时说了一些不好的话，导致我犹豫了，没有及时揭发出来。"

原本傅南岸并不想把这段插曲告诉众人，之前大家只知道是姜明远做的事，却不知道傅南岸和姜明远之间发生的种种。这会儿傅南岸把他与姜明远的对话告诉众人，把自己的心情剖析给大家听，向来活跃的实验室迎来了很长一阵的沉默……

大家都没想到傅教授还有这样脆弱的一面。

后来聊天时，邹安和说："其实你可以不用和学生们说得那么细，你就把责任全往姜明远那里推就行了，反正确实是他先做错了事，你把错揽在自己这里容易让学生对你有意见，觉得你不够勇敢。"

"我确实不够勇敢。"听到这话,傅南岸笑了一下,很爽快地承认了这一点。

他手里依旧握着盲杖,眼前是混沌的,又好像多了一点光亮:"每个人都有不完美的一面,承认自己错了并不可耻,这没什么好隐瞒的。"

他已经不需要实时维持着自己完美的外壳了,他可以坦诚地面对自己的不足了,他不再惧怕暴露自己不好的一面,因为他知道了,原来人并不需要完美才能讨人喜欢,池照就是最好的例子。

事实也是如此,有时候坦然承认自己的错误,反而更容易得到别人的理解。

傅南岸承认错误时大家都觉得震惊,过后又觉得其实也能理解。甚至还有人私底下找傅南岸道歉,说之前把他的成功想得太理所当然了,听他说自己的心路历程时才明白他经受过怎样的煎熬。

藏着端着的时候你的形象是飘着的,开诚布公之后反而更像是真实的人了。

这件事之后大家对傅南岸的态度都有了明显的改观,在他们心里傅南岸依然是温和沉稳的教授,却又不再像之前那般高高在上了,变得更真实也更平易近人了。

3.

时间过得飞快,实习生活结束了,池照从医院搬回了学校。他们前脚刚走,马上就有新一届的实习生去医院报到。

又过了一个月,天气彻底热了起来,进入六月,池照该毕业了。毕业典礼是在学校举行的,池照给傅南岸发了条消息,问他要不要来参加自己的毕业典礼。

过了一会儿,傅南岸的消息回了过来。

【我想去,池老师。】

自打那天在小树林叫了池老师之后,傅南岸就常把这个称呼挂在嘴边。

池照回：【准了。】

【谢谢池老师。】

傅南岸是真的把池照当成自己的老师，在人生的这条道路上，他知道，池照帮了他太多。

毕业典礼确实是件大事儿，意味着人生将要迈入新的阶段。傅南岸能来参加自己的毕业典礼，池照自然是高兴的，哪知正赶上傅南岸要去外地开会，估计毕业典礼当天才能赶回来，池照又不想让傅南岸两头跑了。

"要不您别来了教授，其实也没多大的事儿，就照个照片听个讲话就结束了。"池照是真心疼傅南岸，自打上次项目通过之后，傅南岸忙得都快找不着北了。

傅南岸嘴上说好，毕业典礼当天却还是赶过来了。

接到傅南岸电话的时候，池照蒙了一下，见面的时候傅南岸手里还提着行李呢，池照赶忙上去接住他："教授您怎么来了，不是说不让您来了吗？"

"我们小池毕业我怎么能不来？"

傅南岸身上还穿着西装，明显是下了飞机直接赶过来的，他手里拿着捧花，郑重地交到池照手里："毕业快乐，池照。"

七月末的时候下了场小雨，伴随着雨水而来的，还有池照的录取通知书。

池照成功考取了国外一所知名大学，读临床医学的眼科方向。

录取通知书是电子的，躺在池照的邮箱里，池照翻来覆去看了很多遍，还特意给傅南岸转发了一份。

收到消息之后，傅南岸也很开心，还请池照吃了饭。

最后几个月池照没在学校的寝室住，他在外面租了个小房子。

转眼就到了池照要走的时候，临行前的最后一晚，收拾好东西，池照没忍住，又给傅南岸发了条消息。

池照：【傅教授。】

傅南岸的消息几乎是秒回：【嗯？】

池照：【教授，您今晚有空吗？我想跟您聊聊天。】

出国留学是池照自己决定的，他早就下定了决心。

但当这一天真的到来的时候，他却还是会觉得不舍，不适应。

对未来的迷茫和对现实的眷恋交织在一起，消息发出之后池照就一直握着手机，等待着傅南岸的回答。

片刻，傅南岸的消息再次发来：【好。】

傅南岸：【你在家里等我。】

傅教授一直都是温和的，有他在的时候所有人都能安心下来，他就像是能遮风挡雨的大树。

坐在池照租的小房子的客厅里，傅南岸的表情依旧温和而淡然，他看透了池照的担忧。

"没什么好担心的，"傅南岸笑着对池照说，"你是一个很优秀的孩子，在哪里都会熠熠闪光。"

池照的心里一软，又觉得有点心酸。

"那您呢教授？"池照没忍住，问了句。

傅南岸一时没明白他的意思，说："我怎么？"

池照的眼眸微垂，目光很自然地落在傅南岸的眼睛上。

他从来不觉得这是傅教授的缺点，却还是会忍不住担心，他知道傅南岸一个人生活有多难。

"您对未来有什么打算？"池照犹豫着问，"教授您……"

他有点不知道要怎么开口。

傅南岸忽而笑了一下，问他："担心我？"

池照有点不好意思地笑了一下，说："就觉得您一个人生活也挺寂寞的，国内的配套设施不太完善，盲人独居有很多小问题，换我我可能受不了。"

有半句话池照没说，他本来想说，如果傅南岸没那么逼他做决定，他可能会选择留在这里,那他一定会成为傅教授的好帮手。

"我都习惯了。"傅南岸笑了下,语气淡淡的,"这么久不都过来了?"

他其实知道池照在想什么,沉默片刻,说:"不需要考虑那么多,你只需要往前走就好了。"

傅南岸的语气太温和,池照的眼睛有点酸,故意说:"您不怕我以后去更高更远的地方,然后不记得您了吗?"

"没关系的,"傅南岸笑了一下,语气淡然又坚定,"大胆往前走吧,我就站在你的身后。"

"教授,我一定会回来的。"池照在心里发誓,一定会治好傅南岸的眼睛。

4

第二天一早,池照是自己去的机场,他没让傅南岸送。

飞行的途中飞机因为气流的冲击而上下起伏,池照的心却一直是安稳的,有傅教授支持他,他已经没什么可怕的了。

去新学校报到、见导师、选住处,池照每一步都进行得井井有条。

池照的室友是个金发碧眼的英国小哥,外国人说话向来直白,第一次见面的时候室友就手舞足蹈地夸奖了池照一番,夸他长得帅,还夸他做饭的手艺好。

刚开始的几天,池照吃不惯学校的饭菜,偶尔在寝室里加个餐,其实就是最简单的西红柿鸡蛋面或者清炒时蔬,每次室友路过的时候总会满脸兴奋,毫不吝啬地赞美。

"哇,这是什么东西!闻起来好香!"

"这个也好香!你是上帝派来拯救我们的吗?"

夸得池照都有点不好意思了,便笑着跟他说:"其实就是中国的一些日常菜,你喜欢的话也来吃一点吧。"

"那必须喜欢!"室友非常给面子地对池照竖着大拇指,赞美着,把汤都喝得一干二净。

海外的生活与国内相比迥然不同，文化的差异和学习的压力偶尔会让池照有些疲惫，但池照从未害怕过，他一直在以积极的态度面对。

他也没有跟傅南岸断了联系，哪怕再累，池照依然记得这位鼓励自己往前走的老师。

十月中旬是本地的雨季，这天实验室难得没什么事儿，池照晚上八点多就换衣服出来了。蒙蒙细雨把天幕染成灰色，池照着急走，站在屋檐下等着雨小下来，顺便拨通了傅南岸的电话。

往常池照晚上回去时刚好是傅南岸的上班时间，两人只能简单地发两句语音，今天池照出来得早些，正赶上国内的午休时间，于是池照终于能和傅南岸多说两句。

"教授，"池照笑着问傅南岸，"吃过饭了吗？"

"刚吃过。"傅南岸说，"吃的二餐厅的红烧排骨，我记得你之前说很喜欢。"

两人就这么有一搭没一搭地聊着，雨终于小了，池照撑着伞往外面走，正碰到室友Mike从另一栋楼里出来。

"池！这里！"Mike热情地和池照打招呼。

池照也朝他挥了挥手，撑着伞和他一起往回走。

两人不是一个专业的，但平时的关系还不错，池照向来擅长处理人际关系，他对任何人都很好。

打过招呼之后，池照就继续和傅南岸聊天，其实原本两人更常打的是语音电话，毕竟傅南岸看不见，但今天不知道怎么点错了，打的是视频电话。

Mike朝手机屏幕看了一眼，看到了傅南岸灰色的眼眸，而后便一直盯着傅南岸看。

他以为傅南岸听不懂英语，用英语跟池照说："这个人是看不见吗？"还故意闭上眼睛，双手张开，模仿盲人走路跌跌撞撞的模样。

池照的眉心皱了起来，不太喜欢Mike的态度，好似把人当作动物园里的观赏动物。

"别这么说，Mike，"池照转头对 Mike 说，"他确实看不见，但他是我的老师，是我很尊重的人。"

或许是池照的表情太严肃了，Mike 愣了一下，又下意识地嘟囔着："我不就是问了一句嘛，至于这么生气吗？"

Mike 是真的不能理解，反驳道："而且我也没说错啊，他不就是看不见吗？值得你因为这点小事儿跟我生气吗？"

"够了 Mike！"池照的表情一下子冷了下来，"我说过了，教授他是一个很优秀的人，我不希望他被这么对待。"

Mike 的表情僵硬了一下，相处了这么久，他还是第一次见池照那么生气。他的嘴唇翕动着："池，我……"

"你先回去吧，我不想和你吵架。"池照没有再理会他，撑着伞独身一人转身离开。

池照的脾气很好，能这么跟 Mike 说话，说明他是真的生气了。

"池！"Mike 又追上来，反复道歉说，"我不是那个意思，我……我……"

但池照没办法完全不介意，他生气的原因只有一个，他不愿意傅南岸被那么对待。

雨打在伞上发出噼啪的声响，池照最终还是没有跟 Mike 一起回去。

池照撑着伞快步走着，又忽而想起了什么——他刚刚好像没挂电话！

池照蒙了一下，赶忙低头看向握在手里的手机，屏幕果然是亮着的，傅南岸的身影还在镜头前，表情淡淡的。

池照抿了下嘴唇，犹豫地叫了声："……教授？"

两秒之后，傅南岸的声音从听筒里传来，低沉的声音隔着听筒依旧清晰："嗯，我在。"

池照的脑袋"嗡"了一声，原本的生气变成了无措。

"刚才……"池照犹豫地问，"您听到了吗？"

.214.

池照最怕的就是别人说傅南岸的眼睛，他知道傅教授有多不容易，他不愿意别人拿这个来刺傅南岸，偏偏现在怕什么来什么。

"教授您别理那个人，他就是胡说的！他……"他的语气一下就慌了，有点语无伦次，他怕傅南岸会多想。

"没事的，池照。"傅南岸轻轻地叫了声他的名字，"我不介意这个。"

顿了片刻，傅南岸又说："其实我很高兴能听到你们的对话。我听到你为我说的那些了。"

傅南岸的语气是温和的，把池照一颗紧皱着的心一点点抚平。他确实听到了 Mike 说的那些伤人的话，但他却不是会被一两句话就中伤的人。

眼疾给了傅南岸太多的痛苦，也给予他一颗强大的心脏，更何况池照会帮他辩驳，会奋力地想要帮他证明。

"谢谢你替我说话，"傅南岸微笑着说，"我很开心听到这些。"

傅南岸说自己不介意 Mike 说的那些话，池照却是在意的，挂断电话之后，这件事长久地停留在了池照的脑海里。

晚上躺在床上，池照翻来覆去睡不着，Mike 的话还在耳边盘旋着。池照又想起实习那一年遇到的事儿，想起赵婶曾经的不信任，想起副院长谈吐中不自觉流露出的介意，姜明远无奈又理所当然说的那句"你的眼睛就是理由"。

虽然所有的事件都在人为的努力下有了好的结局，可是只凭看不见这一点，傅南岸便经受过太多的质疑。

实在睡不着，池照下床吹了会儿风，感受晚风从脸上吹过。

黑夜放大了感觉，池照缓了好一会儿，眼睛才勉强又能看清，进光量太少了，眼前的一切都是混沌而模糊的，池照费劲地睁大眼睛，看到的却还是虚影。

——傅教授的眼前也是这样吗？

池照摸黑往床那边走，想要感受傅南岸的感觉，他把手臂伸着想要保持平衡，却一下撞到了桌角。

"砰"的一声闷响，酸涩的痛意顺着皮肤蔓延开，池照的心里也是酸溜溜的，像是浸入了柠檬水那般酸涩。

不确定的事他不敢去说，怕说了又做不到，但是他其实一直很想治好傅南岸的眼睛，想让傅南岸能够重新看见。

当然，池照的想法绝非空想，完全没有可能的事池照也不会去做，医学原本就是一门与生命抗争的学科，近年来眼科的不断发展让池照看到了希望。有希望，那他就会不断为之努力。

当初选择医学，池照就是凭着一腔热爱，现在有了"想要让傅教授看见"这个目标担在身上，池照更是使出了一百二十分的劲儿，池照选的这个项目和傅南岸的眼睛有关。

和志同道合的朋友们朝着一个目标共同努力的过程是快乐的，但困扰无数医生这么多年的难题也并非一朝一夕能够解决。他们站在巨人的肩膀上行走着却依然走得跟跄小心，一次又一次的希望与失败之后，项目陷入了僵局，池照难免有些疲惫，着急上火。

朝着梦想努力前进的时候是感觉不到累的，但身体却总有疲倦的时候，只靠激情是撑不过去的。

冬天是本地的雨季，傅南岸提醒过好几次让池照注意身体，池照却还是感冒了，起因是一次回寝室的时候没有带伞。原本只是小病，池照没怎么在意，谁知却越拖越严重了。

来势汹汹的病毒让池照连续烧了好几天，他的嗓子都哑得不像话了，说话有气无力。他不想让傅南岸担心，说话的时候还在笑着："我没事儿，教授，别担心。"

怎么可能不担心，更何况傅南岸知道，池照这么努力很大程度上有他的因素。

——虽然池照没说过，但傅南岸都知道。

"一个人在那边还好吗？"

再过几天就是元旦了，科室里有一天的假期，再加上调休，傅南岸满打满算可以凑够五天。傅南岸继续说道："我去看看你，好不好？"

"不了吧，教授，"池照几乎想也不想便拒绝了，"您别来了。"

还怕傅南岸误会，池照赶忙解释："不是教授，我不是那个意思，主要是这边各种条件什么的都和国内不一样，您就算来了也只能待个两三天，我不想您这么折腾，我不放心。"

傅南岸的眼睛看不见，池照不放心他一个人出远门。

一是路上的辅助设施不完备，二也是怕他遭受歧视与白眼。

眼睛看不见确实太不方便了，五院附近傅南岸很熟悉了，不怕迷路和摔跤，出远门时却必须依靠别人的帮助。

时时依赖别人的帮助是一种很令人受挫的感觉，都说社会上好人多，但总会碰到一两个充满恶意的。很多时候，你的路并不掌握在你的手里，需要碰运气。

因此除非必要，池照不愿意让傅南岸经历这些，这些情况都是真实存在的，池照不忍心。

这些池照没有明说出来，但傅南岸都知道，不仅知道也经历过，因此才更觉得无能为力。

"教授您别来了，再过一段时间就是春节了，到时候我就请假回去，一样的。"

"我知道了，"傅南岸也只能无奈地叹一口气说，"你照顾好自己。"

傅南岸叮嘱池照照顾好自己，也只能反复叮嘱池照照顾好自己。

傅南岸定了闹钟，每天都会按时提醒池照吃药，提醒池照加衣服，但除此之外，他什么也做不了。他很多次都想飞过去看池照，但眼睛束缚住了他。

这种无能为力的感觉让人疲惫，而池照的病情则更让人揪心。

一晃一周过去，池照的病情非但没有好转，反而更严重了些。池照的身体向来很好，但这次的病魔来势汹汹，也或许是前段时间他用力过猛，现在终于要在身体上被报复回来——池照病倒了。

感冒诱发了心肌炎，池照直接晕倒在了实验室里。

急性心肌炎发作的前几天其实身体已经有了预兆，但池照没太当回事，或许是医生这个身份让他对自己的身体太过自信，也或许是因为他的心思还放在项目上面，他连续胸闷气短了好几天，却只把其当作普通感冒处理。

晕倒前一秒，池照正在和傅南岸打电话，刚忙完了一天的实验，他连白大褂还没来得及脱。他的嗓音里带着重重的鼻音，但依旧笑着跟傅南岸说话，下一秒，他却突然噤了声。

紧接着是一声闷响。

"池照？"

傅南岸急促地呼唤着他，却没有得到任何回应。

"池照！"

傅南岸的心一下子就揪了起来。他拼命按着手机想要看到那边发生了什么。

他太用力了，眼眶生疼，但他眼前依旧是雾蒙蒙的一片，他什么也看不见。

看不见，也做不了，什么都做不了。

他试着联系池照的导师，对方的手机却一直占线。

最后，傅南岸只能选择最原始也最笨拙的方法，他给池照的导师留了言，然后订了最早一班去那边的机票。他的手指止不住地颤抖，好几次才按下确认键。

打车去机场，在工作人员的帮助下登机，傅南岸拄着盲杖踉跄地走在路上，每一步都走得艰难。

他很着急，但他走不快。盲人出行确实太难了，不只是前路的漆黑，还有旁人的不理解。当傅南岸在机场工作人员的引领下走特殊通道登机时，他清晰地听到身后有个人很生气地说："一个盲人还出来干吗？大家都得照顾他，这不是浪费社会资源吗？"

还有人轻嗤着说："盲人就有特权？就可以走特殊通道？"

当然也有人热心地上来帮忙，也有人窃窃私语。

七嘴八舌的议论声与傅南岸此时焦急的心情糅合在一起，百般滋味。

傅南岸张口想要解释，想说自己的朋友晕倒了，他是要去找自己的朋友的，但他也能猜到那些人会有什么样的反应。

——"你一个盲人去有什么用？你能照顾得了他吗？"

善良的人总是占绝大多数，但恶意也不会凭空消失，这其实无关社会环境，再开明的社会也总有人戴着有色眼镜，因为眼睛确实太重要了，而看不见也确实有太多的不便。

无数次的经验在脑中闪过，傅南岸最终什么都没说，只是坐在自己的座位上，轻轻闭上了眼睛。

出了机场已是第二天了，傅南岸跌跌跄跄跑到池照的学校。他在路上询问了无数人，却因为不熟悉路况而摔了两跤，衣服上沾满了灰尘。

好不容易找到了地方，池照的导师又打来了电话，说是已经把池照送到医院了。

"我看小池晕倒之前正在跟你打电话，"导师说，"所以我就想着跟你说一声，不用担心了。"

但怎么可能不担心呢？傅南岸循着地址找到了池照的病房，他摸索着向前行走，终于走到池照的病房门口时，却突然被一人挡住了去路。

"你就是那天跟池打电话的老师？"

是 Mike 的声音。

傅南岸在池照打电话时听过这个声音，他一下就认出了 Mike。他没有理会 Mike，径直推门要进入病房。Mike 轻嗤了声，语气里满是讽刺："你就打算这样出现在池的面前吗？"

傅南岸的衣服上沾满了灰尘，他走得太着急，连着摔了两跤，直到现在膝盖仍隐隐作痛，显然是破了皮。傅南岸看不到自己身上的状况,但能感觉到自己的狼狈。他确实尽了全力,但还是到得太晚了,不只是路途遥远,眼疾使得他必须反复问路,这也浪费了不少时间。

"你到得太晚了。"Mike 说,"我们早把池安顿好了。"

他的声音是不屑的,甚至带着讽刺:"但是就算你及时赶到也没用,你根本帮不了池。

"池的脑袋磕到了桌子,你能帮他上药吗?

"池这两天走路需要人搀着,你能不拄盲杖走路吗?

"或者再退一步说,就算池晕倒时你就在他身边,没有别人的帮助,你敢对他实施急救吗?你能靠自己判断出他的具体状况,看他脸色白不白、瞳孔有没有散大的迹象吗?"

Mike 的质问一句接着一句,他的言辞格外不留情面,不等傅南岸说话,他便已经替傅南岸回答了。

"你不能。"他说,"你的眼睛看不见,这些你都做不到,但这还只是最基本的东西。"

膝盖的伤依旧痛得清晰,痛意沿着神经蔓延,傅南岸张口想要辩驳,却不得不承认 Mike 说的确实是事实。

他确实没法帮池照上药,也没法扶着池照走路,甚至他没法看到池照的一些基本状况,这才没能第一时间察觉到池照的不对劲。

——急性心肌炎发作之前是有征兆的,面色苍白,精神神志改变。傅南岸因为眼睛看不见而没法发现这些,如果当时换作一个健全人在和池照打电话,或许能早点发现池照的异常,给予更及时的处理。

"所以我真的无法理解池那天为什么生那么大的气。"Mike 说,"池总说你多优秀,我倒是觉得你也没多么优秀,你连这点小事都做不好。"

你连这点小事都做不好。

Mike 的话是刀剑又是利刃,他丝毫不留情面,却句句戳人。

他说的这些傅南岸都知道,知道却也无法反驳。这确实是他做不到的事,哪怕他取得再高的成就,在专业领域再有建树他也做不到,无能为力。

人总有太多想要去做却无能为力的事，能力再高的人也是同样。傅南岸的眼睛则让他有更多无法弥补的遗憾，很多正常人轻而易举就能做到的事对他来说却是不可能完成的任务，这确实让人不甘。

傅南岸从不怕言语的中伤，Mike 的一百句话也不能伤害到他，但在这一刻，在他深切地意识到自己有太多的"不能"，在他的朋友遇到危险他却无能为力的时候，他还是感觉到了一阵强烈的无力感。

无力，或者说，自卑。

5.

事到临头时，情绪会有些低落都再正常不过，但要说傅南岸会被这几句话打倒，那也未免太过可笑。

傅南岸不是第一天看不见，经过这么久的跌跌撞撞，傅南岸已经在学着与自己和解。曾经的傅南岸确实因为眼睛而退缩过，但池照改变了他。

"你说的这些我确实做不到。"傅南岸只沉默了一秒就开口了，语气很平静。他手指紧握着盲杖，衣服上因为摔跤而沾满了灰尘，他的眼前是雾蒙蒙的一片，神情却淡然而坚定，"我没法帮池照上药，也没法扶他走路，我也很遗憾，很无力，我没法给予他很多身体上的照顾，这确实是我的缺憾。但这并不会影响我们的情谊，我们依然是最好的师生，最好的朋友。"

傅南岸和 Mike 说完之后推门就进病房了，他温和地叫了句"池照"，池照的眼睛"唰"一下就亮了："教授！"

"嗯，是我。"傅南岸循着声音走到池照身边。

听到池照晕倒时的那声闷响，傅南岸的心脏都要停跳了，这会儿他终于见到了池照，却依然觉得心有余悸。

"……还好没事。"傅南岸低声呢喃着，手指在止不住地颤抖。

池照鼻头一酸："我没事，教授，我没事了。"

看着傅南岸，池照不敢想象他是怎么来到这里的，他风尘仆仆的，额角也有好几处磕碰，已经破了皮。

Mike有些尴尬地站在原地，不知该如何是好，两人这才回过神来，想起了他的存在。

"你怎么还在这里啊？"池照眉心拧着，不情不愿地抬起头，整个人都是抗拒的状态，"刚才不就让你走了吗？"

在池照晕倒这件事上，Mike根本没帮上任何忙，是池照的导师看到傅南岸的消息之后把他送到了医院。

Mike来的时候池照已经醒了，他也就比傅南岸早了几分钟，傅南岸要进门时，池照刚把他从病房里赶出去，这才在病房门口发生了刚才的对话。

池照的语气很冷："我的事不需要你来操心。"

病房的隔音效果不好，池照刚才就听到了两人的对话，要不是因为他不能下床，他早就冲出去把Mike骂一顿了。

傅南岸脾气温和，池照却没有那么好的脾气，傅南岸不计较那些闲言碎语，但他没法忍受。

池照虽然还病着，语言却丝毫不留情面，他直接叫护士把Mike赶了出去，说Mike打扰到了自己的休息。

"教授，您别理他。"

傅南岸笑了一下，说："我知道。"

之后的两天，傅南岸一直在医院陪着池照，池照的身体还没有完全康复，恢复时间少说也要半个月，但这已经是最好的结果。

医生说他康复之后应该不会留下什么后遗症，也多亏他年轻力壮，更多亏傅南岸给他导师的那个电话打得及时，才没有造成什么严重的后果。

"下回可别再这样了。"在病房里，傅南岸不止一次地叮嘱着，一直到现在他还觉得后怕。

"我知道的教授，我保证不会了。"池照当然懂得傅南岸的感受，光是看傅南岸来时磕的那些痕迹他都觉得心头堵得慌，更不要说傅南岸听到他晕倒时的感受。

池照举手对傅南岸保证道："出院之后我就开始养生，保温杯里泡枸杞行吗？我跟您打电话的时候现场喝给您听！"

"行。"傅南岸笑了，"那我等着。"

傅南岸在这边待了三天，来的时候他连假都没来得及请，医院那边还有病人在等，他也不能完全不管不顾。

临走那天，池照刚能下床，他把傅南岸送到了医院门口，向傅南岸保证春节过年时一定健健康康的，他说春节过年想要回国，傅南岸温和地笑了笑，说："好。"

出院以后，距离春节还有一个月，池照已经在计划着回去过年了。

原本都已经订好了机票，却没想到项目上突然出了点状况，池照可能回不来了。

池照他们在做人工视网膜的项目，前段时间人工角膜研制成功为他们提供了新的思路，一直停滞不前的项目突然出现了新的转机。这原本是好事，却也意味着他们要加班加点继续工作，毕竟外国人没有春节，这不是他们的法定假期。

"对不起教授，对不起。"池照打电话告诉傅南岸这个消息的时候一遍又一遍地道歉，"我没想到项目会突然出了点问题，我连机票都定好了，我每天都数着日子，我……"

"没事的。"傅南岸柔声安慰他说，"不就是个春节嘛，也没什么。"

池照张了张口："可是……"

"没什么可是的。"傅南岸打断了他的话。

傅南岸很认真地对池照说："先忙你的项目吧，以后总还有见面的机会。"

池照的嘴唇张了又闭，最后低声说了句："好。"

之后池照就忙了起来。

他们整个项目组都在加班，有时实验一做就是十几个小时，这种时间上的冲突是没办法调整的，于是不知不觉间，傅南岸与池照聊天的时间就少了起来。

时间一晃来到了农历腊月二十九这天，这原本是两人约好碰面的日子，去年的这个时候池照给傅南岸送了饺子，今年却只剩下了傅南岸一人。

晚上下班的时候傅南岸在楼梯上摔了一跤，盲杖磕到了手肘上，剧烈的痛意肆意地蔓延着，傅南岸缓了很久才从地上起来。

太疼了，手肘估计青了一大块。

那一瞬间傅南岸想到了池照曾经小心翼翼地帮他擦伤口的场景。

街上的过年气氛已经很浓了，傅南岸缓了一会儿后出门买了两袋饺子。

与外面浓浓的年味相比，家里很是冷清，他也没有什么心思吃东西。

手肘的痛意越来越明显，傅南岸抱着手臂呆坐了一会儿，想着还是要给池照打个电话，还没摸到手机，一阵敲门声突然从房门处响起。

"教授您在家吗？我是池照！"

仿佛梦境中的声音让傅南岸蓦地屏住了呼吸，他站起身，那声音却突然停了下来。

原来，是幻听吗？

傅南岸无奈地摇头笑笑，没想到自己也会有幻听的一天。

傅南岸仰靠在沙发背上，不自觉开始担心起来，他担心池照是不是又出了什么意外。

他再次拿起手机想要给池照打电话，这一次，他的手机铃声突然响了起来。

"教授您在家吗？"池照的声音顺着听筒传来的时候，傅南岸只觉得不可思议。

池照的声音有些疲惫，却很清晰，他问傅南岸："我在您家门口，您能不能开下门?"

　　傅南岸还是不敢相信,手指紧握又松开,然后起身去把房门打开。

　　"教授!"池照的声音在耳边响起,不是幻觉,他说,"我回来了。"

第十章
他看到了最美的风景

1.

池照明显是风尘仆仆跑回来的,他喘着粗气,脸颊冻得冰凉。

傅南岸柔声问他:"不是说不回来了吗?怎么又突然跑回来?"

"想回来了。"池照的嗓音里还藏着疲惫,语气又是坚定的,"而且之前的时候我也跟您约好了,说我要回来的。"

屋子里是暗的,傅南岸独居的时候只习惯开个小夜灯,眼前有点亮光就行,反正也看不见。

池照来之后就不一样了,一进门傅南岸就把客厅的灯都打开了。明亮的灯光照在眼前是一种很温暖的感觉,傅南岸眼前虽然依旧昏昏暗暗的,却感到好像有亮光要拼命地照入那一片黑。

"这一路回来累坏了吧?"池照进门之后,傅南岸便忙碌起来。

池照拎了个大行李箱回来,傅南岸帮他把行李箱放好,又帮他倒了点热水:"先坐沙发上歇着,喝点热水。"

傅南岸又想起刚买的饺子,刚才他没什么胃口吃,现在池照回来就不一样了。

"晚饭吃了吗?我去蒸点饺子。"

傅南岸家里不方便用明火,各种智能锅具倒是齐全,蒸饺子不是什么难事,说着他便要去把冰箱里的饺子放进蒸锅,还没起身,池照就拉住了他。

"别忙了教授,我不饿,不想吃饺子。"

"不想吃?"傅南岸无奈地笑笑,暂时停下了动作,"那你想吃什么?"

"什么都不想吃。"

就这么别别扭扭地说了一会儿话,傅南岸很快意识到了池照应该是有话要说。

"想说什么就说吧。"傅南岸带着池照在沙发上坐下,淡淡地看着他说,"你说,我听着。"

池照没有立刻说实话:"说什么?"

"你昨天情绪很不对,"傅南岸很冷静地分析着,"一声不吭地回来也不是你的性格,再怎么样你在回来之前都应该给我打个电话的,是遇到什么事儿了?"

傅南岸的感觉太敏锐了,什么都瞒不过他。池照还有点犹豫,支吾着不知道要怎么开口。

"说吧,"他的语气很淡,"别瞒我。"

傅南岸的语气稍微冷了点,池照就有点慌了,为这点事让傅南岸生气不值得。

池照拽着傅南岸的手说:"教授,我说。"

他深吸一口气,终于下定决心。

"教授,"池照问傅南岸,"Mike 之后又找过您一次,对吗?"

傅南岸不置可否:"你怎么知道的?"

"是 Mike 告诉我的。"池照说,"前天晚上我做完实验已经到凌晨了,我在路上遇到了他,他问我为什么没有回来找你,我才知道他之后又去找过你……你怎么从来没有告诉过我?"

自上次医院的争执之后,Mike 主动换了寝室。

池照一直以为 Mike 是被自己的话劝退的,后来才知道不是那么

.227.

回事——Mike还去找过傅南岸一次。

Mike天生张扬，本来和室友池照处得好好的，现在池照竟然因为一个盲人而冷落他，所以他非常不服气。傅南岸来的第二天，Mike就再次把他约了出来。

"我们聊聊。"Mike直接在医院的走廊里堵住了傅南岸，彼时池照还在病房，傅南岸不愿意让这事儿影响池照的心情，跟着Mike去了楼下的小花园。

他拄着盲杖在小花园里站定，问Mike："要聊什么？"

"你知道我想跟你聊什么，"Mike说得很直白，他就是想故意刺激傅南岸，"我就是不能理解为什么池那么尊敬你。"

傅南岸眼帘微垂，淡淡道："所以呢？"

他的态度太淡定了，Mike呛了一下，但还是把话说了下去。

"别太得意了，"他毫不留情地戳着傅南岸的痛处，"你不过是个瞎子而已，池早晚会认识到这一点的。

"也许你之前确实帮过他，但池也在成长，总有一天他会意识到你什么都办不了——你甚至连在他生病时照顾他都做不到。"

Mike越说越觉得有道理，语气逐渐狂了起来，他甚是得意地对傅南岸说："你们早晚会分道扬镳的。"

傅南岸的表情却依旧很淡，像是听到了他说话又像是没有听到。傅南岸沉默了很久，终于很轻地说了句："这没什么。"

Mike没懂他的意思："你说什么？"

傅南岸的嗓音依旧很淡，他手里握着盲杖，他的眼睛是灰色的，但他的表情中却不见任何犹豫，他说："他愿意和我来往就来往，不愿意也没关系，但都与你这个外人无关。"

Mike说的这些傅南岸全都想过，身在其中的时候他只会比外人考虑得更多。

"我知道看不见有多不方便，这点不用你提醒我，我一直在和这双眼睛磨合。这路很难，我很感激池照能替我说那些话。"傅南岸顿了一下，然后缓缓地说，"能当他的老师和朋友是我的幸运，但我更希望他能快乐。"

2.
傅南岸的话一出口，Mike 就输了，输得很彻底。
他想要挑起傅南岸的自卑情绪，他想要傅南岸自我怀疑。
这种被人质疑的感觉太伤自尊了，他确实戳中了傅南岸的痛处。不只是这一次，因为眼睛看不见，傅南岸时时刻刻都要承受着来自外界的怀疑，这些都客观存在，但傅南岸依旧神色淡然。
"在那一刻我才意识到他的内心有多强大。"Mike 很愧疚地对池照说，"是我太幼稚了，像个被家人冷落的小孩子，总想摔破点东西吸引大家的注意。"

池照原本确实是没想回国过年的，项目太忙，时间太赶，但当听到 Mike 说的那些话的时候，池照脑海里只剩下了一个想法——他要回去。
飞机坐了十几个小时，池照甚至没来得及给傅南岸发条消息，一直到脚踩在熟悉的土地上，池照才感觉到了久违的安心。
"没提前跟您说一声就回来是我的错。"坐在沙发上，池照看着傅南岸的眼睛说。
"听到 Mike 和您说的那些话我觉得很难受。"
傅南岸的表情依旧温和，他在池照边上坐下，轻笑了下："没关系，说过的就都过去了，我不在意那些。"

就这么说了半晌的话，池照终于困了。
十几个小时的路程太累了，池照这晚是在傅南岸这里住的，第二天一直到快中午才起来。
"要吃什么？"起床之后傅南岸问池照，"在家做还是点外卖？"
以往的傅教授总是自律而严苛的，绝不赖床，也很少吃外面的东西；而在认识了池照之后，他也慢慢有了些人情味儿。

池照很喜欢他这样的变化，眯着眼睛说："在家做吧，好久没有吃过家常菜了。"

冰箱里还有傅南岸前一天去超市里买的东西，两人一起在厨房准备饭菜，池照负责切菜、洗菜，傅南岸负责操作各种电器。昨晚没太注意，今天池照突然发现傅南岸的胳膊肘好像有点问题。

"教授，您这里怎么好像肿了？"池照伸手想去碰傅南岸的手肘，还没碰到，傅南岸便下意识地转了个方向。

"没什么大事儿，就是昨天磕了一下，过两天就好了。"傅南岸显然不想聊这个话题。

池照却不能不在意，他把手上的菜全放在一边，洗了手就握住了傅南岸的手腕："别说没事，让我看看。"

屋里有暖气，居家的睡衣不算厚，池照把傅南岸的衣袖掀起，就看到他的手肘肿了一大块，红红的一大片肿得发亮，池照小心翼翼地用手捏了一下。

傅南岸的眉心皱了起来："真没事儿，别碰它了。"

"不是教授，不能就这么搁着不管它。"往日傅南岸不愿意的事池照很少强求，但和傅南岸身体相关的就不一样，池照没听傅南岸的话，手指依旧搭在他的手臂上，轻轻检查着，表情很严肃，"咱还是去医院检查一下吧，万一伤到骨头就麻烦了。"

大面积的骨折很好诊断，细小的骨裂却常常被忽视，池照二话不说带着傅南岸去医院拍了个 X 光片。

傅南岸的手臂肿得太厉害了，池照一颗心都是悬着的，一直到片子出来才松一口气——没伤到骨头，只有软组织的挫伤。

"这是怎么伤着的？"值班的医生看过片子之后问道。

池照偏头看着傅南岸："怎么弄的，教授？"

傅南岸垂下眼帘，很老实地承认道："下楼梯的时候摔倒了。"

"那你怎么不来检查？"医生拿着片子问他，"都伤成这样了，你自己不觉得疼？"

"是有点疼。"傅南岸笑了下说,"我这不是觉得没事儿嘛。"

也确实是凑巧了,那晚傅南岸心情不好,没太注意摔下了楼梯,还正好赶上池照回来这天。傅南岸本意是不想让池照担心的,只能说是怕什么来什么吧,池照明显是生气了。

其实傅南岸的伤势不算太重,也多亏他年轻,身子骨还硬朗,拍过片子之后,医生给傅南岸开了药就放他们回去了。

回去的路上,池照的脸一直是绷着的,任傅南岸怎么喊他都一声不吭。

"怎么了这是?"傅南岸一只手臂吊着,也不拄盲杖了,摸索着去拉池照的手臂,"生气了?"

不等池照说话,他就很主动地承认起错误来了,他是真的怕池照生气。

"我知道错了,我没不爱护自己的身体,我是真没想到会这么严重。"

池照轻叹一口气:"我没生气,教授。"

他偏头看着傅南岸因为受伤而红肿的手臂,瞥一眼又别开:"我就是觉得,看不见真的好难啊。"

之前无数次池照都有过这种感受,而此刻这种感觉更是越发浓烈。傅南岸有太多的遗憾、太多的不甘,都是因为看不见这一点。

因为看不见,所以有无数像 Mike 一样的人可以肆意地中伤他。

因为看不见,所以他自己也会不断地经受心理上的折磨。

因为看不见,所以他总会在意想不到的情况下受伤。

傅南岸的身上是自卑与坚定共存的,身体上的缺陷让他不得不时时刻刻经受各种考验,自己的煎熬,外人的怀疑——只要傅南岸还有一天看不见,那他就还要经受那些怀疑,也要忍受这所有的不便。

"我没生气,教授。"池照又重复了一遍,目光仍旧落在傅南岸身上,看他因为摔倒而肿胀的手臂,看他额角因数次磕碰而留下淡淡的伤疤。最后,池照的目光落在了他那双浅灰色的、毫无光泽的眼睛上——这双眼睛很漂亮，却又带着无尽的遗憾。

从出生到现在，每个人都有太多想要的东西，孩提时哭着想要奶吃，长大了则有更多想要抓在手里的东西。而如果要问池照现在最想要什么，那么池照一定会说："教授，我想让您重新看见。"

池照顿了一下，很认真地对傅南岸说："我刚才没想其他的，我就是在想，我想治好您的眼睛。"

3.
池照想要治好傅南岸的眼睛，他不是第一天这么想了。

如果换作别人，那可能就是随便想想，但池照的想法绝非天方夜谭。

眼底病是一个世界性的难题，但现在医学的发展和亲身参与的项目给了池照这个自信，困扰眼科几十年的技术难题绝非一朝一夕就能解决的，但池照一直是一个敢想又敢做的人。

再者，医学本就是一个志在逆天改命的学科，他想要，那他一定就会努力去做，无论其中要付出怎样的艰辛。

池照回去，之后便又开始了繁忙而枯燥的研究生活。离别总是不舍，科研的压力更绝非几句话能够概括，他们是踩在前人的肩膀上行走的，却依旧走得格外艰难，但因为是心之所向，所以再苦再累都不觉得难挨。

三月份的时候傅南岸的胳膊完全恢复了，四月份的时候街上已春暖花开，五月立夏八月立秋，在傅南岸的监督下池照的身体没再出现过什么问题，而日子就这么一天天过着。

一晃两年过去，池照所在项目组的努力终于得到了回报。

其实人工视网膜的项目之前就有人在做，只是因为电极数量太少不能满足日常需要。而在池照两年研究生期满的时候，他们的项目在动物试验上取得了突破性的进展，他们把原先其他项目组做的最高49个电极提高到了3000个以上，这一数量足以满足病人的日常需要，下一步就要进入分期的临床试验了。

所有的艰苦都不必多说，拿到成果的这一刻就都值得。

虽然现在的研究成果距离这项技术真正上市还有很长一段路要走，之后也定然会遇到各种各样的困难与挑战，但他们已经成功迈出了第一步。迈出了最艰难的一步，那么接下来再苦再累他们都不会惧怕。

大课题的研究需要各个领域的通力合作，池照的研究方向偏向于基础，他没有临床经验，于是项目真进入临床之后他能做的就不多了。

人工视网膜的生产还涉及与医疗器械厂家的合作，这对池照来说更是从未接触过的领域，于是自己的研究完成之后池照选择了先行回国，等待项目的发展。

"真就这么回去了？"

池照的导师自然是不愿意就这么放他回去，在池照临走的前一天还在劝他。导师拍着他的肩膀，语气诚恳地说："池，你是一个很优秀的学生，真的不考虑留下来吗？你可以考虑继续跟着我，我愿意给你开很好的条件。"

他说得真诚，池照也答得真诚："真不留了。"

再怎么说也相处了两年，到分别时总不是什么愉快的事，但池照的语气依然很坚定："我很喜欢这里的环境，也很感谢您的栽培，之后的项目我会继续关注，但我是时候回去了。"

导师点点头说："好，但是如果你改变主意了，欢迎你随时回来。"

池照是带着项目成果回去的，回国之后被引进到了本市最好的眼科医院。

回国这天傅南岸亲自来接池照，一同来的还有傅南岸的父母，二老知道儿子有这么一位优秀的朋友，也觉得万分开心，说什么都要过来。

得知要见傅南岸的父母时池照还有点紧张，做研究这几年什么大风大浪没经历过，但池照还是仔仔细细地跟傅南岸确认了他父母的喜好，投其所好买了很多东西回去，叔叔喜欢的斯里兰卡红茶，阿姨喜欢的特色方巾，还有对两人身体好的中老年钙片……

池照拎了大包小包的东西，下飞机的时候心都要提到嗓子眼了，结果一见面，傅南岸的父母对他简直比对自己的亲儿子还上心。叔叔阿姨亲切地拉着他问东问西，回去之后阿姨还亲自下厨做了满桌的饭菜。

"小池来，尝尝阿姨做的这道烤鸡翅，我听南岸说你喜欢吃这个，特意一大早去市场上买的，绝对新鲜。"

"对了，还有这道鱼汤，你们做医生的都辛苦，应该多补补身子，阿姨给你盛一碗。"

这种热情绝非伪装出来的，各种小细节都骗不了人。吃过饭之后，傅母又端来了果盘，洗过的苹果切成可爱的小兔子形状。傅南岸插起一块放进嘴里，又被这奇怪的形状惊了一下："这切的是什么？"

"兔子苹果。"傅母说，"我在网上跟人学的，那是两个尖儿是兔子耳朵。"

傅南岸被她的描述逗笑了："怎么之前没见你这么精细？"

"那肯定不能和以前一样啊。"傅母理直气壮地说，"这不是有咱们小池在这儿嘛。"

傅南岸笑："到底谁是你们儿子？"

傅母答："那你肯定是不能和小池比的。"

其实都是玩笑话，但这样的家庭氛围池照很喜欢。傅南岸的父母从不会高高在上地要求两人做什么，有的只是平等的交流与沟通，也难怪傅南岸哪怕在最傲气的大学时代失去视力也没有从此一蹶不振。除了朋友，父母也是陪伴在他身边的重要的人。

这样的陪伴同样是温和而有力量的，见过了傅南岸的父母之后，池照第一次感受到了亲情对一个人的影响到底有多大。

和两位长辈相处的日子比想象中还要愉快,但再愉快也有分别的时候,转眼就到了要离开的时间。

二老已经退休了,在海边买了房,每天种种花草摸摸鱼,不像池照与傅南岸还有工作在身。

临别的前一晚,傅母又把池照拉到一边,说要和他谈谈心。

"阿姨您要和我说什么,直说就好。"

坐在二楼的书房里,池照有点拘谨地朝傅南岸的母亲笑了一下。

傅母也很快笑了起来,语气很温和:"别这么见外小池,阿姨叫你来没别的意思,就是想和你说声谢谢。"

池照蒙了一下:"啊?"

"是得谢谢你。"傅母抬眼打量着池照,语气很诚恳。

话说到这里的时候,池照仍旧满心疑惑,而傅母显然知道他在想什么,很温和地跟他解释:"南岸从小都是个很独立的孩子,他很少向我们抱怨什么,哪怕得了这样的病也从来没有抱怨过什么。我知道他很优秀,但我也知道他自己默默扛下了很多。"

所以说父母与父母确实是不同的,池照从小没感受过亲情的温暖,傅南岸却遇到了真正爱他的父母。

"其实就是希望他能开心一点吧,自打他眼睛看不见以后他就很少笑了。我和他父亲有心想帮他,却帮不到他什么,他的路都是他自己走的。"

说到这里的时候,傅母无奈地笑了一下,她的手指抚摸着自己的发髻,说着便动了真情,她是真心爱自己的儿子,所以语气也格外真诚:"说实话,我们从来不求他大富大贵,只是希望他能快乐,所以我真的很感激他能遇到你,让他能敞开心扉。"

池照的心里酸酸胀胀,他一边为傅南岸的过往感到心疼,一边又感激傅南岸遇到了这样开明的父母。

"阿姨您放心,"池照向傅母保证,"以后一定会更好的。"

他顿了顿,又在心里很郑重地补充了一句:"我也一定会治好傅教授的眼睛。"

到这时池照已经不再是当初还在实习时懵懵懂懂的小青年了，两年的磨砺让他成长了许多。

当初傅南岸受伤时，池照只能满是心疼地说"我想治好你的眼睛"；而现在，他已经有绝对的自信对傅南岸说"我能治好你的眼睛"。

"想"和"能"之间的跨越只有身在其中的人才懂，他们的项目已经进入了临床审批阶段，那么傅南岸的复明无非是时间问题。

"教授，我会让您看见的。"回程的车上，池照很郑重地承诺。

他已经不再是当初那个会因为别人的一句话而蹲在地上委屈地背书的实习生了，他一直在成长着，他在努力发光。

傅南岸笑了一下："我知道，我等着。"

是了，傅南岸一直是知道的，这就是池照，是他最优秀的学生，坚定、勇敢、执着。

这样的孩子身上是带着光的，他天生就应该得到所有的偏爱，他有这份念想也有这个实力，他早就在熠熠闪光了，那么他想要的就都应该是他的。

池照想要的就该是他的，不管是一年还是十年，傅南岸终有一天能够看见。

是期盼也是必然，三年后的一个夜晚，池照终于接到了来自他导师的越洋电话——

"池，可以了，这次是真的可以了！"

4.

三年间的艰辛不必多说，从临床试验到真正做出成果还有很远的路，其中有无数次失败与挣扎，摔倒与爬起，以至于接到导师电话的时候，池照根本不敢相信。

"真的可以了吗？视力具体能恢复到什么程度？有没有排斥反

应和其他副作用？"

接到电话的时候，池照刚从手术台上下来，手术服刚脱下来，脱口而出就是一连串的问题，他一直挂念着这个项目。

项目走到临床阶段之后，项目组又进行了各种调试，最终确立了一种新型分子材料作为人工视网膜电极的载体，这种材料排斥反应小，能容纳的电极数多。

前段时间，他们在三个病人身上进行了临床试验，池照一直关注着这个项目，几乎每隔几天就要打电话去问问情况。这会儿听到结果时自然格外激动，不等导师回答就又是一连串的问题："具体的数据有吗？您能说得详细点吗？到底什么算是可以？"

"具体数据我邮件发给你，病人发生排斥反应和并发症的概率都比我们想象中要好。"

隔着电话，导师的声音依旧清晰，一句句砸在了池照的心上："目前来看，我们的志愿者在接受过手术之后视力均有了明显的提高。我打电话就是想告诉你，这项技术已经正式通过了临床试验，没有意外的话，过段时间就可以正式应用于临床了。"

"可以正式应用于临床了"，这句话池照等了太久了。

眼底手术的特殊性使得池照不敢在傅南岸眼睛上贸然实验，他必须等待项目成熟。

从最初在动物实验上取得成果开始，池照就一直在等待这一天，如今梦想一朝成真，他还有些不敢相信。

"是真的可以了吗？"池照反复和导师确认，"不会再有什么意外了吗？"

"百分之百谁都不敢保证，上帝造人的时候尚且出现了很多意外，"导师笑了一下，"但从目前的成果来看，这个项目确实可以为许多患眼底病的人带来光明。"

健康所系，性命相托，医学本就是一个与命运抗争的学科，人生来难免与疾病打交道，医学便是把病人从深渊旁边拉回的那双手。池照一直在尽力成为一名好医生，而傅南岸也正在因为医学的进步而可以重见光明。

一晃又半年过去，人工视网膜的项目在国外先行批准上市，池照拿到了第一批手术名额。

在项目批准初期拿到这样的名额并不容易，眼底病的病人太多了，人工视网膜却还不能实现大规模生产，材料技术都很紧缺，能做的就那么几例。但因为有池照在，所有的一切都不是问题。

池照一直在为傅南岸能够看见做着一点一滴的努力，从参与项目到尽力保护傅南岸的眼睛，但凡是能做的，池照一直在尽力去做。

还在实习的时候池照就常帮傅南岸敷眼睛。留学的时候池照就打视频电话让傅南岸敷眼睛，回国之后哪怕一天的手术再累，他也会提醒傅南岸敷眼睛。

而事实证明，池照的做法是很有先见之明的，在项目初期材料紧缺的情况下，病人眼底状况的评估成了手术的金标准，再加之池照的不断奔走和导师的帮助，傅南岸的手术最终定于半个月后在国外进行。

人工视网膜的成功研发是件大事，眼科医生自然都关注，身为从业者他们知道这个阶段想要拿到这样一个名额有多难，因此得知这一消息的时候都震惊了，更是对池照刮目相看。

"咱小池也太厉害了，真给咱们医院长脸。"

"我就说池照一定是个能做大事的人吧，你看怎么着，这么快就灵验了。"

"别说了，池照刚来的时候，我还觉得他长得太嫩没什么能力，现在真是啪啪打脸啊。"

大家七嘴八舌地夸着，池照则很坦然地接受他们的赞美。这确实是他应得的，每一次光风霁月的背后都有着数不清的努力和奋斗。

刚回国的时候池照还是个小年轻，在医学这个以资历论长的行业里受到过不少怀疑。而在短短的三年里，他以绝对的实力和谦逊上进的态度赢得了所有人的肯定。

现在越来越多的人知道眼科医院有个叫池照的年轻医生，就连科室内向来以严苛著称的大佬都不止一次地夸过他,说他一定会有所作为,一定能成长为眼科未来的栋梁。

出国签证,资料核对,入院申请,这些都是池照一手操办的。原本傅南岸的父母也要跟去的,但毕竟二老年纪大了,路途遥远也不方便,综合考虑各种情况之后还是只有池照一个人跟去了。

入院之后,护士问池照:"资料是您准备的吗?您一个人?"

"对,就我一个,"池照答,"资料全都准备好了,您可以随时过目。"

池照一个人陪护着傅南岸,细心程度却丝毫不输别人的一众家属。除了要准备的基本资料,池照还把这么多年以来傅南岸的病历和检查报告原原本本地整理了出来,厚厚的一本花费了池照很多时间,却也为医生的手术提供了宝贵的资料。

"您也太厉害了。"拿着那份翻译过的病历,护士真诚地感叹,"要是所有的病人都像您这么周全,简直都不需要我们了。"

池照已然习惯了这些夸奖,只是笑笑,说:"您过誉了。"

池照准备的东西确实周全,这也让傅南岸的手术进程多了一分保障。时间一晃来到了手术的前一天,护士照例来进行安抚工作,告诉他们明天手术的流程。

手术的流程池照再清楚不过了,无非是麻醉、切开、放置、缝合。类似的手术几年前池照就给实验动物做过,这次手术池照也会全程在旁边看着。

但当护士递来知情同意书和手术风险告知书的那一刻,池照却突然从心底产生了一股紧张的情绪。

好像先前隐藏的情绪突然涌现了出来,池照根本无法控制心中所想。这场手术他等了不止五年,他为此付出了无数的努力,但真当梦想将要实现的时候,池照又难免忍不住地多想——

手术会出现意外吗?

术后傅南岸真的能看见吗?

会不会有其他并发症发生？

这项技术太新了，有太多的不确定性，但就算是完全成熟的手术，池照也无法放下心来，小概率的事件总有可能发生，但傅南岸只有一双眼睛，他们没有更多的机会了。

池照缓缓闭了闭眼睛，他从未这么真切地体会过病人家属的心情。

他的嘴唇翕动着，他想要问点什么来让自己安心，但又什么也问不出口，所有的环节他都了如指掌，他知道那些意外发生的概率都很低，可情绪上来的时候又根本不受控制。

池照太在意傅南岸的眼睛了，他就像是被扼住了脖颈一般，只能眼睁睁地看着医生为他们讲解手术的风险和注意事项，看着傅南岸在告知书上签了字，看着护士拿着告知书走出病房，又看到病房的门打开又关上。

"啪嗒"一声门锁落下，周围陷入了一片寂静。

池照沉默地坐在傅南岸的床边握住他的手，喊了声："教授。"

"怎么了？"傅南岸的声音很沉又很稳。

池照坐低了一些，他不知道要说什么，于是只能说："没事儿教授，我就叫叫您。"

"好，叫吧。"傅南岸说，"我就在这儿呢。"

池照不说，傅南岸便也不再问，两人就这么安静地坐着。外面的天不知什么时候已经暗了，太阳躲入树丛之后，天幕便是一片昏黑。傅南岸住的病房楼层不高，窗外能看到枝繁叶茂的树木。但在天黑了之后树枝便也是黑色的，黑压压的一片挡在眼前，把太阳那一点微弱的余晖遮蔽。

那是一种很压抑的情绪，天幕彻底黑下去的时候，池照又喊了一声"教授"。

"嗯，我在这儿。"

傅南岸的声音是温和的，他似乎一点都不担心明天的手术，但池照不行。池照太害怕了，越在意就越害怕，池照根本没办法控制自己的情绪。

"教授，我有点害怕。"

傅南岸已经换上了病号服，宽松的衣服穿在他身上更加重了池照不安的感觉。只有在这时候池照才能感觉到自己的渺小，哪怕他被那么多人夸过，取得过那么多的成就，但他依然觉得自己渺小，在未知的事物面前人总是渺小的，谁都不能免俗。

池照害怕的东西太多了，害怕手术的意外，害怕排斥反应，害怕并发症，也害怕傅南岸经历过一次手术之后仍然没法看见，情绪一旦挑起了头之后就很难停止。

"教授您不怕吗？"

傅南岸温和地反问他："有什么怕的？"

"您不怕手术失败吗？不怕做完手术之后还看不见吗？"池照莫名有点着急，焦虑情绪充斥在脑海中让他根本无法静下心来思考。

"这都没什么，不需要害怕。"

傅南岸知道池照在担心什么，但他确实是不担心的，不紧张，也不害怕："我相信你的能力也相信你们整个项目组，这是你亲自参与的项目，这个项目已经得到过那么多的认可，我相信它可以给我带来光明。"

"那万一失败了呢？万一你以后都没有机会看见呢？"池照的语气有些执拗，他知道那样的事概率很小，他知道自己是钻了牛角尖，但就是钻不出来。

"不会失败的，你已经成功了，很早就成功了。"

傅南岸的语气温和却带有力量："无所谓手术成功还是失败，看不看得见我都适应了，有你们在我身边，我的世界就一直是亮着的。"

5.

第二天是早上八点的手术，池照跟着傅南岸一起进了手术室。

眼科手术多采用局部麻醉，但考虑到要切开玻璃体，医生最终还是选择了全身麻醉。麻醉针顺着静脉被推入身体，临睡着前的最后一秒傅南岸的眼睛正好瞥到了池照站着的方向，又或许不是恰巧，就像傅南岸说的，有池照在他就能看见。

这种级别的手术池照自然没法亲自动手，身为朋友他也不会选择亲自为傅南岸手术，怕情绪上来，没法冷静判断。

但作为人工视网膜研发的参与者，池照有幸在手术室里目睹了整场手术，亲眼看到有自己参与研究的人工视网膜被放置在傅南岸的眼睛里。

池照无法描述那是一种怎样的感觉。

厚厚的手术服穿在身上，池照站在一众医护的最后面。

麻醉、划线、切开，手术的每一步都进行得有条不紊。

手术请的全都是业内最精尖的专家，池照虽然帮不上忙，但当他看到有自己努力的那一份研究成果的人工视网膜被放入傅南岸的眼睛里的那一刻，他还是感觉到了一种巨大的成就感。

他知道，傅教授离看见又近了一步，而其中也有他的努力与期待。

之后的缝合进行得很顺利，麻药劲儿过去之后，傅南岸很快醒了过来。

手术之后，医生在傅南岸的眼外侧缠了纱布，一圈圈包起来又在额侧打了个结，乍一看颇有一种微妙的喜感。

池照每天来的时候都要碰碰再摸摸，恨不得手就长在这圈纱布上，弄得傅南岸满心无奈。

"有这么好笑吗？"池照又一次伸手去揪傅南岸的纱布时，傅南岸拉过池照的手按在手里，"你今天都动了它八百次了。"

"哪有那么夸张？"池照并不顺从傅南岸的约束，抽出手来继续去碰，"我就是觉得挺有意思，还第一次见你这样。"

傅南岸是真无奈了，抬手放在眼睛边缘跟他一起摸："很丑吗？"

池照骨碌碌地转了下眼睛，认真打量挺久，认真地说："是挺丑的。"

"那怎么办？"傅南岸笑了，很放松地坐在病床上，"现在学生也要嫌弃老师了？"

"现在肯定跟之前不一样了，"池照接着他的话，笑嘻嘻地说，"我早不是实习生了，现在该你抱我大腿了。"

说说笑笑的话挺有意思，实际上两人都没有当真，纱布蒙眼睛并不丑，反而更有种温润的书生气息。

之所以会说那样的话，是因为两人都等这一天等得太久了，池照太想傅南岸能够看见，傅南岸亦是同样。

术后拆线还需要一周，在这期间傅南岸的眼睛上都要一直缠着纱布。

术后医生告诉池照手术很成功，后来每天检查时医生也说事态在朝着好的方向发展，可但凡是手术就一定有风险，由于个体差异，具体怎么样还要等掀开纱布之后才能最终下结论。

一周的时间不算长也不算短，之前那么多年都等过去了，但就这一周格外难挨。

和傅南岸一起手术的还有一个十来岁的小姑娘，就住在傅南岸隔壁病房。术前池照随手给她塞了颗糖吃，术后小姑娘就黏上池照了，每天都要让父母带着她到傅南岸的病房玩。

"哥哥哥哥，我多久才能拆掉这个啊？"小姑娘的眼睛上也绑着和傅南岸一样的纱布，几乎每隔几分钟就要拽着池照问一次。

"嗯……要等等哦。"

池照摇摇头，他向来很擅长哄小朋友开心："你看动画片里的公主都是最后出场的，都得让人等着，宝贝你眼睛这么漂亮，所以也要多等一会儿哦。"

"哇！摘掉之后可以变成公主吗？那我可以等的！"小姑娘被他夸得嘴角都咧开了，"一分钟可以吗？那五分钟呢？"

池照笑着掐了下她的脸蛋："不行哦公主大人。"

在小朋友的世界里,一分钟那都是极其漫长的,掰手指都要掰好长时间。

小朋友分分秒秒期待着,池照也同样期待,似乎唯有傅南岸依旧一副淡然的表情,好似完全不介意到底什么时候能拆线。

小姑娘很快就玩累了,被父母牵着回到自己的病房。池照走到傅南岸身边,又碰了碰他的纱布。

"您怎么就一点都不着急啊?"

池照是真觉得好奇,刚刚小姑娘在这儿的时候傅南岸也在旁边,他跟着池照一起哄小姑娘,语气永远温和,好像他根本没有做手术也根本没有蒙纱布,他不过是一个旁观的人。

池照的手指按着傅南岸的纱布边缘,小声嘟囔着:"我都快着急死了。"

"你哪里看出来我不着急了?"傅南岸深吸一口气,"我很着急,你不知道我有多着急。"

傅教授向来不是一个情绪外露的人,他很少迫切地期待过什么,除了"想要看见"这点。

刚才小姑娘在病房缠着池照的时候,她妈妈问她想看见什么,小姑娘开心地说了一大串,想要看到玩具,想要看动画片。

小朋友年纪还小,她其实还不太清楚"看见"到底有着怎样的意义。但傅南岸知道,傅南岸太了解了,"看见"不只是意味着生活的方便,更意味着你可以更加完整地去接触、去感受你所爱的物与人。

对于傅南岸来说,他想要看到的东西太多了。

做完手术的前两天眼前依然是混沌而模糊的,不只是因为有纱布绷着,傅南岸的大脑已经太久没有接受过视觉信号的刺激,想要重新学会"看见"需要一个很漫长的过程。

一天,又一天。

眼前依旧蒙着纱布,但傅南岸慢慢能感觉到有人影在晃了。纱布包了很多层但终归是透光的,傅南岸隔着纱布睁大了眼睛,想要让那光芒更快地透进来。

一周一晃而过,终于到了傅南岸拆线的这天。

前两天医生曾短暂地摘掉过纱布帮傅南岸换敷料,但到了真正掀开纱布那一刻感觉还是不一样的,入目是很刺眼的光芒,傅南岸太久没有感受过,甚至条件反射一般眯起了眼。

池照就站在傅南岸的身边,见状赶忙抓住了他的手,一脸紧张地看着他:"教授您感觉怎么样?"

池照想要伸手在傅南岸面前晃一下,却又什么都不敢做。

他与傅南岸之间不过几十厘米的距离,他就这么怔怔地看着傅南岸的眼睛,看傅南岸原本灰色的眼眸中有了一点光晕,看到傅南岸眸子中映出自己的身影。

"能……能看到我吗?"池照的嘴唇翕动着,连呼吸都慢了下来。

他的声音颤抖着,从未这么紧张过,他觉得自己的心脏都要停跳了。而后,他看到傅南岸伸出手指,停在半空中,然后缓缓地触碰到他的脸颊。

傅南岸的手指有点凉,细长的指尖蹭着池照的皮肤,而后点了点他的眼睑。

"这是……眼睛。"

"这是……鼻子。"

"这是……嘴巴。"

傅南岸贪婪地睁大了眼,这个过程太漫长了,时间仿佛在这一刻静止了下来。

傅南岸太久没有看到过,脑子里很难形成完整的图像,他需要很久才能反应过来眼前的什么东西。

两人的表情都是紧绷着的,谁都没有出声。

"你的酒窝呢?"傅南岸拧着眉心问池照,"我怎么看不到它?"

池照的眼泪一下子涌上来了,他知道傅南岸这是真的看见了,眼睛酸酸的，嘴角咧开的时候，唇侧的那颗酒窝终于浮现了出来。

"在这儿呢。"

池照哭着指了指自己的酒窝。

这么多年了，傅教授终于能看见了。

6.

后来再想起这段儿的时候，两人都觉得挺好笑的，傅南岸就不说了，他向来克制。

池照就不行了，好歹也工作两三年了，不是还在上学的小年轻了，大大小小的事经历过不少，旁边护士还在那儿站着，他却没绷住情绪，直接哭了。

也多亏护士见这样的情景见得多了，拆完线就推着车走了，医院本身就是见证悲欢离合的地方。

"教授！教授！"情绪还上头着，池照根本没注意护士是什么时候走的。

池照的一腔心思全在傅南岸这儿，知道傅南岸能看见的时候就完全绷不住了，他一遍遍问他是不是能看见了。

"能看到，"傅南岸很温和地说，"我能看到。"

池照还是不敢相信，手指伸出来举到傅南岸的面前："真能看到？那您看看这是几？"

池照修长的手指紧绷着，傅南岸笑了一下："二。"

池照换了个手势："那这个呢？"

傅南岸说："五。"

他又换了一个："再说这个。"

傅南岸："三。"

幼儿园的小朋友都不玩的东西了，池照却固执地要傅南岸回答。

其实也能理解，他们都等这天等得太久了，池照更是为此付出了难以想象的艰辛。情绪本来就是不受控制的，多年的等待一朝成真，池照已经算很克制了，他只是一遍遍地喊着傅教授，一遍遍地确认。

池照问傅南岸就配合，指什么就说什么，最后不知道问了多少个数字，池照的手都举得有点酸了，傅南岸没再继续回答他的问题，温和地制止了池照再继续比画。

"我能看见，你指什么我都能看见。"

傅教授真的能看见了，一直到很久之后池照才终于敢确认这点。

刚拆线的时候视野还有点昏暗和扭曲，到后来慢慢就清晰了起来。

太久没接受过视觉刺激了，刚开始的时候傅南岸还很难把看到的和他以往摸到的、听到的东西联系起来，但随着时间的推移，这种陌生感正在逐渐消失，傅南岸已经可以靠着人工视网膜来辨物识人了。

入院的时候傅南岸是拄着盲杖来的，每一步都走得小心，出院时就不一样了，盲杖就变成了一个可有可无的摆件，拿在手里、放在箱子里都显得沉重又笨拙。

"之前怎么没发现这东西这么占地方？"

临回国的前一晚，两人一起收拾东西，池照半跪在行李箱前面折腾了半天，却死活找不到地方放这根盲杖。

盲杖是可伸缩的，其实已经做得很轻便了，但因为已经用不着了，所以哪怕再小都觉得占地方。

"不然干脆扔了算了。"行李箱里实在是塞不下了，池照半赌气似的说了一句，把它随手往地上一扔。

钛合金的材质摔在地上发出一声清脆的响声，池照又马上心疼了。别的不说，这东西是真的贵，毕竟是给盲人用的，需要附带很多功能。

"算了算了，我再试试。"池照无奈地摇摇头，又要继续把盲杖往行李箱里塞，手指还没碰到盲杖，倒是傅南岸先弯腰把它拿了起来。

"别塞了。"傅南岸很平静地说。

池照愣了一下："不塞怎么办？你拿着过安检吗？"

"为什么要拿着过安检？"傅南岸反问他，"就不能不带回去吗？"

话说到这里，池照还没反应过来，怔怔地想问傅南岸为什么，"为"字已经说出口了才想明白原因，然后突然笑了一下。

"对啊，"池照拍了下脑袋，"为什么要拿回去啊？"

这东西再贵也不需要拿回去了，傅教授已经不需要了，最后两人一起把盲杖送给了眼科病房里其他需要它的人。

眼科的疾病太多了，并非仅靠一个人工视网膜就能解决的。

受限于技术的限制，傅南岸的视力还无法恢复到患病之前的状态，他不能长时间用眼，也不能做穿针引线之类的精细操作，但这已经足够了，傅南岸不会再因为眼疾而受到质疑，也不会因为看不到池照而遗憾。

医学总是在进步，他们也一直在路上。

在国外待了小半个月，两人再回来的时候大家已经都知道傅南岸眼睛复明的事儿了，科室里的同事不用多说，问都问了好几圈了。

最让池照惊喜的还是陈开济，听说傅教授好了，陈开济特意把当初实习时那一大群同学都叫来了，要给傅南岸一起庆祝。

年前陈开济和周若瑶结婚买房，现在傅南岸的眼睛好了，陈开济更是比谁都高兴，组织了这场聚餐，一顿饭喝的酒比池照和傅南岸两人加起来都多。

周若瑶有点看不下去了，在旁边劝他："你少喝点吧。"

"那不行！今天我高兴！"陈开济马上着急了，二话没说又把杯子里的酒一饮而尽，态度还挺强硬。

可别看陈开济这会儿一副威风凛凛的样子，过了一会儿他喝醉了，马上抱着周若瑶的胳膊不肯撒手了："媳妇儿，我头疼，要媳妇儿亲亲才能起来！"

也不知道是哪儿学来的土味情话，周若瑶根本不吃他这套："刚怎么和你说的？让你少喝你还喝？"

"我错了，媳妇儿！我真知道错了，"陈开济的语气一下子就软了，委屈巴巴的样子跟小媳妇似的，又还是执着地说，"但是我现在就想要你亲我一下。"

两人的对话把一桌子的人都逗笑了，池照是笑得最开心的那个。

上学那会儿陈开济一直是高冷的，一身潮牌穿在身上，谁看了都觉得这人是大少爷脾气，但自打跟周若瑶在一起之后这大少爷就变了，到现在已经成了"家养的大忠犬"了。

桌上的同学很多都是五年没见了，再见面的时候却依然觉得亲切，大家一起唠过去唠未来，聊起天来的时候就又是记忆中熟悉的模样了。

那段最美好的青春尘封在了记忆里，再回想起来的时候又觉得是在闪闪发光，一直到聚餐结束回去的路上池照的眼睛还是亮晶晶的。

他也喝了点酒，脸有点红了，念念叨叨地和傅南岸说起了当年实习的事儿。

说实习的事儿，也说起了后来出国、回国、治眼睛，他们有太多太多的回忆，甜的，苦的，酸的，涩的，池照说着傅南岸听着。傅南岸的情绪没有池照那么外显，池照追忆过去的时候，他只是安静地去听，但所有的回忆他都一样珍藏着，那是他记忆中很耀眼的部分。

或许那些记忆太过美好吧，池照讲着讲着，天上突然非常应景地炸起了烟花。

一朵，又一朵。

绚烂的烟花炸响在空中，池照的注意力一下子就被吸引了："教授，快看烟花！"

傅南岸应声抬头，看到天空中绚丽的色彩。

"真好看啊，"池照笑着跟傅南岸说，"你很久没有见过这个了吧？"

傅南岸点头说"嗯"，池照又说："那你应该多看一会儿，不然就要错过了。"

池照知道傅南岸再次看到有多不容易，于是每次碰到什么好看的东西总会献宝似的想让他看到。

烟花确实很美，但又好像不够美，璀璨的光芒落在池照的脸上忽明忽暗，构成了更美的风景。

傅南岸蓦地轻笑了一下。

"不会错过的，"傅南岸的语气依旧温和，"所有的美景都在我的眼睛里了。"

番外一
成长

这年的冬天比往年来得要早一些，寒潮带来肆虐的北风，带来霜雪，也为池照的办公室里带来了两位不速之客。

前段时间由池照牵头研发的第二代人工视网膜在国内获批，越来越多的眼底病患者得以重见光明，这确实是一件可以被称为奇迹的事，本地媒体为池照做了采访特辑。

没两天就有两个五六十岁的人拿着媒体报道冲到眼科医院，说要来找池照，说他们是池照的父母。

听科室里的护士说有人来找自己的时候，池照刚下手术，根本没想到来的会是他这么多年没见的亲生父母。

"您二位是……"池照收敛起脸上的职业性笑容，甚至一时没认出来他们是谁。

曾经最熟悉也最惧怕的面孔在时间的流逝下变得模糊，若不是那个梳着麻花辫的女人二话不说冲上来抱着池照哭，池照根本没有想到面前的二位是自己的亲生父母，他们确实太久没见了。

"儿啊，我的儿啊，你不记得我了吗？我是妈妈啊，妈终于找到你了！"

女人的哭声撕心裂肺，鼻涕眼泪全蹭到池照的白大褂上，但其实在池照年幼的时候她很少自称"妈妈"。她抱着池照不肯撒手，反复地诉说着自己的感情，而池照只是僵硬地站在原地。

不是他不想动不想说话，而是他根本不知道该有什么样的反应。

女人声嘶力竭地诉说着多想池照，说她日日思夜夜念。她说话的时候，身边的男人也红着眼睛在抹眼泪，好似他们多爱池照似的。

但事实却并非如此，不说那些曾经的虐待，这么多年了，若真有心他们早能找到池照了。

池照逃跑的时候都十岁了，福利院里也一直留有他的血液样本，他们想要找到池照是轻而易举的事，又何必等池照功成名就了才假惺惺地来认亲？

刚跑出来的那几年，池照每晚都会梦到他们，梦到父亲拿带倒刺的扫把抽他，梦到母亲拿烧红了的柴火棍戳他，池照不愿意把他们称为"父母"。

逃到福利院之后，池照很长一段时间不敢见人，不敢和生人说话。能上学之后，池照便拼命学习，他最害怕的从来都不是吃苦挨骂，他只怕再回到那个暗无天日的小村子里，回到这两个让他恐惧的人身边。

原本最不愿意见到的人又出现在眼前，池照虽不再像小时候那么惧怕，却也无法深情地把那两个称呼喊出口。

两人的态度都有些夸张，给人一种在演烂俗舞台剧的感觉，不加掩饰的哭喊声把旁边的病人都招来了，池照挣扎着从桌子上抽出几张纸递给还抱着自己哭的女人。

"那个，别哭了。"时隔这么久没见到底有点尴尬，池照拍了拍女人的肩膀，到底没叫出那个称呼，"这里是医院，咱们有什么事儿出去说吧。"

"干吗要出去说？"女人被池照的态度弄得呛了一下，马上接道，"你不想见我们吗？"

这话池照没法回答，只能静静地看着他们，没有说话。

办公室的门半开着,几个同事站在池照身边很蒙,身后还有几个好奇的病人在朝这边探头。

被刚才的架势吓蒙了的护士第一个反应过来,劝道:"叔叔阿姨你们冷静一点,这里是病房区,不能大声喧哗的,不然会吵到别的病人。"

"对,就是就是。"其他几个同事也陆续接起话来,"这里是医院,有什么事儿你们私底下处理,不要影响其他病人。"

池照没怎么提过自己的父母,但毕竟相处好几年了,大家也或多或少地知道他是在福利院里长大的,这会儿突然冒出一对所谓的亲生父母来找池照,除了蒙圈,大家都不太相信。

池照把两人带了出去,再回来已经是一个小时之后了。看热闹的病人都散去了,刚才那个护士凑到池照的身边问:"池大夫,那真是你的父母啊?"

池照"嗯"了声:"是,挺多年没见了。"

"一直没联系吗?"护士问,"那怎么突然过来了?"

池照不愿意多聊这个话题,只是笑笑,很快把话题掀了过去。

也确实没什么好聊的,这个时间来找池照,不用想也知道两人的目的不会单纯。刚见面时两人都很亲切地拉着池照的手说就是想见见他,没过多久就暴露了真实目的。

坐在亮堂的餐厅里,女人堆笑着开了口:"儿啊,爹妈养你这么大不容易,你现在出息了,是不是也得想想我们?"

池照问:"怎么想?"

"别的不说,房子总得给我们买一套吧?还有你爹最近身体也不好了,你得给我们点生活费吧?还有……"两人明显是计划了很久,池照一问就喋喋不休地开了口。

后来,他们又生了两个孩子,但都没有养到成年,于是在媒体上看到池照之后,他们就自然而然地动了心思,要房要车还要赡养费,林林总总加起来是一个庞大的数字。

"你们把我当什么?"池照直截了当地打断了她的话,"我是你们的提款机吗？"

这么多年过去，池照其实已经不太介意当年的事儿了，再怎么说二位都给予了他生命，池照没想过不管他们，但两人明显是把他当成了可以吸血的工具人。

"这我不能接受。"池照深吸一口气说，"我还有自己的生活，不可能把赚的钱都给你们去享受。"

"这怎么能叫享受？"女人的语气有点着急了，"这点钱都不愿意出？没我们哪儿来的你？"

"不是不愿意，"池照说，"该养你们的我绝对不会少，这是我的责任，但我没有义务无节制地给你们打钱。"

话说到这里就不欢而散了，之后便是长久的纠缠。

俗话说光脚的不怕穿鞋的，二人去池照的单位闹完又去池照的家里闹，这不算大事儿，但就是让人心烦。

"要不然你就给他们买套房算了，把他们安置到远一点的地方，又不是真买不起。"

"生活费就给点吧，虽然是有点狮子大开口，但多一事不如少一事嘛。"

"再和他们好好商量商量，实在不行就忍忍算了。"

不少人这么劝过池照，说两人再怎么也是他的父母，让他别跟两人一般见识，让他忍忍就过去了。可他们把他当成过儿子吗？池照不想就这么妥协下去。

"教授，我不想忍，"回到家里窝在沙发上，池照的声音格外疲惫，"我不想被他们无休无止地吸血。"

"那就不忍。"傅南岸的语气很温和，又很有力量。

池照果真没有忍。

那两人又去医院找池照，池照直接报了警，他们要求池照支付赡养费用，池照便聘请了律师要通过法律手段解决。

这不是一件容易的事。

司法程序严谨而烦琐，虽然律师帮了池照很多，但还有流程需要池照亲自出面。这种事儿在法律上也多靠协商解决，大家谁都没有更好的办法，那二位更是铁了心一般要找事儿，各种要求层出不穷。

一次，又一次。

池照没想过放弃，却也觉得异常疲惫。

每次与他们见面，池照都要被迫回想曾经的那些不愉快，想起那暗无天日的岁月和无法逃离的窒息感。池照都做好打持久战的准备了，某一天却突然接到律师的电话，说是那两位松口了，直接不要赡养费了，溜走了。

池照人都蒙了，难以置信地问："怎么可能？你不是骗我吧？"

律师笑了笑，回答："是真的，没有骗你。"

池照又问："你怎么说服他们的？他们怎么突然就改变了态度？"

"这个……这个嘛。"律师顿了一下，似乎有话要说，但他最后还是什么都没说，只是笑了笑，"这个你就不用操心了，总之以后你可以安心了。"

这转变确实莫名其妙，却也确确实实让池照松了口气。律师说让池照别操心，池照就真的不想深究了，这么久的纠缠他早就吃不消了。

池照千恩万谢地谢过律师，就把这事儿给揭过去了，回去之后还挺开心地跟傅南岸说起这件事。傅南岸的表情也很温和，说："那就好。"

而直到很久之后的某次聊天，池照才知道原来这件事是傅南岸在背后使了力，是傅南岸一次次替他与那两人谈判，傅南岸和他的律师一起恩威并施，才终于让那两个吸血虫松了口。

"教授您怎么这么好啊，为什么从来没告诉过我？"他问傅南岸，"和那两人谈话是不是很烦？您到底是怎么把他们说服的？"

"也还好。"傅南岸笑笑，把所有的艰难都轻描淡写地一语带过。

两人都不是喜欢诉苦的人，当初父母来找池照的时候，池照没和傅南岸抱怨过，后来傅南岸默默做了这些也没和池照提过。

他只是笑笑,说:"我没觉得有什么难的。"

傅南岸没有具体解释他到底使了多大的劲儿,他就是这样,用自己的方式把池照仔仔细细地保护了起来。

"别想这事儿了,别操心。"傅南岸很温和地说。

番外二
耐心

这年秋天,池照家里来了一位新的家庭成员——一只三个月大的金毛,从同事那里抱的。

那天中午,同事给池照看病人的康复照时,手机相册里最先弹出来的是一张好几只小狗的合照。就这么晃了一眼,池照忽然记住了其中一只趴在镜头最边缘的小狗,一见钟情。

晚上下班之后,池照特意去同事那儿打听:"中午那照片是你家的狗吗?"

"什么狗?"同事一脸蒙。压根儿就没想到这茬儿,愣了好几秒同事才反应过来,拍了下自己的脑袋,重新点开手机相册给池照看,"你是说这个?"

照片放在眼前,池照接过来看了一眼:"对,就这个。"

"这是我家狗生的狗崽,"同事也跟池照一起看,笑得幸福又无奈,"一胎生了好几只,都快养不过来了。"

照片里小狗崽趴在一起,像一大团金灿灿的棉花。

刚出生的小狗没什么差别,都是毛茸茸、圆滚滚的,池照却唯独注意到其中的一只——趴在镜头的最边缘处,身子还被另一只小狗压着。

那小狗的脸被压得只剩下了半张,眼睛半眯着,它的身形明显要比兄弟姐妹瘦小一些,金色的长毛微微卷曲着,耳朵耷拉着,眯着的眼睛里却在熠熠闪光。

"也太可爱了吧。"池照笑着夸了两句,指尖在屏幕上划拉了一圈,最后伸手指了指屏幕,"这只叫什么?"

"我看看啊……"同事眯着眼睛看了一会儿,"这只叫'迟到'。"

池照蒙了:"你说什么?"

同事:"迟到!"

池照:"池照?"

同事连忙摆手:"不是不是,不是你的名儿,是'迟到'!"

同事张大了口型,手指还在屏幕上划着:"迟来的迟,到来的到,来晚了那个迟到。"

同事跟池照解释说这只小狗是最晚生下来的,磨了狗妈妈好几个小时,于是家人给它起了这个名字。

相似的读音闹了个小小的笑话,像是命中注定的缘分,这只小狗还真来了池照家。

那天看照片时,同事问池照:"喜欢吗?不然你养吧,我看你俩挺有缘分的。"

同事家里生了一窝小狗,一直在找能养的人,池照的目光屡次落在屏幕上,与屏幕前那只小狗对视着看了又看,最后还是摇了摇头:"算了吧,我怕养不好。"

池照向来是喜欢狗的,在这之前却从没动过要养狗的念头,养宠物不是一时兴起,意味着你要对这个鲜活的生命负责,饿了喂食、病了照顾,还有日常的驯导和陪伴,这都是一个漫长的过程。

池照是真怕自己做不好,他太忙了。

"真不养吗?"同事还在劝说,"其实小狗很好养的。"

池照把目光从屏幕上移开,笑了下:"还是算了。"

就这么拒绝了同事,接下来的好几天池照都梦到了那只叫"迟到"

的小狗，梦到它一双小短腿儿颠颠地朝自己跑过来，长而下垂的耳朵一晃一晃的，也梦到它哼唧唧地往自己怀里钻，撒娇似的伸出粉舌头来舔自己的脸。

就这么魂牵梦萦了很久。有一天吃午饭时，傅南岸突然问池照："想不想养只狗？"

池照夹菜的手顿了一下："怎么突然说这个？"

他心道自己应该没有和傅南岸提起过他看上了一只小狗，傅南岸放下筷子，拿出手机，三两下点开一张照片给池照看："也是刚巧看到了，觉得养只也行。你看这个，朋友家的，我看第一眼就觉得你会喜欢。"

池照"啊"了声接过手机，又惊又喜，照片上的狗他太熟悉了，可不就是夜夜入他梦中的"迟到"。

傅南岸又说："听名字也挺有缘分的，这个小家伙叫迟到，也算是随了你们'池'家的姓了。"

"这也太巧了。"池照又惊又喜，抱着傅南岸的手机反复看，反复确认，简直哭笑不得，"你怎么也有它的照片？我前几天就见过它了。"

傅南岸说："邹安和的朋友圈里的，那天聊天时提了一嘴。"

所以说缘分这种东西是真的挡不住，池照拒绝了同事，却没想到他的同事早些年是邹安和的学生，于是就这么兜兜转转，小狗送养的消息传到了傅南岸那里，还让傅南岸上了心。

医学圈就这么大，彼此认识不算是什么新鲜事儿，但这么多巧合撞在一起那也算是缘分了。最后池照还是把迟到抱回家了，添置了各种宠物用具，原本安静的家里也多了几分烟火气。

刚接回家这天，小狗认生，缩在角落里"嗷呜"着叫了一晚上。池照搬个小板凳坐在旁边，一遍遍地叫："迟到——迟到——"

小迟到好像真的听懂了，圆溜溜的眼睛与池照对视着，趴在窝里，又站起来用鼻尖碰了碰池照的手。

小狗的鼻子湿漉漉的，触碰到皮肤时是一片冰凉，池照的手指微微蜷缩，盯着被小狗碰到的那一小块皮肤。

"小迟到——"他又叫了声，手指伸开揉了揉迟到毛茸茸的脑袋，他慢慢地弯起嘴角，"欢迎你来。"

迟到初来乍到时很害羞，刚开始时每天除了吃饭就是躲在自己的垫子上，蜷缩成一小团，格外可怜。没两周熟悉了，小狗顽皮的天性就暴露了出来。

两三个月大正是小狗好奇心重的时候，它每天东看看西咬咬。每次池照回家，看到的都是灾难现场——垃圾桶里的垃圾被叼出来甩在地上，放在桌子上的卷纸也被它撕得粉碎，就连家里的沙发都不放过，上面全是它的牙印。

池照又气又无奈，蹲下来拽着它的耳朵："迟——到——"

混世魔王又在这一刻变得乖巧起来，迟到规规矩矩地在池照面前站好，认错似的，漂亮的眼睛眨巴着，任你发再大的火都得憋回去。

家里的纸片满地，池照又无奈又生气，叮叮咣咣地把地上的垃圾收拾好。

晚上，池照发消息跟傅南岸抱怨：【教授，我真的忍不了了！】

傅南岸的消息很快回复过来：【别气，和小狗一般见识做什么？】

不生气是不可能的，池照直接给傅南岸打去了视频，指着垃圾桶旁边满地的纸屑："教授您看这样子！"

迟到似乎也知道是在说它了，委委屈屈地呜咽着。

"别气了，"傅南岸轻叹口气，慢慢说，"不然我来教教它？"

"您来？"池照愣了一下，"可以吗教授？"

"我之前养过狗，"傅南岸说，"应该有些经验。"

从这天起傅南岸就真担起了迟到的驯养工作，有空的时候总会来池照家里，跟他一起照顾迟到。

池照当然相信傅教授的能力，傅教授之前是养过狗的，又是心理学教授，按理说应该很有经验的，却没想到迟到在他手里还是一点话都不听。

时间一晃过去一周，迟到还是像混世魔王一样在家里疯狂撕纸、跑酷。

"怎么回事啊，教授？"后来再见面，池照笑着跟傅南岸开玩笑，"咱教授是不是不行啊？一只小狗都驯不好？"

"主要是小朋友太小了，"傅南岸还挺淡定的，"过阵子就好了。"

这确实不能怪傅南岸，他心太软了，小狗嗷呜着哼哼着，他就不舍得凶它了，比池照这个亲主人对它还亲。

"你这样太宠孩子了，"池照有些无奈地说，"年纪小也不能纵容啊！"

傅南岸低低地笑了下，并没有觉得自己是在纵容。

对待小朋友，他总是有很多的耐心。

就像当年他对池照一样。

番外三
冬天不再

这年的冬天格外寒冷。

北风呼呼吹刮着,把窗户吹得咣当作响。

窗外的树枝枯萎了,天空是黯淡的,好似蒙上了一层灰幕。

池照并不讨厌冬天,他很喜欢这种萧瑟中却蕴含生机的感觉,他喜欢冬日里和大家聚在一起,他喜欢热热闹闹地吃饭聊天,窗外冰天雪地,窗内却是温暖的。

但今年的冬天池照着实有些高兴不起来,他在外地进修,不能和朋友们一起团聚。

池照进修的地方是国内大名鼎鼎的眼科医院,地处首都,周围是一片繁华的景象。

这次机会很难得,首都的环境到底是不一样的,池照见识到了很多精尖的技术与理念,他很珍惜这次机会,每天都学得很用心。

但在日常的学习和工作之余,他又难免有些寂寞,他的根不在这里,他想家了。

这晚下班时已经是晚上十一点了,原本白班是到六点结束的,但大医院的工作量太大,加班是常有的事。

脱下白大褂，池照没忍住，给傅南岸发了条消息。

池照：【教授您在忙吗？】

转眼池照毕业将近十年了，傅南岸早就不是他的老师了，但他还是习惯叫傅南岸"教授"。

其实后来这些年傅南岸已经没再教过池照什么专业上的知识了，他们不是一个专业的，但他们依旧一直保持着联系，池照是念旧的人，傅南岸也是。

留学回来之后，池照来到了傅南岸所在的城市，这次还是两人第一次这么长时间见不着面。

傅南岸的消息很快回复过来，近十年过去，他的嗓音一如既往地温润：【嗯？怎么了？】

此时池照已经走在回去的路上了，空气很冷，指尖僵硬。他有些艰难地打字道：【没什么事，就是想起入冬了，想问问你眼睛怎么样，还有开济他们怎么样，迟到怎么样。】

都是成年人了，池照不太好意思直白地把"想家"这个念头说出口，只能这般顾左右而言他。

忽而，一阵冷风吹来。伴随着肆虐的冷风，池照的手机同步响了起来，是傅南岸打来的电话。

池照接通电话，喊了声："傅教授。"

"我们都挺好的。"傅南岸淡淡地笑了下，"在那边怎么样，还习惯吗？"

傅南岸的语气是温和的，好似能把寒冷都阻隔。

"累的话可以休息一下，"傅南岸温和地说，"不需要太逼着自己。"

傅教授向来懂得池照的那些小心思，哪怕池照从不曾向他诉苦。

进修的生活并不惬意，到底是新环境，有时难免会力不从心。

池照不自觉就打开了话匣子，说起了生活中的那些琐事。

"教授您知道吗，前两天我们这边有个医闹……对了，今天我还碰到一个特别不讲理的家属……"

池照说着，傅南岸就静默地听，时不时附和几句。

不知不觉过去了大半个小时，池照忽然住了嘴。

"怎么了？"傅南岸问他，"怎么不说了？"

傅南岸的语气淡然又温和，他是很好的倾听者。

"是不是太打扰您了……"池照犹豫着说，"听我说这些您会不会烦？"

其实往常池照是很少抱怨的，他不想把这些负面情绪传递出去，他希望自己给人留下的总是阳光的、热情的一面。

"别这么想。"傅南岸语气温和地说，"我说过，你只需要大胆地往前走就好了，我一直都站在你的身后。"

北风吹刮在身上还是寒冷的、刺骨的，轻易便能钻入衣袖之中。

池照却觉得自己的周身都是暖烘烘的。

"教授。"池照忽而叫了声，语气轻轻的，却饱含着情谊。

傅南岸问："怎么？"

"谢谢您。"池照说。

"从最初到最终，谢谢您愿意站在我的身后。"池照在心里说。

池照住的地方离医院不远，原本十分钟的路程，被他走了整整一个小时。

除了日常生活的琐事，他也和傅南岸分享了许多新鲜的所见所闻。

池照跟傅南岸讲新老师如何夸他，讲他如何力挽狂澜保住了一位被鞭炮炸伤的病人的眼睛。

到底比傅南岸小了快十岁，池照的生活是多姿多彩的，他还处于人生最美好的阶段，年轻就是最好的资本。

池照的语气很轻快，像是穿堂而过的风，傅南岸安静地听着，也觉得自己的人生鲜活了起来。

或许是失明太久的缘故，哪怕现在能看到了，傅南岸也并不热衷交友。

也或许是过了那个年龄，现在的他习惯平淡的生活，而池照则像是一个意外，是他寡淡的生活中一抹明艳的色彩。

就这么聊了半宿，挂断电话，傅南岸站在窗边看风景。

楼下是一条商业街，一阵欢快的音乐声顺着风声传入耳朵——

"恭喜恭喜恭喜你呀，恭喜恭喜恭喜你……"

傅南岸猛然凝神，这才发现临街的商铺门前都贴上了对联，玻璃门上也都贴上了大红的窗花，门前挂上了灯笼。

居然要过年了。

年龄越大越觉得时间过得飞快，昔日的事还历历在目，转眼又是新的一年。

第二天一早傅南岸照例去单位，一进门，科室里的小姑娘忽而塞给他一包糖："请您吃的，教授。"

糖果包装得花花绿绿的，傅南岸垂眸看了一眼，半调侃似的："这是喜糖？"

他记得小姑娘有个相恋了很多年的男朋友，在外地当兵。

"就是喜糖。"小姑娘笑眯眯地说，"我男朋友过年回来，我们打算结婚了。"

恋爱长跑不容易，终于尘埃落定，小姑娘的眉眼间都含着笑意。

"恭喜。"傅南岸接过糖吃了一颗，感受甜味在口腔中蔓延，"那我也要沾沾喜气。"

倒不是着急结婚，傅南岸觉得现在的状态挺好的，他并不在意那些虚的东西。

只是很偶尔，他也会觉得有点寂寞，特别是今年，池照还去外地进修了，身边少了个朋友，总还是觉得冷清。

出去一趟不容易，傅南岸是希望池照多学点儿东西的，他不想池照来回折腾。

之后的几天一切照旧，过年医院调休，傅南岸特意接了大年三十的夜班。

"反正我孤家寡人一个，"傅南岸半开玩笑似的，"你们都拖家带口的，回去好好过年吧。"

他坐在值班室里安静地看书，房门却忽而被推开了。

"教授，"池照的声音从门外响起，带着笑意，"您果然在这里。"

傅南岸眉心微蹙："你怎么来了？"

池照笑着走到他身边，说："我不能来吗？"

傅南岸说："折腾。"

"不折腾。"池照咧嘴一笑，眼底还有藏不住的疲惫，表情却是鲜活的，"好不容易过一次年，我肯定要回来的。"

他从来都是热情的，不怕辛苦，不惧艰辛，有他在的地方就一直都是亮的，再冷的冬天也不再寒冷。

"辛苦了。"傅南岸淡淡笑了一下，说，"欢迎回来。"